Andrea Gerecke

Tödliche Begegnung im Moor

CW Niemeyer

Die Romanreihe spielt direkt am Treffpunkt von Weser- und Wiehengebirge im Nordrhein-Westfälischen. Malerisch liegt das mittelgroße Städtchen an der Weser, die beide Erhebungen teilt oder vereint. Je nachdem, aus welcher Perspektive man das betrachtet. Alle Handlungen und Charaktere sind natürlich frei erfunden. Eventuelle Ähnlichkeiten ergeben sich also rein zufällig. Regionale Wiedererkennungseffekte sind indes erwünscht …

Über die Autorin:

Gebürtige Berlinerin mit stetem Koffer in der Stadt. Studierte Diplom-Journalistin und Fachreferentin für Presse- und Öffentlichkeitsarbeit. Kurz vor dem Jahrtausendwechsel Entdeckung der Liebe zum Landleben mit den dortigen kreativen Möglichkeiten. Umzug ins vorletzte Haus an einer Dorfstraße in NRW. Arbeit als freie Autorin und überregionale Journalistin. Literarische Spezialität sind mörderische Geschichten, in denen ganz alltägliche Situationen kippen. Nach den Gutenachtgeschichten für Erwachsene „Gelegentlich tödlich" folgten „Warum nicht Mord?!" und „Ruhe unsanft". 2011 erschien der erste Fall von Kommissar Alexander Rosenbaum „Mörderischer Feldzug" innerhalb der Weserbergland-Krimi-Reihe, der in Minden spielt. Dem schloss sich 2012 der zweite Fall an: „Der Tote im Mittellandkanal". 2013 geschah Fall drei: „Die Mühlen des Todes". Dazu kommen humoristische und satirische Texte, Prosa und Lyrik. Veröffentlichungen in zahlreichen Anthologien, Zeitungen und Zeitschriften. Mitglied der Mörderischen Schwestern und des Syndikats sowie des Leitungsteams der Mindener Lesebühne.

Siehe auch: www.autorin-andrea-gerecke.de

Flackernd lösen sich vom Sumpf
ungewisse Schemen ...
Nach der alten Weide Stumpf
sieh den Weg sie nehmen.
Auf dem Stumpfe sitzt der Tod:
Dumpfe Fiedel lockt und droht
mit verworrnen Themen ...

Christian Morgenstern (aus: Am Moor)

Olga zog kraftvoll ein Stück ihrer roten Jacke aus der Tür, das sich beim Schließen dort verfangen hatte. Dann setzte sie sich erschöpft in eine Ecke des Waggons, stellte ihre Sporttasche neben sich auf den Platz und fuhr sich mit beiden Händen durch das kurzgeschnittene Haar. Ein Glück aber auch, dass sie die Bahn noch erreicht hatte, wenngleich nur die letzte Tür. Bei dem Gedanken atmete sie tief durch. Keinen Schritt weiter! Es war spät geworden und um diese Zeit musste man meist lange auf den nächsten Zug warten. Zu lange, wenn man müde und ausgepowert war. So wie sie nach dem Fitnesskurs an der Volkshochschule. Auch würden die Eltern warten, die daheim auf Lena und Tina aufpassten.

Als sie saß, drang ihr ein unangenehmer Geruch in die Nase. Olga schaute sich flüchtig um, konnte aber nichts entdecken. Doch der Gestank wurde intensiver. Schließlich bemerkte sie das Malheur. Ihr rechter Schuh war von einem klebrigen dunkelbraunen Rand gesäumt. Verdammte Scheiße, fluchte sie innerlich. Da musste sie doch eben in so einen Hundehaufen getreten sein, wie es sie allenthalben auf den Straßen von Berlin gab. Nichts gegen diese Vierbeiner, aber die übertriebene Tierliebe der Großstädter hinterließ eben deutliche Spuren. Wie oft kamen die Mädchen mit solchermaßen verdreckten Schuhen nach Hause. Selbst vor dem Spielplatz machten einige Hundebesitzer nicht Halt und gingen dort mit ihren Vierbeinern Gassi … Das ist aber auch zu eklig, dachte Olga und schüttelte sich.

Langsam fielen ihr die Augen zu. Momentan konnte sie sowieso nichts dagegen tun, etwa mit einem Zellstofftaschentuch daran herumreiben und dann den Dreck vielleicht noch an den Fingern haben! Da musste sie daheim ran, entschied sie im Stillen.

Ihre Gedanken nahmen eine andere Bahn. Sie sah sich, wie sie eben noch in der Turnhalle mit den anderen getanzt hatte. Weltentrückt, als wenn eine fremde Kraft ihren Körper leitete und zu den ungewöhnlichsten Bewegungen verführte. „Zumba" nannte sich der Kurs, ein Tanz-Fitness-Workout, bei dem alle Teilnehmer unheimlich viel Spaß hatten. Schon allein die feurige lateinamerikanische Musik war grandios: Samba, Salsa, Merengue. Olga hörte die Klänge in ihrem Inneren, ihre Beine wippten unwillkürlich im Rhythmus dazu und sie schnipste mit den Fingern. Dabei waren die Schrittfolgen ganz einfach und unkompliziert.

Außerdem hatte sie so nebenbei schon fünf Pfund abgenommen. Sie haderte mit dem Zuviel an Gewicht, das sie seit der Schwangerschaft mit Tina nie wirklich in den Griff bekommen hatte. Vor allem am Bauch und an den Hüften blieb der Speck hartnäckig sitzen. Jetzt fühlte sie sich zwar ermattet, aber zugleich in ihrer Kondition gestärkt. Sie genoss diese neu gewonnene innere Kraft, die Hektik des Arbeitstages lag hinter ihr.

Sicher war es eine gute Entscheidung gewesen, den Zumbakurs zu buchen. Kurzzeitig hatte sie noch zwischen diesem und der „Einführung in die Alexander-Technik" geschwankt. Da ging es um praktisches Wissen über Koordination, Körperhaltung und Bewegungsausführung. Dort sollte man störende Gewohnheiten erkennen und lösen, um zu mehr Leichtigkeit und Beweglichkeit zu gelangen. Die Werbebotschaften klangen nicht schlecht und hätten sie fast überzeugt. Wenn sie ehrlich war, dann hatte der Name Alexander den Ausschlag gegeben, dass sie sich gegen dieses Seminar und für Zumba entschied. Ihr Mann hatte für genügend Verspannungen und Stress gesorgt, da wollte sie sich nicht noch an der Volkshochschule mit ihm auseinandersetzen und einen gleichnamigen Kurs belegen.

Die automatische Ansage nuschelte die nächste Station und schon hielt der Zug. Olga schlug kurz die Augen auf, sah eine Gruppe Jugendlicher, die sich zwei Sitzabteile weiter niederließ, die Jungs mit kahl rasierten Schädeln, das eine Mädchen mit einem ordentlichen Pferdeschwanz, fast alle in Springerstiefeln. Eine Schnapsflasche kreiste zwischen ihnen. Jeder nahm einen kräftigen Schluck und reichte sie dem Nebenmann. Olga wandte sich ab, um nicht provozierend zu wirken.

Nebenher streifte ihr Blick noch einen Mann von dunkler Hautfarbe, mit Brille, im Anzug und mit einer Aktentasche, der ein Stück weiter weg saß und konzentriert etwas in sein Handy tippte. Ansonsten schien das Abteil leer zu sein. Sie sah auf den Bildschirm an der Decke, der wechselnde Werbung zum Besten gab. In nur geringen Zeitabständen wiederholten sich die Offerten. Da wurde ein besonders schöner Schnappschuss eines Zuschauers eingeblendet. Viel zu rasch folgte ein Nachrichtenüberblick. Nur Schlagzeilen, nur Katastrophen, ein wenig Politik, die unendliche Geschichte vom nicht fertig werdenden Hauptstadtflughafen, Wirtschaft und Sport, dann die Wetteraussichten. Ein Musical kam wieder nach Berlin …

Olga gähnte herzhaft, ohne sich die Hand vor den Mund zu halten. Noch etwa fünfzehn Minuten, dann konnte sie aussteigen und die paar Meter nach Hause laufen, um erst mal die Schuhe gründlich zu reinigen und sich anschließend mit ihren Eltern darüber auszutauschen, wie der Abend mit den beiden Mädchen gelaufen war. Ob sie artig ins Bett gegangen waren und nicht wieder rumgezickt hatten, wie das neuerdings ihre Masche war.

Sie hätte ja auch den Wagen nehmen können, aber in den Abendstunden war es um die Gebäude herum, die die Volkshochschule belegte, noch voller als sonst. Da musste sie mehrfach durch die Straßen fahren, um irgendwo einen Parkplatz zu finden, der sich nicht im sogenannten bewirtschafteten Bereich befand. Sie wollte nicht jedes Mal noch extra Gebühren bezahlen. Das mit dem Auto hatte sie ausprobiert. Sie war heillos zu spät gekommen und musste anschließend lange nach ihrem Fahrzeug suchen. In der Hektik hatte sie sich nicht wirklich den Standort gemerkt. Eine klassische Situation in der Hauptstadt. Also doch lieber die Öffentlichen, hatte Olga beschlossen und war seitdem immer mit der U-Bahn unterwegs.

Es wurde lauter im Abteil. Olga hob mühsam die Augenlider. Einer der Jungs war breitbeinig zu dem Mann im Anzug gegangen und hielt ihm die Schnapsflasche hin, während die anderen Unverständliches durcheinanderriefen.

„Hier, nimm einen Schluck. Sollst nicht verdursten, Bimbo."

Der Mann blickte nur kurz auf, schob seine Brille auf dem Nasenrücken nach oben, senkte dann wieder den Kopf und schüttelte ihn.

„Ey, Alter. Sind wir dir nicht fein genug? Denkst wohl, du bist in deinem schnieken Anzug was Besseres, du Presskohle."

Olga zuckte zusammen. Das nahm jetzt irgendwie keine gute Wendung. Noch hielt sie sich zurück. Der Zug stoppte auf einem wie ausgestorben wirkenden Bahnhof. Niemand stieg ein. Wieder schlossen sich die Türen und die Bahn setzte sich mit sanftem Surren in Bewegung.

Nun griff der junge Bursche den Mann an der Krawatte: „He, ich rede mit dir. Da schaut man dem anderen in die Augen oder ist das bei dir im Busch nicht üblich, bei den Gorillas und Löwen."

Die randlose Brille des Mannes fiel auf den Boden und der Jugendliche zertrat sie wie beiläufig, ohne den Griff am Schlips zu lockern. Olga hielt es nicht mehr länger auf ihrem Platz. Sie erhob sich, ließ die Sporttasche auf dem Sitz stehen und lief die wenigen Schritte zu den beiden. Die anderen in der Gruppe verfolgten aufmerksam das Geschehen, ohne ein Wort miteinander zu wechseln. Sie schienen zu lauern.

„Jetzt mach aber mal halblang. Lass den Herrn hier in Ruhe und setz dich wieder auf deine vier Buchstaben."

Olga stand, während sie sprach, fest und sicher auf dem Boden.

„Mann, Strunzi, die Alte ist scharf auf dich", ertönte es jetzt aus dem Hintergrund. Der Strunzi Genannte ließ die Krawatte des Mannes los und drehte sich ganz langsam, wie in Zeitlupe, zu Olga um. Seine Augen blitzten böse.

„Was willst du, alte Fotze, ficken?"

Gelächter erklang im Abteil.

„Nun werde hier mal nicht unsachlich, junger Freund!"

Olga spürte, wie sich eine Gänsehaut bildete und ihr Herz schneller schlug. Merkwürdig. Der Satz eben hätte von ihrer Mutter stammen können. „Junger Freund“, wie war sie denn auf diese blödsinnige Formulierung gekommen? Der Typ konnte doch höchstens zehn Jahre jünger sein als sie. Nur ruhig bleiben, hämmerte es in ihr.

Strunzi, mit bürgerlichem Namen Mirco Strunz, stand für wenige Augenblicke verunsichert im Waggon. Wieder waren die anderen in der Gang verstummt und starrten gebannt in Richtung der drei. Der Mann im Anzug saß unbeweglich, wie gelähmt, auf dem Sitzpolster, an die Rückenlehne gepresst. Nur die Finger rotierten nervös umeinander. Auf seiner Stirn hatten sich Schweißperlen gebildet.

In Sekundenbruchteilen fuhr Strunzi durch den Kopf, dass er diese Situation unbedingt für sich entscheiden musste. Sonst wäre es aus mit seiner Führungsposition. Die war ohnehin schon etwas wackelig geworden, seitdem er was mit Maja angefangen hatte und die nun ein Kind von ihm erwartete. Was sie jedem, der es hören wollte oder auch nicht, brühwarm servierte. Aber das war ja noch nicht hundertprozentig. Wenn er denn überhaupt der Erzeuger war. Außerdem: So was konnte man schließlich wegmachen lassen. Er würde sich doch nicht in seinem jetzigen Tatendrang stoppen lassen und einen auf Familie machen, mit einem Schreihals. Er doch nicht!

Strunzi strich sich über den im Nacken markant tätowierten Schädel, so als ob er eine imaginäre Haarpracht richten wollte. Die Schnapsflasche rutschte ihm aus der Hand, knallte auf den Boden, ohne Schaden zu nehmen, kippte um und der Inhalt bildete eine große Lache. Der Geruch waberte hoch. Dann schlug Strunzi gezielt mit der Rechten auf Olgas Oberarm, um sie aus dem Weg zu schaffen. Sie taumelte und rutschte auf die Bank gegenüber. Jetzt nahm er sich den Sitzenden vor.

„Bitte, lassen Sie uns in Ruhe", stammelte der Mann.

„Wie? Ich höre wohl nicht richtig. Ihr Asylantenvolk lasst uns ja nicht in Ruhe. Kommt alle her nach Deutschland mit einer Riesensippe im Schlepptau und kassiert die dicke Knete. Sozialschmarotzer!"

Strunzi redete sich in Rage. Das mit dem Sozialschmarotzer hatte er daheim im Fernsehen aufgeschnappt, als seine Alten gerade davor hockten.

In der Zwischenzeit hatten sich die anderen aus der Gruppe erhoben und kamen näher. In Kürze würde der Zug die nächste Station erreichen.

„Jetzt wird es mir aber zu bunt", erhob sich der Dunkelhäutige und kniff die Augen zusammen. Er war gut einen Kopf größer als Strunzi und offensichtlich auch durchtrainiert.

Nur keinen Fehler machen, dröhnte es in dem Jugendlichen. Alle schauen auf mich.

Er hatte in seine Jackentasche gefasst und sich den Schlagring über die Finger gestreift. Dann holte er auch schon aus und traf den anderen an der Schläfe, der leise wimmernd in sich zusammensackte.

Eigentlich hatte er gut gezielt und der Treffer hätte mitten im Gesicht landen müssen, aber in dem Augenblick des Schwingers hatte sich Olga aufgerappelt und heftig an den Schultern von Strunzi gerüttelt.

„Bist du völlig verrückt geworden, Junge? So was bringt dich doch ins Gefängnis. Da kannst du doch nicht hinwollen. In deinem Alter hinter Gittern …"

Olga kam mit ihrem Satz nicht weiter. Denn Strunzi hatte blitzartig eingeordnet, dass von dem Mann keine Gefahr mehr ausging, aber die Frau ihm offensichtlich Schwierigkeiten bereiten wollte. Er schlug zu. Einmal, zweimal, dreimal. Mit voller Wucht und mit der Verstärkung des Schlagrings. Blut spritzte aus mehreren Wunden. Olga schrie vor Schmerzen, wand sich und lag schließlich hilflos am Boden, als sich der Zug bremsend dem nächsten Bahnhof näherte.

„Hör auf! Die Olle is eh hin. Wir sollten verduften“, holte ihn Dennis, sein Konkurrent, in die Wirklichkeit zurück.

Strunzi streckte halb kniend die Rechte in Siegerpose in die Höhe. Die automatische Zugansage hatte schon den folgenden Halt verkündet. Das Licht des menschenleeren Bahnsteigs fiel in den Waggon.

Dennis drückte den Knopf, die Tür öffnete sich und alle sprangen johlend auf den Bahnsteig. Zuletzt stieg der Anführer mit einem breiten Grinsen aus. In Siegerpose hob er beide Arme, winkte seinen Untergebenen und ließ sich von ihnen feiern. Sein Blick streifte die Kamera, die fest auf den Bahnsteig ausgerichtet war und er hüpfte noch einmal jubelnd in die Höhe. Strunzi entschied, welchen Ausgang sie nehmen sollten und alle folgten ihm ehrfürchtig. Sie schienen keine Eile zu haben.

Teko Masenamela hielt sich die Hand an die pochende Schläfe. Ihm war übel und er fühlte sich hundeelend. Vor allem auch, weil er der Frau nicht zur Seite gestanden hatte, die ihm helfen wollte und jetzt reglos auf dem schmutzigen Fußboden lag. Zunächst wollte er noch aussteigen, um auf dem Bahnsteig Hilfe zu holen. Aber diesen Gedanken verwarf er rasch. Wen hätte er auf einer menschenleeren Station schon erreichen können? Außerdem wollte er die Verletzte in ihrer hilflosen Situation nicht allein lassen. Dann bückte er sich rasch nach seinem Handy, das auf dem Boden gelandet war, und betätigte den Notruf. Die

Verständigung war durch ein heftiges Rauschen erschwert. Er gab die U-Bahnlinie an, in der sie sich befanden und die Station, die sie gerade verließen und an der die Jugendlichen ausgestiegen waren.

„Ihren Namen benötige ich noch einmal, den habe ich nicht richtig verstanden!", klang es ihm am Ohr.

„Teko Masenamela", sagte er und sprach das ganz gedehnt. Er war es gewohnt, seinen Namen zu wiederholen.

„Wir schicken sofort jemanden zu Ihnen. Das wird jetzt ... Moment ..."

Der Gesprächspartner von der Leitzentrale schien sich im Hintergrund abzustimmen.

„Das wird voraussichtlich an der Endstation sein. Sie müssen ja gleich dort ankommen. Dort treffen die Einsatzkräfte dann in Kürze ein. Bleiben Sie vor Ort und bewahren Sie unbedingt Ruhe."

Dann war das Gespräch beendet und der Zug fuhr weiter durch die Dunkelheit des Untergrunds.

Teko kniete sich direkt neben Olga.

„Hören Sie mich?"

Keine Reaktion.

„Hallo, können Sie mich verstehen?"

Ihr Gesicht war blutverschmiert, sie lag seltsam verrenkt. Teko dachte daran, Olga in die stabile Seitenlage zu bringen, aber es schien ihm doch nicht angeraten, zu verkrampft und verdreht wirkte der Körper. Vielleicht etwas unter den Kopf, sie liegt so hart, grübelte er und zog sich sein Jackett aus. Er faltete es sorgsam zusammen und schob es ihr behutsam unter. Jetzt entrang sich ihr ein Stöhnen. Der Mann sah nervös auf seine Armbanduhr und auf die Laufbandanzeige mit den Informationen zum folgenden Halt an der Decke des Waggons.

An der nächsten Station stieg ein schmusendes Pärchen ein. Nur oberflächlich schauten sie zu Teko und Olga hinüber, rochen den Fuselgestank, der von der Flasche am Boden ausging, vermischt mit dem Hundekot, dann wandten sie sich in die andere Richtung und setzten sich in eine weit entfernte Ecke, um sich weiter zu küssen.

Teko saß jetzt neben der Verletzten und streichelte ihr über den Arm, um ihr das Gefühl zu geben, nicht allein zu sein. Aber auch, um sich selbst zu beruhigen.

„Es kommt gleich Hilfe", flüsterte er.

Da befand er sich nun so viele Tausende Kilometer von seiner Heimat entfernt und dann schlug ihm auch hier dieser Rassenhass entgegen. Er hatte es nicht glauben wollen. Nicht, nachdem es in Südafrika endlich etwas gemäßigter zuging. Seine Eltern und die Großeltern erzählten da noch ganz andere, furchtbare Geschichten. Alle aber hatten es befürwortet, dass er sich nach Deutschland aufmachte, um sein Informatikstudium zu absolvieren. Sie hatten extra dafür gespart, um ihm diese Ausbildung zu ermöglichen. Das lag nun schon wieder ein paar Jahre zurück.

Und immer, wenn er nach Hause reiste, wollte die Familie nicht wahrhaben, was er von nicht nur gelegentlichen Ressentiments gegen Ausländer im Allgemeinen und gegen ihn im Besonderen, vor allem aufgrund seiner Hautfarbe, erzählte. Wobei er es sogar noch herunterspielte. Aber selbst harmlos formuliert hielten das alle für einen Scherz von ihm.

„Was du nur immer hast, Teko, mein Lieber", pflegte seine Mutter zu sagen. „Vielleicht kommst du nur mit der Ordnung der Deutschen nicht klar. Die sind eben etwas anders als wir. Das weiß man doch."

Und dann hatten stets alle im Chor gelacht. Er aber hatte das Thema gewechselt. Was sollte es auch! Er musste sie doch nicht verunsichern. Es war nicht so schlimm. Da mal ein harsches Wort, dort ein böser Blick, die Verweigerung der Mietwohnung in einer noblen Anlage … Nur im Beruf, da kam er sehr gut zurecht. Da zählte einzig und allein seine Leistung. Schließlich hatte er als Bester seines Jahrgangs abgeschlossen. Worauf alle stolz waren, er natürlich, aber auch die Eltern und seine jetzige Frau Sandra, die er beim Studium kennengelernt hatte. Gerade war sie wieder schwanger und diesmal würde es ein Sohn werden, ein Stammhalter. Sein sehnlichster Wunsch ging damit in Erfüllung. Zwei Töchter gehörten schon zur Familie. Sie hatten die Schönheit der Mutter geerbt und einen wundervollen Teint bekommen. Ein zartes Braun, das sich die fahlen Deutschen in ihren Urlauben so herbeisehnten und erzwingen wollten, was häufig in knalligem Rot und lediglich verbrannter, blasiger Haut endete.

Seine Gedankenwelt zerriss abrupt, als der Zug in die Endstation einfuhr - unter dem mechanischen Informationsklang aus den Lautsprechern - und plötzlich ein Trupp von Sanitätern und Polizisten durch sämtliche Türen sprengte. Das verliebte Pärchen, bis eben noch in innigen Küssen aneinandergeschmiegt, erhob sich voller Angst. Eine Polizistin blieb mit einem Kollegen bei ihnen stehen. Die anderen begaben sich zu Teko und Olga.

„Sind Sie es, der uns verständigt hat?", fragte ein Uniformierter, direkt an den Mann gewandt.

Teko nickte: „Ja, meine Name ist Teko Masenamela. Bei mir ist es eigentlich nicht so schlimm. Aber Sie müssen sich unbedingt um die Frau kümmern. Sie wollte mir helfen und …"

„Dazu dann gleich. Erst mal schaut sich ein Sanitäter auch Sie an. Der Doktor kümmert sich ja schon um die Frau."

Frank Richter blickte ernst und nur ganz nebenher Richtung Boden auf das andere Opfer. Wie er diese Einsätze hasste. Heute war er auch nur aushilfsweise dabei, weil die Kollegen mal wieder einen Engpass hatten. Dabei hatte er eigentlich ein paar Überstunden abbummeln wollen.

Immer mehr Gewalt in den Straßen von Berlin. Er hatte schon zu viele Täter und zu viele Opfer in seinen vielen Dienstjahren erlebt. Zum Glück schienen die beiden hier ja wenigstens überlebt zu haben. Wie oft ging das inzwischen auch tödlich aus. Kein Kampf mehr Mann gegen Mann, sondern feige Attacken. Einem Wortwechsel folgte rasch das gezückte Messer oder die Pistole. Selbst unbeteiligte Passanten wurden häufig mit einbezogen. Ob er sich doch lieber in ein Provinznest versetzen lassen sollte? Bei dem Gedanken legte sich trotz allem der Hauch eines Lächelns auf sein Gesicht. Sollte dort ja wohl auch nicht mehr alles so idyllisch sein wie früher, wie man hörte. Er räusperte sich.

Ein Sanitäter hatte sich inzwischen um Teko gekümmert und die Wunden notdürftig versorgt. Mit einem letzten prüfenden Blick meinte er: „Sie müssen auf jeden Fall mit ins Krankenhaus. Das sollte noch geröntgt werden."

Teko nickte.

„Und wie geht es der armen Frau?"

Erst jetzt wandte Frank Richter sich ihr zu. Arzu Özkan, eine junge, engagierte Polizistin, reichte ihm den Personalausweis, den sie aus der Sporttasche herausgefischt hatte: „Es müsste sich um Olga Rosenbaum handeln. Das Foto jedenfalls könnte stimmen, wenngleich sie übel zugerichtet ist."

Frank Richter erstarrte: „Was, wer?!"

Arzu schob sich eine schwarze Strähne hinter das rechte Ohr.

„Olga Rosenbaum, sagte ich. Aber das ist natürlich nur eine vorläufige Annahme."

„Um Gottes willen!"

Frank fiel auf die Knie und schaute direkt in das Gesicht von Olga. Doch, das musste sie sein. Er hatte die Frau von seinem befreundeten Kollegen Alexander lange nicht mehr gesehen. Aber der Name passte, er war ja nun auch wahrhaftig nicht alltäglich.

Ihm wurde speiübel. Nur das nicht! Seit einiger Zeit legte sich jeder Ärger bei ihm extrem auf den Magen. Geschwüre, hatte sein Hausarzt nach mehreren strapaziösen Untersuchungen festgestellt und eine ruhigere Lebensweise verordnet. Lächerlich. Auf welchem Stern lebten diese Mediziner eigentlich. Frank strich Olga gedankenverloren über die Stirn.

„Das würde ich jetzt lieber nicht tun", holte ihn Dr. Karl-Günter Schwedtke aus seinen Gedanken.

„Die Frau muss dringend ins Krankenhaus. Sie hat schwerste Verletzungen. Da hat jemand extrem brutal zugeschlagen, aber sicherlich nicht nur mit seiner Faust ..."

„Nein", mischte sich Teko ein. „Der Junge hatte einen Schlagring auf der Hand."

„Na dann!"

Arzt und Polizist antworteten unisono und schauten sich einverständig an. Das bedurfte offensichtlich keiner weiteren Kommentare.

Mit gekonnten Griffen hievten zwei Sanitäter Olga auf eine fahrbare Liege. Einer rümpfte die Nase.

„Können Sie gehen oder benötigen Sie auch Unterstützung?", erkundigte sich der Mediziner sachlich bei Teko.

„Ich schaffe das so. Sie müssen der Frau helfen. Unbedingt, Doktor. Sie hat mir bestimmt das Leben gerettet. Und ich, ich war so hilflos, wie gelähmt ..."

„Geht schon klar. Wir tun alles, was in unseren Kräften steht."

Dr. Karl-Günter Schwedtke fühlte sich ertappt. Ertappt bei einem Satz, der ihm immer so leicht über die Lippen ging. Was stand schon in seinen Kräften? Bei so viel roher Gewalt, da konnte mitunter auch die Medizin nichts mehr retten. Die Frau jedenfalls war schlimm zugerichtet.

Als alle wieder auf der Straße vor den Einsatzfahrzeugen standen, beschloss Frank, gleich im Krankenwagen mit dem verletzten Mann mitzufahren. Er trug jetzt dessen Aktentasche und hatte zuvor auch die Bruchstücke der Brille zusammengeklaubt und in eine Plastiktüte getan. Vielleicht konnte er bereits auf dem Weg ins Krankenhaus etwas herausbekommen.

Die Kollegen jedenfalls waren alle entsprechend instruiert. Eine Auswertung der Überwachungskameras auf den U-Bahn-Stationen würde sofort anlaufen. Wenn sie Glück hatten, dann waren die Täter zu sehen. Seit geraumer Zeit schreckten sie ja nicht einmal mehr davor zurück, dass sie öffentlich gefilmt werden könnten. Manche hielten ihre grausamen Aktionen auch mit der Handykamera fest, um sich später im Freundeskreis damit zu brüsten.

„Was ich Sie noch fragen wollte ..."

Der Doktor, mittelgroß und etwas stämmig, hielt Frank die Hand zum Abschied hin.

„Sie waren vorhin so erschüttert. Das schien mir richtig persönlich. Kennen Sie das Opfer?"

Frank überlegte einen Augenblick. Hier und unter diesen Umständen war keine Zeit für lange Erklärungen. Aber er kannte den Arzt und auch der hatte schon mit Alexander zusammengearbeitet. Also doch gleich die Wahrheit.

„Es handelt sich um Olga Rosenbaum."

„Ja, und ... So auf Anhieb fällt mir da keine Parallele ein."

„Alexander. Alexander Rosenbaum. Unser Hauptkommissar, der vor einigen Jahren nach Minden gegangen ist. Es ist seine Ehefrau."

„Oh, nein. Das ist ja schrecklich."

Der Arzt war ein wenig blass geworden.

„Genau. Irgendeiner muss ihm das nun auch mitteilen."

„Tja, da möchte ich nicht in Ihrer Haut stecken", erwiderte Dr. Schwedtke und kratzte sich am Hinterkopf.

„Wie recht Sie haben", sagte Frank und schob diesen Auftrag noch ein Weilchen vor sich her. Dann stieg er in den Krankenwagen zu Teko.

„Mir ist so schlecht", sagte Teko, schluckte auffällig und blickte auf sein beflecktes und zerknittertes Jackett, das er vorher im U-Bahn-Wagen wieder, ohne nachzudenken, angezogen hatte.

„Kein Wunder", entgegnete Frank. „Sie werden bestimmt eine Gehirnerschütterung haben. Das sind dann die normalen Symptome. Darf ich Ihnen trotzdem ein paar Fragen stellen?"

„Kein Problem. Wenn ich irgendwie helfen kann!"

„Fangen wir mal von vorn an. Was ist denn überhaupt passiert?", fragte Frank.

Und dann erzählte Teko der Reihe nach, wie sich alles zugetragen hatte. Er erinnerte sich akribisch an jedes Detail. Das hing mit seinem phänomenalen Gedächtnis zusammen.

„Du bist selbst ein kleiner Computer", pflegte seine Frau Sandra mitunter zu sagen. „Was du dir alles merkst. Da darf man ja keinen Fehler begehen." „Das wäre wohl besser", meinte er daraufhin in diesem familiären Wortgeplänkel stets lächelnd.

„Ihre Beschreibungen klingen sehr detailliert und authentisch. Am besten fertigen wir danach eine Phantomzeichnung von dem Täter an", erläuterte Frank und wiegte den Kopf hin und her. „Wenn wir allerdings auf anderem Wege fündig werden, dann gibt es vielleicht sogar Bilddokumente ..."

„Was, so etwas wird auch noch gefilmt?", entrüstete sich Teko.

„Na ja, einerseits mitunter von den Tätern. Aus welchen Beweggründen auch immer nehmen sie ihre Schandtaten häufig auf. An solche Beweise ist allerdings immer schwer heranzukommen. Doch in diesem Fall gibt es noch die Kameras auf den U-Bahnhöfen. Möglicherweise sind Ihre Peiniger dort zu sehen."

„Aha. Dann werde ich den Täter und die Gruppe schon erkennen, wenn ich wieder eine Brille habe. Die waren alle sehr markant."

„Tja, Ihre Brille habe ich zwar eingesteckt, aber die ist unbrauchbar geworden", erklärte Frank, nestelte die Plastiktüte mit dem zerbrochenen Teil hervor, betrachtete sie kurz, zuckte dann die Schultern und packte sie wieder in seine Jackentasche. „Vielleicht kann die Spurensicherung damit noch was anfangen."

Teko lehnte sich mit leichtem Stöhnen zurück und der begleitende Sanitäter, der sich bis jetzt zurückgehalten hatte, blickte vorwurfsvoll auf den Kommissar. Er hatte hier einen Kranken und der Polizei konnte es wie immer nicht schnell genug gehen.

„Haben Sie ein Problem?“, erkundigte sich Frank etwas bissig, wohl wissend, wie der Blick gemeint war.

„Nö. Alles paletti. Nur unser Patient, der braucht doch aktuell ein wenig Ruhe, wenn ich darum bitten dürfte.“

Das klang sehr nachdrücklich.

„Keine Frage. Die Täter allerdings sind in Nullkommanix auf und davon. Wir müssen einfach rasch handeln. Ich kann ja mit meinen Fragen nicht erst anfangen, wenn es allen wieder gut geht.“

„Ich verstehe Sie schon. Aber wir müssen unseren Job ebenfalls machen.“

„Jeder von uns. Klar doch.“

Man war sich einig und der Rettungswagen hielt auch schon vor dem Krankenhaus.

„Ich komme dann später noch einmal zu Ihnen, Herr Masenamela. Ihre Aktentasche gebe ich dem Personal mit. Ich drücke Ihnen die Daumen, dass jetzt alles gut geht. Soll ich Ihre Angehörigen noch verständigen?“

„Danke“, kam es aufatmend, „das ist nicht nötig. Das würde meine Frau viel zu sehr aufregen. Sie ist gerade schwanger. Wir erwarten unser drittes Kind. Ich rufe nachher selbst an. Meinem Handy ist ja nichts passiert. Vielleicht lasse ich mir erst mal eine kleine Notlüge einfallen.“

Obwohl sich Teko dagegen wehrte, wurde er jetzt in einen Rollstuhl verfrachtet. Zu seiner eigenen Sicherheit, wie der Sanitäter meinte. Also ließ er es über sich ergehen. Vor ihm wurde Olga in den neonerleuchteten Eingangsbereich der Notaufnahme gefahren.

Dr. Schwedtke lief, ein wenig atemlos, raschen Schrittes neben ihr her.

„Schnell. Es geht bei meiner Patientin um Sekunden!"

Er tauschte sich kurz mit den Kollegen vor Ort aus und hetzte dabei schon weiter.

Frank spürte einen Kloß im Hals. Hoffentlich würde man ihr helfen können. Die beiden hatten doch auch zwei Mädchen. Und er, er musste nachher noch Alexander anrufen. Während der Fahrt im Rettungswagen hatte er schon sein Verzeichnis im Handy durchgescrollt. Aber der Umgebungslärm war für ein Gespräch zu groß und dann wollte er sich natürlich innerlich etwas vorbereiten und nicht in Gegenwart von anderen Leuten mit seinem einstigen Kollegen reden. Schließlich waren sie befreundet. Da konnte er auch nicht so einfach mit der Tür ins Haus fallen.

Arzu Özkan hatte ihm vorhin noch das Portemonnaie von Olga gereicht. Darin steckte ein kleiner Zettel in auffälliger Neonfarbe: „Im Notfall anrufen!" Und darauf waren die Handynummern von Josef und Edwina Huber vermerkt. Das waren dann bestimmt ihre Eltern, kombinierte Frank Richter. Die wohnten doch irgendwo in Bayern, wenn er sich recht erinnerte. Nervös drehte er das Stück Papier zwischen den Fingern hin und her. Erst die Eltern oder erst Alexander?

Der hochgewachsene Kommissar stand für Momente ein wenig verloren im Eingangsbereich des Krankenhauses, um ihn herum ein Kommen und Gehen. Dann trat er nach draußen, atmete tief durch und zog sich eine Schachtel Zigaretten aus der Innentasche seiner Jacke. Er blickte hinein. Es waren nur noch vier Stück darin. Eine eiserne Reserve für den Notfall. Wird wohl mal wieder nichts mit dem Abgewöhnen, dachte er und zündete sich eine an. Der kleine Punkt am Ende glomm in der Dunkelheit, während am Straßenrand der Einsatzwagen auf ihn wartete.

Arzu saß am Lenkrad. Frank mochte es nicht, wenn Frauen ihn chauffierten. Auch das schlug ihm immer auf den Magen und er trat während solcher Fahrten insgeheim angespannt die Kupplung oder die Bremse. Je nach Bedarf. Aber eine Diskussion mit der jungen Kollegin wollte er heute keinesfalls riskieren. Der Schreck saß ihm gerade zu tief in den Gliedern. Nach drei Zügen warf er die Zigarette auf den Boden, trat sie aus und massierte sich mit der Linken die Schläfe. Dann öffnete er die Wagentür und stieg auf der Beifahrerseite ein.

„Was ist denn los mit Ihnen, Chef?", fragte Arzu höflich. „Ist Ihnen - unabhängig von unserem Fall - eine Laus über die Leber gelaufen?"

Jetzt war ihm doch ein wenig zum Lachen zumute. Erstaunlich, wie perfekt sich Arzu integriert hatte. Als Kleinkind war sie mit ihrer Familie aus der Türkei nach Deutschland gekommen. Sie hatte als Erste die Sprache beherrscht und für den Vater, aber vor allem für die Mutter, gedolmetscht. Sie war zielstrebig, energisch und wusste genau, was sie wollte. Mitunter zum Leidwesen ihrer Erzeuger, die sie nicht unbedingt im Polizistenberuf gesehen hatten. Doch sie setzte ihren Dickkopf durch und schloss an ihre Berufsausbildung als kaufmännische Angestellte eine gänzlich andere Richtung an. Den Einstellungstest machte sie noch heimlich, aber als sie den mit Bravour bestand, konnte sie endlich auch ihre Mutter überzeugen, die den Vater schließlich mit weiblicher Geschicklichkeit ebenfalls auf ihre Seite brachte.

Als Auszubildende zur Polizeivollzugsbeamtin hatte Frank sie geraume Zeit unter seinen Fittichen gehabt. Die zweieinhalb Jahre waren wie im Fluge vergangen und überall glänzte Arzu: im Einsatztraining, in der Selbstverteidigung, bei der Ersten Hilfe und in der Waffenausbildung. Ihren Führerschein hatte sie ja schon zuvor erworben. Bei der Theorie, im Strafverfahrens-, Polizei-, Verwaltungs-, Verkehrs- und besonders Sicherheitsrecht, half sie sogar den anderen in ihrem Ausbildungsjahrgang. Polizeidienstkunde, politische Bildung, Waffenkunde, Beamtenrecht, Englisch ... – es gab eigentlich kein Fach, das ihr nicht lag. Er war stolz auf sie. Bestimmt würde sie ihn in absehbarer Zeit überrundet haben und Karriere machen.

Und wie locker ihr deutsche Wendungen über die Lippen gingen. Wenn man die Augen schloss, hätte man nie auf ihre Herkunft deuten können. Sie schien die deutsche Sprache fast mit der Muttermilch eingesogen zu haben.

„Ach, Arzu, das ist schon eine ziemlich schlimme Angelegenheit. Du kennst doch Alexander?"

„Na klar, der nette, schicke und überaus charmante Kollege, der dann leider Berlin den Rücken gekehrt hat. Was ich ja überhaupt nicht verstehen kann. Schließlich pulsiert hier das Leben, hier geht die Post ab. Was ist denn mit ihm?"

„Also, die Frau, die wir eben verletzt aufgefunden haben, das ist seine Ehefrau. Olga Rosenbaum."

„Nee!"

„Doch, das ist sie. Schließlich kennen wir uns. Nur als sie zunächst so auf dem Boden lag, ist mir das nicht gleich aufgefallen. Sie sah ja auch ziemlich entstellt aus."

„Das tut mir leid“, antwortete Arzu sichtlich betroffen.

„Und mir erst. Ich weiß gar nicht, wie ich das den Angehörigen und vor allem Alex nun beibringen soll.“

„Soll ich das übernehmen, Chef?“

„Danke für das Angebot, Arzu, aber ich glaube, da muss ich durch. Das würde mir Alexander nie verzeihen, wenn ich jetzt kneife und ihm das auf Umwegen übermitteln lasse. Ich muss nur mal eben noch etwas Luft holen und mich konzentrieren.“

In der Dienststelle angekommen besorgte sich Frank zunächst einen großen Becher Kaffee. Dann setzte er sich an seinen Schreibtisch und dachte nach. Rufe ich nun zunächst Alexander oder erst seine Schwiegereltern an? Immer noch eine äußerst schwierige Frage. Ach was, dachte er, gar nicht schwierig. Natürlich zuerst den Ehemann. Egal, was es da für Reibereien in der Partnerschaft gibt oder gab. Eben fiel ihm die Sache mit dem Vaterschaftstest ein, da war doch was mit der Kleinen, weshalb Alex daran zweifelte, der Erzeuger zu sein. Egal. Frank seufzte. Das sollte wohl unter diesen Umständen keine Rolle spielen.

Er suchte die entsprechende Nummer in seinem Telefonverzeichnis heraus und betätigte die Taste für den Anruf. Ein paar Mal ertönte das übliche Zeichen, dann kam die neutrale Damenstimme, die mitteilte, der Teilnehmer wäre zurzeit nicht zu erreichen.

„Wo steckst du, alter Junge, es ist dringend“, brummte Frank Richter vor sich hin. Er schaute auf die Uhr. Was immer Olga auch vorgehabt hatte. Irgendjemand würde sich heftige Sorgen um sie machen. Und wer kümmerte sich überhaupt in ihrer Abwesenheit um die beiden Töchter? Er gab die Nummer von Josef Huber ein.

„Bist du das Kind? Von wo rufst du denn an? Da stand jetzt ‚unbekannt' anstelle der Rufnummer! Wir machen uns unheimliche Sorgen, deine Mutter und ich …"

Der Redefluss von Josef Huber war nicht zu bremsen.

„Nein, hier ist nicht Ihre Tochter, sondern …"

Frank überlegte einen kurzen Augenblick.

„… ein Freund von Alexander. Frank Richter ist mein Name."

„Ja, und was wollen Sie mitten in der Nacht? Was spielt denn mein Schwiegersohn da für eine Rolle. Der ist doch in Minden. Und wir passen hier auf unsere Enkeltöchter auf. Olga ist zum Sport gefahren und lange überfällig. Manchmal verstehe ich ja die jungen Frauen heutzutage nicht. Wahrscheinlich nehmen die Damen irgendwo ganz gemütlich einen Absacker. Sie kann doch nicht mit ihren Sportkameradinnen noch um die Häuser ziehen und dabei die Familie vergessen."

„Nein, das hat sie auch nicht."

„Und was hat sie dann, Herr …?"

„Richter, Frank Richter. Ich sagte ja, ein Freund und Kollege von Alexander."

„Kollege? Die Sache wird ja immer suspekter!"

„Ich könnte auch gern bei Ihnen vorbeikommen …", schlug Frank spontan vor.

„Aber sonst geht es Ihnen noch gut? Was fällt Ihnen denn ein! Ich will jetzt sofort wissen, was mit meinem Kind ist!", fuhr Josef ihn an.

„Ihre Tochter liegt im Krankenhaus", entschied sich Frank nun für einen Teil der Wahrheit.

„Um Himmels willen! Was ist denn passiert?"

„Sie hatte …“

Nein, das konnte er doch nicht am Telefon sagen. Frank nahm sich zurück.

„Ähm, es gab einen Vorfall in der U-Bahn. Da war sie offensichtlich auf dem Heimweg von ihrer Sportgruppe. Sie ist verletzt und befindet sich momentan in ärztlicher Behandlung.“

Am anderen Ende herrschte Funkstille. Dann hatte sich Josef Huber offensichtlich gefasst.

„Sagen Sie mir bitte, wo meine Tochter genau liegt. Wir machen uns sofort auf den Weg zu ihr …“

Es herrschte eine kurze Pause, in der Josef Huber offensichtlich nachdachte.

„Beziehungsweise einer von uns beiden. Wir können die Mädchen ja nicht unbeaufsichtigt lassen!“

Frank gab die Details der Adresse durch und versicherte, dass er Alexander umgehend informieren würde, dann beendete er das Gespräch. Er versuchte es erneut auf dem Handy von Alexander. Nichts. Der Gesprächsteilnehmer war „not available“.

Ricardo Kuhlmann fuhr langsam die Schlandorfstraße in Hille entlang, um dann in den Geestmoordamm abzubiegen. Kurz nachdem er den Mittellandkanal überquert hatte, entdeckte er schon Sonjas Auto. Perfektes Timing, dachte Ricardo und ließ sein Fahrzeug ausrollen. Er parkte in Sichtweite, aber doch nicht in unmittelbarer Nähe. Sie wählten bei jedem Treffen eine andere Variante, damit niemandem etwas auffiel. Wobei sie für Spaziergänger eben befreundete Jogger waren, die sich hier im Großen Torfmoor gelegentlich trafen, um gemeinsam ihrem Sport zu frönen. Eigentlich die normalste Sache von der Welt. Wer wollte sich dabei wohl etwas anderes denken?

Er blickte auf seine Armbanduhr. Dann stieg er aus dem Wagen und wärmte sich mit ein paar Dehnübungen kurz auf, ehe er losrannte. Er wollte pünktlich auf die Minute am Aussichtsturm ankommen.

Ihm fiel der stürmische Aufenthalt im dortigen Obergeschoss ein, unlängst. Sie waren die steilen Stufen hinaufgeeilt, immer zwei auf einmal nehmend. Und oben angekommen, waren sie übereinander hergefallen, als wären sie nicht bei klarem Verstand. Dabei hatten sie zu Beginn noch geschaut, ob sich von einem der Wege ein Fußgänger nähern würde, aber keinen bemerkt. Doch als sie sich gerade die Garderobe zurechtrückten, knarrten die Holzstufen. Ricardo und Sonja hatten sich verschwitzt angeschaut und mit Mühe ein Lachen unterdrückt. Für den neu Dazugekommenen reichte ein kurzes „Moin“, dann trippelten beide sportlich die Treppen hinunter, so als wären sie nur in einem Extrasprint hinaufgeeilt.

„Da könnt ich mir was Bessres vorstellen", hatte der Mann noch in seinen Bart gebrummelt, was zumindest Ricardo deutlich gehört hatte. Nein, kannst du nicht, hatte er gedacht und später die Geschichte Sonja erzählt. Worauf beide schallend lachen mussten.

Er entdeckte seine Geliebte schon von Weitem. Sie tat so, als wäre sie völlig unbeteiligt und zog mal das eine, mal das andere Bein in die Höhe, indem sie das jeweilige Knie mit beiden Armen umfasste und dicht an den Oberkörper drückte. Ein leichtes Kopfnicken mit deutlichem Zwinkern genügte für die Begrüßung und schon waren beide auf dem Knüppeldamm unterwegs.

Die Moorfrösche quakten lautstark und tauchten rechts und links vom Pfad sofort glucksend unter, sobald die beiden sich ihnen näherten und der Boden leicht vibrierte. Das Scheidige Wollgras bog sich sanft im Wind und daneben präsentierte der Schlangenwurz - eine Calla - seine schönen weißen Blüten. Die Mecklenburgische Seenplatte war nichts dagegen, davon war Ricardo überzeugt. Denn ein Urlaub hatte ihn einst mit seiner Gattin dorthin verschlagen. Aber es mochte natürlich auch an der jeweiligen Partnerin liegen, dass ihm eben der eine Ort entschieden besser als der andere gefiel ...

Wenig später hielten sie an einer unbeobachteten Stelle inne und lagen sich in den Armen. Dass da, zum Greifen nahe, eine Hand aus dem morastigen Boden ragte, nahmen sie nicht wahr. Sie küssten und streichelten sich. Ihr Atem ging heftiger.

„Können wir zu dir oder müssen wir zu mir?", fragte Sonja zwischen den Küssen.

„Mein Mann wollte heute eher nach Hause kommen. Das könnte ungünstig werden. Schließlich soll er uns nicht in flagranti erwischen."

„Warte mal, ich glaube, da will jemand was von mir."

Ricardo zog sein Handy aus der Jackentasche und schaute auf das Display.

„Nanu, die Firma?"

Dann nahm er das Gespräch an.

„Ja, Kuhlmann, wer stört am zeitigen Morgen?"

„Hier Gabler, Herr Kuhlmann, ich würde es nicht wagen. Aber wir haben eine Havarie in der Firma. Der ganze Technikbereich steht unter Wasser. Ich habe das heute früh gleich als Erste bemerkt."

„Und hoffentlich den technischen Notdienst verständigt", fiel ihr Ricardo, ganz der Vorgesetzte, ins Wort.

„Aber selbstverständlich, Herr Kuhlmann, direkt vor dem Anruf jetzt bei Ihnen", antworte etwas verschnupft die Chefsekretärin.

„Ich weiß ja, Gabelchen, dass ich mich auf Sie verlassen kann. Bin dann in Kürze im Büro. Sie erwischen mich nur gerade beim Joggen. Und ich will erst noch daheim duschen. Aber Sie halten in der Zwischenzeit die Fäden in der Hand. Davon bin ich überzeugt."

„Selbstverständlich, Herr Kuhlmann", hatte Ulla Gabler sofort wieder ihren umgänglich-heiteren Ton drauf. „Bis gleich und fahren Sie vorsichtig."

Das war ihre übliche besorgte Verabschiedung von ihm. Diese Betulichkeit nervte ihn schon, wenngleich er ihre Verlässlichkeit sehr schätzte. Ricardo schüttelte den Kopf.

„Schade, Liebste, das wird dann wohl heute nichts. Es gibt Probleme in der Firma. Eben nur ein kurzes gemeinsames Joggen. Mir wäre allerdings nach viel mehr."

Und er schloss die Arme eng um Sonja.

„Und mir erst", stöhnte sie leidenschaftlich. Dann trennten sie sich schweren Herzens. Für den Rückweg zu den Autos liefen sie in entgegengesetzte Richtungen, um alle Vermutungen eventueller Zeugen auszuräumen.

Am Pkw angekommen zog Ricardo seine Schlüssel aus der Jackentasche, drückte auf den Türöffner und stieg auf der Fahrerseite ein. Dann mal hurtig, fuhr es ihm durch den Kopf. Er startete den Wagen. Dabei wühlten die Räder im schlammigen Untergrund und der Dreck spritzte hoch, als er das Fahrzeug ruckartig in Bewegung setzte. Schnell beschleunigte er, um zu seinem Ziel zu kommen, und fuhr den Neuen Damm entlang.

Dabei bemerkte er nicht, wie sich von rechts, in der Höhe von Auf dem Aspel, ein Radfahrer näherte. Ricardo war schon in Gedanken bei dem Wasserproblem in der Firma. Hoffentlich hatte das keine Auswirkungen auf die aktuellen Aufträge. Die Lieferungen nach Russland standen gerade an und waren fast fertig, davon ein spezieller Teil für Kirgistan. Sein Unternehmen war ein wichtiger Partner in einem großen Projekt. Das könnte den Ruin bedeuten, wenn da die Ware Schaden genommen hatte. Er fuhr in aufsteigender Panik noch schneller und übersah den Radfahrer, der rechterhand überscharf gebremst hatte, dabei das Gleichgewicht verlor, aus der Bahn geworfen wurde und nun am Boden lag.

Fluchend starrte Benno Kasten hinter dem Auto her.

„Na, warte, mein Lieber. Das hat ein Nachspiel."

Er kniff die Augen zusammen und erkannte noch das Kennzeichen: MI-RK …

„Das will ich mir wohl notieren. So ein Bastard. Brettert wie ein Idiot durch die Gegend."

Vorsichtig tastete Benno seine Arme und Beine ab. Nein, ihm war nichts Schwerwiegendes passiert. Da hatte er offensichtlich noch einmal Glück gehabt. Im Sitzen schrieb er das Kennzeichen des dunkelgrauen Fahrzeugs auf einen kleinen Notizblock, den er immer bei sich führte.

„Das gibt eine fette Anzeige bei der Polizei. Das kannst du mir glauben, du selten dämliches Arschloch!", fluchte Benno Kasten vor sich hin, als eine Frau in Kittelschürze und Hauslatschen über die Straße gerannt kam und atemlos bei ihm anhielt.

„Ist Ihnen etwas passiert? Ich habe das alles genau gesehen. Wie der Mann da mit seinem dunkelgrünen Auto ohne Rücksicht auf Verluste und mit überhöhter Geschwindigkeit davongefahren ist. Der muss Sie doch bemerkt haben!"

Erna Kraft stemmte die Arme in die Hüften und atmete mit einem Stoß vorwurfsvoll aus. Ihr graues Haar hing etwas wirr um ihren Kopf.

Prima, dachte Benno, eine Zeugin, wenngleich in Sachen Farben nicht hundertprozentig zuverlässig.

„Haben Sie sich verletzt? Kann ich Ihnen vielleicht helfen? Eine kleine Stärkung? Ich habe gerade frischen Kaffee aufgebrüht."

Benno überlegte kurz und willigte ein. Eine Tasse Kaffee konnte nie schaden und wenn er so recht in sich hineinhorchte, dann war er schon ziemlich erregt, ihm zitterten sogar die Knie. Das hätte ja alles auch viel schlimmer ausgehen können. So wollte er sich lieber zunächst einmal mit der Frau austauschen und dann die Details zum Unfallhergang festhalten.

„Benno Kasten, mein Name. Ich habe mich ja noch gar nicht vorgestellt", entschuldigte sich Benno.

„Ach, und ich mich ja auch noch nicht. Erna Kraft. Ich wohne gleich hier", zeigte die Frau auf das gegenüberliegende Fachwerkhaus, aus dem sie gekommen war. Auf dem Dach prangte ein Storchennest.

„Davon bin ich jetzt mal ausgegangen", grinste Benno.

„Das mit dem Kaffee ist eine gute Idee. Mir wackeln auch irgendwie die Beine wie Pudding."

„Sehen Sie! Und, soll ich einen Notarzt rufen?"

„Ach nein, so schlimm ist es nun auch wieder nicht."

„Dann kommen Sie mal mit mir mit."

Benno folgte der Frau humpelnd und schob sein Rad, das auch etwas in Mitleidenschaft gezogen worden war. Das Vorderrad war ein wenig verbogen. Zum Glück hatte er ausreichend Flickzeug und das Nötigste für kleine Reparaturen stets dabei. Er lehnte das Rad an den Gartenzaun und ging hinter Erna Kraft her.

„Leute gibt's, die gibt's gar nicht", plauderte Erna weiter. „Folgen Sie mir einfach, junger Mann. Sonst habe ich ja nie Herrenbesuch. Höchstens mal den Pfarrer."

Für einen Augenblick wurde ihr mulmig zumute. Was man so alles in der Zeitung las und im Fernsehen sah! Sie konnte doch nicht einfach so mir nichts, dir nichts einen Fremden auf der Straße aufgabeln. Wenn das nun ein Sexual- oder gar Serienmörder war, auf der Suche nach einem neuen Opfer?! Erna musterte Benno scharf, schluckte und bekam Herzschmerzen.

„Das ist richtig lieb von Ihnen, Frau Kraft. Aber wenn ich Ihnen einen gut gemeinten Rat geben darf, dann holen Sie sich Ihnen unbekannte Leute lieber nicht so einfach ins Haus. Das könnte auch mal schiefgehen ..."

Nun atmete die Frau erleichtert auf.

„Ach, bei Ihnen ist das was anderes. Sie hatten ja rein zufällig diesen Unfall vor meiner Haustür. Und da muss man doch einfach helfen. Das ist gottgefällig und gehört sich so."

Benno lächelte und griff nach der Kaffeetasse, die ihm Erna inzwischen in der Küche vollgeschenkt hatte.

„Milch oder Sahne? Ich hätte beides im Angebot. Und Zucker oder Süßstoff?"

„Ein wenig Milch wäre schon in Ordnung. Das ist verträglicher für den Magen, sagt meine Frau immer."

„Da hat sie recht, die Gute. Ich bevorzuge auch immer eine Spur Milch und ein winziges bisschen Zucker. Die Sahne ist eher als Zutat für gute Soße im Haus."

„Nimmt meine bessere Hälfte auch gern. Obwohl es ja nicht so gesund ist und sich schnell in Hüftgold verwandelt. Aber schmecken soll es schließlich, nicht wahr?!"

Benno hatte jetzt gezwinkert und einvernehmlich schauten sich die beiden in die Augen.

„Ich habe mir übrigens das Kennzeichen von dem Verrückten aufgeschrieben", erzählte Benno und griff nach einem Keks von dem Goldrandteller, den Erna eben noch fürsorglich auf den Tisch geschoben hatte.

„Das ist sehr wichtig. Da würde ich an Ihrer Stelle gleich mal zur Polizei gehen. Und eine gute Zeugin haben Sie in mir in dieser Sache ebenfalls. Sie sind ja völlig unschuldig an diesem Unfall. Der hat Ihnen absolut eindeutig die Vorfahrt genommen!"

„Vielen Dank. Wenn es nötig ist, werde ich zur Polizei gehen. Doch wenn ich an den vielen Aufwand denke, der da betrieben werden muss… Ich weiß nicht, ich weiß nicht …"

„Na ja, das ist Ihre Entscheidung. Auch im Verzeihen liegt eine Größe."

Wohin geht das denn jetzt, grübelte Benno und griff sich einen nächsten Keks.

„Selbstgebacken?"

„Ja, aber selbstverständlich selbstgebacken. Nach einem Rezept von meiner Mutter und die hatte das von ihrer Mutter und so weiter …"

„Ach ja, das kenne ich. In meiner Familie werden die Rezepte auch weitergetragen. Ein Glücksumstand. Sonst würden so viele Leckereien in Vergessenheit geraten … Oh, nein!"

Bennos Blick hatte die Wanduhr gestreift.

„Da sind wir jetzt aber ins Plaudern geraten. Ich muss dann mal wieder heim. Meine Frau wird sich vielleicht sorgen. So lange bin ich sonst nicht unterwegs. Meist kann man nämlich die Uhr nach mir stellen!"

„Und die Frauen sollte man nicht warten lassen", ergänzte kichernd die alte Dame.

„Dankeschön für die gute Versorgung. Ich schaue mal, ob mein Drahtesel so ohne Weiteres startklar ist." Benno erhob sich und Erna folgte ihm.

Er humpelte immer noch. Das linke Knie schmerzte erheblich und Erna zog die Stirn kraus.

„Ich weiß nicht", schüttelte sie den Kopf. „Vielleicht sollten Sie doch einen Arzt aufsuchen, falls das noch Folgen hat. Dann haben Sie auch einen Beweis für später. Wenn Sie diesen Verbrecher verklagen wollen. So jemand gehört ins Gefängnis."

„Mal schauen. Ich bin nicht so empfindlich."

Benno beugte sich zu seinem Rad hinunter und begutachtete es fachmännisch. Das mochte wohl für die

Heimfahrt gehen, trotz gewisser Verschiebungen und Dellen. Hauptsache, er kam gut über den Berg.

„Wie weit müssen Sie denn?", erkundigte sich Erna.

„Nur bis Hüllhorst."

„Ach, hinterm Berg! Auf einen so weiten Weg haben Sie sich da gemacht? Die Serpentinen bin ich schon lange nicht mehr gefahren. Ich bleibe mit meinem alten Auto lieber auf der sicheren Seite …"

„Also, so weit ist das nun auch wieder nicht. Vielleicht teilweise ein bisschen steil, wenn ich mal die Schnathorster und die Bergstraße nehme. Aber ich bin ja durchtrainiert. Und das hier ist meine Lieblingsstrecke. Immer am Großen Torfmoor entlang oder hindurch, dann mal ein Stück am Mittellandkanal … Die Störche auf Ihrem Dach habe ich oft beobachtet."

„Da kennen wir uns also doch schon fast."

„Und mit unserer heutigen Begegnung eben richtig", sagte Benno. „Vielen Dank für Ihre herzliche Gastfreundschaft!"

„Schauen Sie immer mal gern – auch mit Ihrer Frau – in meinen heiligen Hallen vorbei. Ich bin ja fast ständig zu Hause und freue mich über Besuch. Dann kann ich mal mit jemandem plaudern. Selbstgespräche sind auf die Dauer auch keine Idee."

Jetzt lachte Benno auf.

„Sie sind lustig. Aber da widerspricht einem wenigstens keiner."

Nun war es an Erna, in das Lachen von Benno einzustimmen.

Lange noch winkte sie hinter ihm her, als er davonradelte und sich schon längst nicht mehr umdrehte.

Als Mirco nach Hause kam, brannte noch Licht im Wohnzimmer. Er versuchte leise zu sein, aber kaum hatte er die Tür hinter sich geschlossen, stand auch schon sein Vater breitbeinig im Flur.

„Wo kommste jetzt her, du Miststück", langte er ihm eine, sodass Mirco in die Knie ging und sich nur mit Mühe an der Wand festhalten konnte.

„Ich war noch mit Freunden unterwegs."

„Ha, du und Freunde, wat du nich sagst. Det werden mir schon die Richtjen sein, Früchtchen."

Und wieder schlug er auf den Jungen ein, der die Hände über seinem Kopf zusammenhielt, um die Wucht der Schläge zu bremsen. Inzwischen schaltete sich die Mutter ein, die aus dem Wohnzimmer geschlurft kam, nur einen Pantoffel am Fuß, mit zerzaustem Haar und in einem schmuddeligen Bademantel.

„Haste denn wenigstens noch wat zu trinken da?", fuhr sie ihren Sohn an. „Unsre Vorräte sind alle."

Mirco dachte kurz nach. Er hatte immer Reserven in seinem Zimmer, um den Ärger mit seinen Eltern gegebenenfalls aufhalten zu können. Wenn sie wieder ihren gewohnten Pegel hatten, dann wurden sie meist erträglicher. Er nickte und sein Vater ließ gleich darauf von ihm ab, starrte aber mit argwöhnischen Blicken hinter ihm her, die Hände in den Taschen der Trainingshose. Begierig griff er nach der Flasche Wodka, die ihm Mirco aushändigte und hob sie triumphierend in die Höhe. Die Mutter strahlte und beide zogen sich ins Wohnzimmer zurück.

Bevor Mirco zu sich nach Hause gegangen war, hatte er Maja heimgebracht. Das war nur ein paar Blocks weiter. Sie fuhren mit dem Fahrstuhl in die achte Etage des Elfgeschossers und knutschten die ganze Zeit über. Eigentlich wäre er gern noch mit ihr in die Wohnung auf ihr Zimmer gegangen. Aber als Maja den Schlüssel in die Tür steckte, merkte sie, dass nicht abgeschlossen war und schüttelte den Kopf. Dann flüsterte sie:

„Lass mal, Strunzi, meine Ollen scheinen schon da zu sein. Das wäre jetzt keine gute Idee. Ich habe eigentlich sowieso Ausgangssperre. Ha, als ob die mir verbieten könnten, rauszugehen ... Stubenarrest in meinem Alter und in meinem Zustand, die spinnen ja!"

Mirco legte den Arm um Maja, neigte seinen Kopf an den ihren und sog ihren Duft ein. Der Schlüssel steckte nach wie vor in der Wohnungstür und beide hielten sich in den Armen. Mirco lehnte nach einigen Augenblicken mit dem Rücken an der Tür zum Müllschlucker und ließ seine Finger unter das T-Shirt von Maja fahren. Sie kicherte verlegen.

„He, das geht heute sowieso alles gar nicht. Ich fühl mich nicht so sonderlich gut. Ist bestimmt das Baby."

„Na dann nicht", zog Mirco enttäuscht seine tastenden Hände aus dem Untergrund zurück.

„Auf ein andermal. Ich sollte auch nach Hause. Mal sehen, wie die heute drauf sind."

Maja drückte jetzt auf den Knopf neben dem Fahrstuhl und nach einer Weile ertönte ein sonores Brummen, das sein Kommen ankündigte. Nach einem letzten Kuss trennten sich die beiden.

Als Mirco wieder auf der Straße stand, blickte er Richtung Straßenbahn. Vorhin waren sie mit der Linie fünf aus der City hierher nach Hohenschönhausen gekommen. Sie hatten glücklicherweise noch eine der letzten Bahnen erwischt, ehe eine größere Pause einsetzte. Aus etlichen Fenstern der Wohnsilos flackerten die Lichter der Fernseher, die den raschen Wechsel der Szenen verkündeten. Wer keine Arbeit mehr hatte, für den klingelte kein Wecker am zeitigen Morgen.

Mirco atmete heftig durch. Er hatte sich vorhin in dem Gerangel in der U-Bahn behaupten müssen. Es ging gar nicht anders. Sonst wäre seine Machtposition in der Gang gefährdet gewesen. Außerdem waren ihm irgendwelche fremden Leute scheißegal. Und wenn sie ihn erwischten? Auch das würde er abschütteln. Oder? Mirco fuhr sich über den glatten Schädel. Eigentlich wollte er sich ja in absehbarer Zeit mit Maja eine eigene Wohnung nehmen. Jedenfalls sprach sie immer davon. War ja vielleicht doch nicht so verkehrt, diese Vater-Mutter-Kind-Nummer?! Dann würde er alles ganz anders machen als seine Alten! Darauf konnten die Gift nehmen. Aber wenn Maja ihn weiter so abblitzen ließ, dann würde er noch auf dumme Gedanken kommen. Das musste er ihr mal ganz klar verklickern. Mirco nickte zur Bestätigung in die Nacht, steckte die Hände in die Hosentaschen und schlenderte über den Gehweg. Dabei schoss er erst eine Bierdose gegen ein parkendes Auto und dann eine leere Flasche durch die Gegend, die schließlich an einem Elektrokasten zerschellte.

Jetzt saß er in seinem Zimmer, auf der Matratze am Boden. Ein richtiges Bett fand er zu spießig und hatte sich längst davon getrennt. Dafür hatte er sich einen Safe organisiert, in dem er seine wichtigsten Habseligkeiten verschloss, darunter auch die Schnapsvorräte.

Die Geräusche des Hochhauses drangen zu ihm. Das Surren des Fahrstuhls, das Zuschlagen von Türen, das Gebrüll aus einer anderen Wohnung. Er hielt sich die Ohren zu, als sich jetzt die Wortfetzen aus dem Wohnzimmer zu ihm hinüberschwangen.

„Det Balg ist sowieso nich meiner. Du hast mir ein Kuckucksei ins Nest jelegt und jeglaubt, ick merke det nich." Wie so oft, wenn er einen über den Durst getrunken hatte, steigerte sich sein Vater in diese Auseinandersetzung hinein. Und die Mutter kreischte zurück. Auch wie stets mit den endlos eintönigen Worten: „Det ist eindeutig dein Sohn, Herr Strunz. Kuck ihn dir doch an. Dieselbe Fresse."

Mirco zuckte zusammen. Es stimmte. Er war seinem Vater wie aus dem Gesicht geschnitten. Das ließ sich überhaupt nicht leugnen. Er lauschte. Für einen winzigen Moment hatte Stille geherrscht. Doch dann hörte er ein dumpfes Geräusch. Sie prügelten sich wieder. Er stand auf. Sollten sie sich doch gegenseitig totschlagen. Es war ihm egal. Und wenn einer von beiden übrig blieb, vielleicht war der dann besser zu ertragen. Der Junge lachte bitter auf. Das war ja die völlig falsche Denkrichtung. Wenn einer übrig blieb, dann müsste der ja sicher ins Gefängnis. Wegen Totschlags.

Bei dem Begriff Gefängnis, der durch sein Hirn blitzte, fielen ihm wieder die Worte der Frau aus der U-Bahn ein, die gemeint hatte, er wolle doch nicht etwa dorthin. Ach was, schließlich hatte die ihn provoziert. Er hatte ja gar nicht angefangen. Das würden die anderen mit Sicherheit bestätigen können. Würden sie das? Mirco seufzte, stand auf und blickte in die Nacht, die in der Stadt nie ihre Ruhe fand.

Das Handy lag auf dem Tisch im Wohnzimmer. Während es vibrierte, wanderte es auf dem glatten Untergrund bis zum Rand und fiel auf den Boden. Nur Kater Albert reagierte darauf, sprang herbei und zog mit seiner Tatze an dem Gerät, erst mit der rechten, dann mit der linken. Aber der Spielgegenstand wollte sich partout nicht weiter bewegen. Also verlor das Tier die Lust daran. Der Kater streckte und rekelte sich und lief in die Küche, um die Futternäpfe einer Prüfung zu unterziehen. Die waren leer, so wie vor einer halben Stunde, als er schon einmal nach dem Rechten geschaut hatte. Das Abendbrot war ziemlich lange her und ein Frühstück offenbar nicht in Aussicht. Maunzend lief Albert durch den Flur ins Schlafzimmer und sprang aufs Bett.

Schlaftrunken streichelte Alexander über den Kopf seines Katers und murmelte: „Lass uns mal noch ein bisschen in Ruhe. Es ist mitten in der Nacht. Fressen gibt es erst morgen."

Janine drehte sich geräuschvoll auf die andere Seite.

„Pst", flüsterte Alexander und legte den Zeigefinger auf die Lippen. „Wir dürfen sie keinesfalls wecken."

Der Kater schnurrte unter den weiteren Streicheleinheiten und kuschelte sich seitlich an Alexander, um kurz darauf in ein leises Schnarchen zu verfallen, mit dem sich alsbald ein ebenso sonores Geräusch von Janine mischte.

Na, toll, dachte Alexander. Zwei Schnarchmäuse, die mich umgeben. Hoffentlich finde ich wieder in den Schlaf. Er versuchte, sich ein wenig zu drehen, um in eine bequemere Position zu gelangen, aber Albert blockierte die Decke felsenfest. So griff Alexander nach Janines Bettdecke und zog sich ein Stück von ihr herüber.

Als der Wecker klingelte, sprang der Kater erschrocken zuerst vom Bett. Alexander erhob sich unmittelbar nach ihm, saß zunächst noch auf der Kante und reckte die Arme in die Luft. Dann drehte er sich um und blickte auf die andere Seite. Janine hatte die Bettdecke über ihren Kopf gezogen. Nicht eine Strähne von den rotbraunen Locken schaute hervor. Alexander lächelte. Es war spät geworden gestern. Aber seitdem beide offiziell miteinander liiert waren, hatten sie es nicht eilig, in den Feierabend zu kommen.

Die Wohnung von Janine in der Innenstadt hatten sie zwar noch nicht aufgegeben, aber sie nutzten sie nur, wenn es zeitlich eng wurde oder sie zu einer Veranstaltung gingen, bei der sie auch eine Flasche Wein trinken wollten. Dann ließen sie ihre Autos stehen. Und der Kater wurde liebevoll von der stets bereiten Nachbarin Hertha Jendritzky versorgt.

Alexander schlüpfte in seine Hausschuhe und stand auf. Dann werde ich mich wohl mal ums Familienfrühstück kümmern, dachte er. Albert stand schon auffordernd neben den Futternäpfen und hob den Kopf fragend in die Höhe.

„Ja, mein Kleiner. Ich weiß, du bist total ausgehungert. Wie konnte ich nur so hartherzig zu dir sein."

Alexander griff sich eine Tüte aus der Vorratskiste. „Sensationen in schmackhaftem Gelee" klang lecker. Er riss das Tütchen an der Einkerbung auf und ließ den Inhalt in einen sauberen Futternapf gleiten. Dann nahm er sich eine Kuchengabel und zerkleinerte den länglichen Fladen mit den Fleischstückchen darin.

Während er noch damit beschäftigt war, hangelte der Kater schon mit beiden Pfoten an der Spüle entlang. Die weißen Schnurrhaare standen fordernd empor.

„Immer mit der Ruhe. Ist ja gleich so weit!"

Alexander setzte den gefüllten Napf in die Ecke auf den Bogen Zeitungspapier, den er stets als Schutz unterlegte. Dann kümmerte er sich um das Frühstück für sich und Janine. Er stellte den Backofen für die Roggenbrötchen an, befeuchtete sie ein wenig und legte sie schließlich hinein. Für sie beide war eine ganze Kaffeekanne das rechte Maß. Als er die Kühlschranktür öffnete, fiel sein Blick auf die Eier. Nein, heute nicht. Heute war erst Freitag. Die standen bei ihm lediglich am Wochenende auf dem Speiseplan. Aber Butter und etwas Aufschnitt, dazu Marmelade und Honig vom heimischen Imker. Er richtete alles geschmackvoll her, legte außerdem jedem eine Serviette dazu und zündete eine Kerze an.

Olga hatte sich auch immer so von ihm verwöhnen lassen und die Mädchen liebten seine Frühstücke mit den kleinen Extras. Es war eine Marotte aus seinem Elternhaus, dass Alexander immer gediegen und gründlich frühstückte.

„Das Frühstück ist die wichtigste Mahlzeit des Tages und legt die Grundlage. Nur, wenn du ordentlich gegessen hast, kannst du richtig durchstarten", pflegte seine Mutter immer zu sagen. „Lass lieber das späte Abendbrot mal ausfallen. Das liegt dir sowieso nur schwer im Magen."

Ach ja, er müsste mal wieder dringend an die See fahren. Aber irgendwie fehlte immer die nötige Zeit. Dabei wollte er seinen Eltern Janine schon längst vorgestellt haben. Bis jetzt hatte er seine Mutter nur am Telefon informiert, nachdem sie ihm mit ihren hellseherischen Fähigkeiten schon die Worte in den Mund gelegt hatte.

„Dachte ich mir das doch, Junge“, hatte Hella Rosenbaum vor einiger Zeit bei einem Telefonat am anderen Ende gesagt. „Du hast die ganze Zeit mit so einem eigenartigen Unterton von deiner Assistentin gesprochen und immer nur positiv. Da dachte ich mir gleich, dass mehr an der Angelegenheit dran ist. Eine Mutter spürt das!“

Und nach einer kleinen Weile: „Mag sie denn Kinder?“

Die Frage hatte lange in ihm nachgeklungen. Natürlich mochte Janine Kinder. Sie waren sich ja auch schon begegnet, als die Mädchen ihn besuchten, mal einzeln, mal zu zweit. Und das Verhältnis zwischen ihnen war doch recht herzlich. War es das?

Alexander blickte gerade ins Wohnzimmer und entdeckte sein Handy auf dem Fußboden. Wie das wohl da gelandet war? Mit gerunzelter Stirn schaute er auf seinen Vierbeiner, der ihm gefolgt war, sich schon zufrieden über das Maul leckte und anfing, sich zu putzen. Eigentlich machte der Kater ja keinen Unsinn, jedenfalls sehr selten …

Alexander lief die wenigen Schritte, bückte sich und griff nach dem Handy, er öffnete es und schaute auf das nun erleuchtete Display: fünf Anrufe in Abwesenheit. Beim nächsten Tastendruck erfuhr er, wer dahinter steckte: Frank. Was wollte der denn zu so später Stunde von ihm? Wahrscheinlich hatte er Schicht und dachte selbiges auch von ihm. Sie hatten sich schon des Öfteren mal am Rande ausgetauscht, ein wenig gefachsimpelt. Die alten guten Beziehungen lebten eben immer noch. Ach was, dachte Alexander, das hat Zeit. Frank kann ich später anrufen.

Die Sonne legte einen strahlenden Glanz auf die Orchideen, die auf der Fensterbank standen, dicht an dicht, eine neben der anderen. Ein paar waren mitten in der Blüte, andere hatten dicke Knospenstengel hervorgetrieben. Da eine cremefarbene Pflanze, dort eine in Rosé, die nächste in Schlohweiß und die apart Gesprenkelte ganz am Rand.

Jetzt tauchte Janine in der Küche auf. Immer noch etwas verschlafen, die Haare zerzaust. Sie rieb sich die Augen und gähnte: „Oh, Alex, das ist aber lieb von dir. Ich finde das so zauberhaft, wie du immer den Frühstückstisch deckst. Da bekomme ich fast ein schlechtes Gewissen …"

Alexander ging auf sie zu und umarmte sie: „Guten Morgen, mein Langschläfer. Ich liebe dich!"

„Ich dich auch."

Beide tauschten einen innigen, langen Kuss, während Albert zu ihnen hochschaute.

„Nee, du bist jetzt mal nicht dran", löste sich Alexander aus der Umarmung und sah den Kater an. Der kehrte ihm beleidigt den Rücken zu und lief schnurstracks Richtung Haustür, indem er allerdings wie üblich den Teppich im Flur aussparte und ihn umrundete.

„Genau", sagte Alexander und ging hinter ihm her. „Die Katzendamen warten draußen auf dich."

Er öffnete die Tür. Albert sprang mit einem Satz elegant über den Abtreter und verschwand im Feld gegenüber. Ein Weilchen leuchtete noch das Weiße seines Fells. Vier grasende Rehe erhoben ihre Köpfe und schauten aufmerksam in Alexanders Richtung, ohne sich aber ansonsten weiter stören zu lassen. Eines nach dem anderen widmete sich wieder dem Fressen. Welch grandiose Idylle, dachte Alex.

Im selben Augenblick fiel ihm ein, dass er in jüngster Zeit kaum noch Feldhasen gesehen hatte. Ob da nicht nur der eine der Hasenpest erlegen war, von dem neulich die Rede war? Im Kreis Minden-Lübbecke sei diese Tularämie festgestellt worden, eine von Bakterien verursachte Erkrankung. Die konnte zahlreiche Tierarten befallen und sogar den Menschen. Schwäche, Fieber und ein verändertes Verhalten, vor allem das Ausbleiben des Fluchtreflexes, waren markante Zeichen, ob ein Hase davon betroffen war, der in der Regel nach wenigen Tagen verenden würde. Das Kreisveterinäramt hatte darauf hingewiesen, dass vor allem Jäger bei direktem Kontakt mit infektiösem Material gefährdet seien, und ihnen im Bedarfsfall Einmalschutzhandschuhe, Mundschutz und weitere Hygienemaßnahmen empfohlen. Grippeähnlich würde eine Erkrankung beim Menschen dann einsetzen ..., wäre aber mit einem Antibiotikum behandelbar. Da nimmt der Hase wohl Rache, indem er die Pest mit sich führt, ging es Alexander durch den Kopf und er grinste. Hauptsache, meinem Albert passiert nichts, überlegte er gleich darauf besorgt. Dann verschloss er die Tür wieder und lief in die Küche.

„Jetzt wollen wir es uns mal gut schmecken lassen", setzte er sich an den Tisch, Janine gegenüber.

Sie hatte schon die Kaffeekanne ergriffen und füllte beide Tassen randvoll. Nur bei sich ließ sie etwas Platz für ein wenig Milch. Er nahm ja sein Lieblingsgetränk generell schwarz.

Kurze Zeit später erreichten sie mit seinem Wagen die Dienststelle. Anfangs, als sie noch nicht wollten, dass die Kollegen etwas von ihrer Beziehung erfuhren, war jeder mit seinem Auto gekommen oder einer von ihnen war eine Querstraße eher ausgestiegen, um den Rest zu laufen. Doch den liebevollen Austausch von Blicken, gelegentliche Gesten, scheinbar zufällige Berührungen bekam nach einer Weile auch der Letzte mit.

„Ihr braucht euch nicht mehr zu verstecken", hatte eines Tages Wolfhard zwischen zwei Bissen von einem Kotelett am nahegelegenen Imbiss zu ihm gemeint. Woraufhin Alexander wie ein Feuermelder errötete und Wolfhard in ein herzliches Lachen ausbrach.

„Dass ich das noch erleben darf. Du, mein Lieber, und verlegen. Köstlich!"

Er konnte sich kaum beruhigen.

„Ist aber ein schöner Zug von dir!"

„Und ich habe gedacht, wir machen das perfekt", wandte Alexander ein und zog einen Flunsch.

„Nein, nicht wirklich. Da hat wohl euer sonst so hervorragendes kriminalistisches Talent versagt. Liebe macht bekanntlich blind. Aber Schwamm drüber. Ich habe doch irgendwann schon mal gesagt, dass ihr ein schönes Pärchen abgebt. Du und Janine!"

„Ja, wir verstehen uns auch blendend."

So langsam wich die Röte wieder aus Alexanders Gesicht.

„Ich denke mal, in unserem Berufszweig sind Partnerschaften eine ziemlich schwierige Angelegenheit. Da muss der jeweils andere schon eine Menge Verständnis aufbringen. Die unregelmäßigen Dienstzeiten, die nervliche Belastung immer wieder … Meine Rita jedenfalls ist für mich die perfekte Ergänzung. Sie hat für alles Verständnis."

„Da hast du einfach Glück gehabt mit deiner Beziehung, Wolfhard."

„Aber jeder ist seines Glückes Schmied, wie meine Großmutter immer zu sagen pflegte. In diesem Sinne muss man eben auch daran arbeiten …"

„Hm …"

Mehr war aus Alexander dazu nicht herauszubekommen.

Und jetzt liefen Janine und Alexander ganz selbstverständlich nebeneinander ins Gebäude. Grüßten ringsum und bekamen ein freundliches „Moin" zurück. Schon längst hatten sich die anfänglichen Irritationen der Kollegen gegeben.

„Mailst du mir gleich mal die Tabellen zur Statistik rüber? Der Riechmann will die heute auf dem Tisch haben. Ich glaube, bei einer Spalte ist uns ein kleiner Denkfehler unterlaufen."

„Kann ich mir gar nicht vorstellen", entgegnete Janine. „Mir ist nichts aufgefallen. Aber ehe unser Kriminaloberrat über irgendeine Ungereimtheit stolpert, ist es schon besser, du prüfst das noch einmal. Bis später dann. Gehen wir heute zusammen Mittag essen?"

Alexander schüttelte den Kopf.

„Ich muss mit Wolfhard noch in die Pathologie. Auf dem Weg hat er bestimmt einen Abstecher im Imbiss eingeplant, wie ich ihn kenne. Wobei mir das dort ja immer den Appetit verhagelt."

Beide gaben sich noch einen flüchtigen Kuss, nachdem sie sich im Flur umgeschaut hatten, ob kein Kollege in der Nähe war. Zu viel Intimität im Dienst wollten sie sich denn doch nicht leisten.

Als Alexander an seinem Schreibtisch saß, fiel ihm ein, dass er ja bei Frank anrufen wollte. Vielleicht war es doch was Wichtiges, das ihm auf dem Herzen lag. Und er holte sein Handy aus der Tasche und aktivierte die Nummer.

„Na endlich! Wo hast du denn gesteckt? Ich habe mehrfach versucht, dich zu erreichen."

Frank klang aufgeregt.

„Mein Handy lag nachts im Wohnzimmer. Da habe ich gar nicht bemerkt, dass jemand angerufen hat. Und ich dachte auch, es wäre eventuell nicht so wichtig. Eben unser üblicher Gedankenaustausch."

Am anderen Ende war nur ein tiefes Atmen zu hören.

„Hallo, Frank, bist du noch dran?"

„Ja, klar. Es ist nur nicht so einfach."

„Was ist nicht so einfach? Ein problematischer Fall, für den du einen Tipp von mir haben möchtest ...? Immer wieder von Herzen gern, mein lieber Kollege. Wenn ich behilflich sein kann ..."

„Im Grunde kommt es der Sache nahe."

„Mann, du klingst wie ein Orakel."

„Deine Frau liegt im Krankenhaus", wurde Frank direkt.

„Ja, was ist denn passiert und wieso teilst du mir das mit?"

„Sitzt du eigentlich?"

„Ey! Jetzt reicht es aber. Rede doch nicht wie die Katze um den heißen Brei!"

„Also, deine Frau ist Opfer einer Schlägerei in der U-Bahn geworden. Sie hat den Angreifer auf sich fokussiert, als sie einem Südafrikaner helfen wollte ... Dem geht es halbwegs gut."

„Und Olga?"

„Tja, nicht so wirklich optimal ..."

„Ich kann die Wahrheit schon verkraften. Rück raus, Frank."

Die Sekunden verstrichen.

„Sie liegt jetzt im künstlichen Koma. Die Verletzungen waren so stark, dass die Ärzte keine andere Möglichkeit hatten. Der Jugendliche hatte nämlich mit einem Schlagring zugehauen. Mehrfach."

Alexander schluckte und sagte kein Wort.

„Deine Schwiegereltern sind informiert", fuhr Frank fort. „Die wechseln sich jetzt immer ab. Einer von beiden ist bei den Kindern, der andere bei Olga. Ich habe gerade eben mit Josef Huber telefoniert. Der scheint die Situation mit einiger Fassung zu ertragen."

„Was bleibt ihm auch anderes übrig", murmelte Alexander leise und er wischte sich eine Träne aus dem Augenwinkel.

„Tschuldigung. Ich habe dich jetzt nicht verstanden", antwortete Frank.

„Ach, lass mal. Ist schon gut. Danke für deine Mühe. Ich glaube, ich muss mich jetzt erst mal sortieren."

„Kann ich mir vorstellen", sagte Frank. „Brauchst du irgendwie Hilfe?"

„Ich wüsste momentan nicht wie. Da muss ich schauen, ob ich mir freinehmen kann …"

„Das wird nicht viel bringen", entgegnete Frank spontan.

„Wieso?

„Ja, mit Dr. Schwedtke habe ich auch eben noch gesprochen. Das kann dauern, hat er gemeint."

„Scheiße, so eine verdammte Scheiße!"

„Du sagst es. Was ich im Moment tun kann, ist, nach dem Täter zu suchen. Teko Masenamela, das Opfer, konnte ihn recht gut beschreiben, auch die anderen aus der Gruppe, die noch dabei waren. Wir werten gerade die Kameraaufnahmen von der betreffenden U-Bahn-Station aus. Nachher wird er sich das anschauen. Damit hoffen wir, einen Schritt weiterzukommen. Ist schon abartig, was da heutzutage so abgeht."

„Danke", antwortete Alexander. „Ich muss dann auch wieder. Du weißt ja, Termine, die drängen ..."

„Klar, Alex. Kein Problem. Melde dich einfach, wenn du reden willst und ansonsten halte ich dich von hier aus auf dem Laufenden, wie sich alles entwickelt. Mit deinen Schwiegereltern wirst du ja sicher gleich reden wollen?"

„Natürlich. Bis dahin."

„Tschüss. Halt die Ohren steif."

Alexander stand schwer atmend auf, lief zum Fenster und lehnte die Stirn an die kalte Scheibe. Nein, das konnte jetzt alles nicht wahr sein. Ihm dröhnte der Schädel. Gerade eben noch diese ganze Auseinandersetzung mit der bevorstehenden Scheidung und dem Sorgerechtsstreit um die Große. Sie waren bislang nicht geschieden. Sie waren verheiratet. Immer noch.

„Ganz ruhig bleiben", flüsterte Alexander in die Stille, die nur von den Lüftergeräuschen der Computer unterbrochen wurde. Dann entschied er sich, jetzt doch seinen Schwiegervater anzurufen.

„Hallo Josef, hier ist Alex."

„Ach, Junge", war alles, was als Antwort kam. Dann setzte ein hemmungsloses Schluchzen ein.

Alexander wartete einen Moment.

„Josef ..."

„Wir müssen jetzt stark sein, Alex", brachte Josef hervor.

„Ja ..."

„Es geht unserer Olga hundsmiserabel. Sie haben sie in ein künstliches Koma versetzt."

„Das hörte ich schon. Mein Kollege Frank hat mir alles berichtet. Er hat mich leider eben erst erreicht", griff Alexander zu einer Notlüge, um die unangemessene Zeitspanne zu erklären.

„Momentan stellen sie allerlei an Untersuchungen mit ihr an. Ich verstehe ja davon nicht viel. Nur soll das Gehirn stark in Mitleidenschaft gezogen worden sein. Der Sehnerv wohl auch und das Sprachzentrum. Ach, das ist alles so schrecklich. Wie kann man so etwas nur tun?! Was sind das für Menschen heutzutage?“

Wieder hörte Alexander ein Schlucken am anderen Ende und spürte, wie Josef um Worte rang. Sie fehlten auch ihm.

„Wie hat es Edwina aufgenommen“, erkundigte Alexander sich nach einer ganzen Weile.

„Geht so. Wir brauchen ja unsere Kräfte, um durchzuhalten. Schließlich müssen wir uns um Tina und Lena kümmern und alles irgendwie herunterspielen, damit die Kleinen sich nicht auch noch aufregen. Du wirst ja wahrscheinlich nicht mal eben so hierher kommen können …“

„Nein, nicht wirklich“, antwortete Alexander. „Aber ich sehe, was ich tun kann.“

„Wie immer …“, konnte sich Josef nicht verkneifen, als er daran dachte, wie oft er diesen Spruch von Olga gehört hatte, die ihren Mann zitierte, wenn sie sich bei den Eltern über seine dem Dienst geschuldete Unzuverlässigkeit beschwerte.

„Es geht eben im Leben nicht immer so, wie man das gern möchte“, setzte Alexander an.

„Schon gut, Junge. War jetzt nicht so gemeint. Mir gehen auch die Nerven durch.“

„Kein Problem, Josef. Das verstehe ich schon. Wir hören voneinander.“

„Ja. Das machen wir.“

„Grüß Edwina und die Mädchen herzlich von mir und gib den Kleinen einen Extrakuss. Ich umarme euch alle."

„Geht klar."

Alexander starrte in den Raum und dann auf seinen Computer, der den Eingang einer E-Mail anzeigte. Eben hatte Janine ihm die versprochene Statistik für Kriminaloberrat Riechmann gesendet. Er musste sich ablenken und wieder einigermaßen funktionieren. Am besten ging er mal kurz an die frische Luft, um einen klaren Kopf zu bekommen.

Oswald Zehner lehnte sich in seinem Sitz nach hinten, streckte die Füße aus, soweit das möglich war. Er trug extra bequeme Schuhe. Die Plätze neben ihm waren frei, seit er in Istanbul in die türkische Airline umgestiegen war. Die Route war ihm fast lieber, als der Direktflug von Frankfurt. Dann schloss er die Augen und genoss das gemütliche Brummen der Flugzeugmotoren. Es würde sicher keine fünf Minuten dauern, bis er entschlummert war. Nur die Stewardess durfte ihn wecken, wenn es den kleinen Imbiss gab. Sie hatte ihre Instruktionen von ihm. Und danach wieder eine Mütze voll Schlaf, ehe er in der Hauptstadt Bischkek landen würde. Schließlich würde er bei seinem Aufenthalt in der kirgisischen Republik eher selten zum Schlafen kommen. Er musste die zähen Geschäftsverhandlungen mit ihren Ritualen durchstehen, seine Baustellen besuchen und die Gastfreundschaft genießen. Letztere liebte er außerordentlich. Manchmal hatte er den Eindruck, dass er schon einen großen Teil der insgesamt fünfeinhalb Millionen Einwohner persönlich kannte und auch viele Flecken des nur zweihunderttausend Quadratmeter großen Landes. Alle Verwaltungsbereiche von Kirgistan oder wahlweise Kirgisistan hatte er bereist, wenngleich mitunter sehr mühsam, wenn man mal von der Hauptstadt selbst absah und den schnurgeraden Straßen, die er von dort kannte.

Er hatte überall Freunde gewonnen, der Deutsche, der die Gesundheit brachte: im Tschui-Oblast, im Issyk-Kul-Oblast, im Talas-Oblast, im Naryn-Oblast, im Osch-Oblast, im Dshalal-Abad-Oblast und im Batken-

Oblast. Wobei letzterer noch ein unverzeihlicher weißer Fleck auf der Landkarte der konkreten Aktivitäten von Medtech war. Das Netzwerk war fein gesponnen in diesem kleinen Land mit dem großen Nachbarn China, mit Kasachstan, Tadschikistan und Usbekistan nebenan. In den ehemaligen Sowjetrepubliken hatten sie schon allerlei Spuren hinterlassen. Kirgistan war als festes Projekt erst jüngst, seit einem Jahr, hinzugekommen. Es kam ihm schon ewig vor, weil es sich ja auch sehr lange angebahnt hatte.

Sein Freund Achmatbek würde ihn nachher wieder am Flughafen in Empfang nehmen. Alle Details des Aufenthaltes waren bereits arrangiert, aber er ließ sich auch gern überraschen. Ihm fiel der Schneeleopard ein, der ihnen bei einem Ausflug mit Blick auf die Gebirgszüge des Tianshan begegnet war, in der Nähe von einem der mehr als zweitausend Gletscher. Sie hatten an einem speziellen Platz lange auf der Lauer gelegen, sein Freund immer wieder verschwörerisch den Zeigefinger auf den Lippen, wenn er versucht war, ein Gespräch anzuknüpfen, bis das stolze und wunderschöne Tier erschien. Es hatte ihm in den Fingern gejuckt, den atemberaubend weißen Leoparden zu erlegen. Aber das wäre verboten, hatte Achmatbek schon zuvor ausnahmsweise streng erklärt und auf die Jagd in der weiten Steppe verwiesen, mit Falken und auch Windhunden. Oder er solle sich doch an den Reiterspielen ergötzen, was er auch hingebungsvoll getan hatte.

Die Einheimischen schienen mit sich, ihrer Welt und den bescheidenen Verhältnissen durchaus im Reinen zu sein. Oswald bewunderte immer wieder, mit welcher Fingerfertigkeit und in welcher Geschwindigkeit die Jurten aufgebaut wurden, die runden Zelte, außenrum vertäut mit dicken Seilen. So blieb man mobil und konnte in der unwirtlichen Jahreszeit immer ein Stück weiterziehen.

Das wäre was, wenn wir mit unseren Häusern in Deutschland so mal eben von Ort zu Ort wandern könnten, dachte Oswald, als er eines Abends mit den anderen in dem gemütlich warmen Gemeinschaftszelt saß, der Ofen befeuert mit getrocknetem Yak-Dung. Unter seinem Hintern kein Stuhl oder Hocker, sondern nur der Steppenboden und darauf dicke Teppiche. Und später ging es dann zu mehreren in die Schlafjurten. Kurios, wie Oswald für sich befand. Aber er schlief himmlisch unter diesen Umständen und fühlte sich am anderen Morgen wie neu geboren.

Bäume gab es nicht so viele im Land, dafür aber den - wie behauptet wurde - größten Walnusswald der Welt. Oswald sah sich durch ihn hindurchspazieren, unter dem hellen Blätterdach. Ihm machten die heißen Sommer mit bis zu fünfundvierzig Grad Hitze nichts aus. Er liebte die Wärme.

Auf der Ablage in der Rückenlehne des Sitzes vor ihm befand sich seine klassische Reiselektüre. Ein Buch von Tschingis Aitmatow, 1928 in Kirgisien geboren und mit neunundsiebzig Jahren verstorben. Oswald hatte alle Eckdaten im Kopf, von der Novelle „Dshamilja", mit der Aitmatow Weltruhm erlangte, von „Ein Tag länger als das Leben", „Der weiße Dampfer" oder „Der Richtplatz". Gelegentlich erwies es sich als Türöffner, wenn er eines der Bücher so scheinbar nebenher aus seiner Aktentasche zog. „Das Wort verkümmert und stirbt, wenn wir es nicht mit anderen teilen", war einer seiner Lieblingssprüche, wenn das Gespräch auf den Autor kam. Es kam gut an, dass er so belesen schien. Und gar zu gern tauschte man sich über die Zeiten aus, als die Seidenstraße noch genutzt wurde, als Karawanen mit Kamelen ihren Weg von Asien bis an die Grenzen Europas nahmen.

In der ausgedehnten kirgisischen Steppe waren auch heute noch die althergebrachten Fortbewegungsmittel am sichersten. Wenngleich Oswald die Bequemlichkeit eines robusten Geländewagens bevorzugte, was er aber für sich behielt. Als sie mit ihren Geschäftsanbahnungen in dieser Gegend begannen, das war Anfang der Neunzigerjahre, da lebten in Kirgistan noch etwa hunderttausend Deutschstämmige. Oswald erinnerte sich an einige, sehr gute Partner darunter, damals in den Anfängen. Aber mit dem Zerfall der Sowjetunion setzte eine große Auswanderungswelle ein. Zwölftausend von den Deutschstämmigen mochten derzeit noch im Lande leben, der Großteil der Bevölkerung bestand jetzt aus sunnitischen Kirgisen.

Die Maschine ruckelte und Oswald öffnete ungehalten die Augen. Turbulenzen. Die machten ihm zwar nichts aus, aber um seinen Schlaf war es geschehen. Er winkte die Stewardess heran und bestellte sich etwas zu trinken. Mit einem freundlichen Lächeln servierte sie ihm das Bestellte Augenblicke später.

Oswald trank von dem Whisky und schaute aus dem Fenster. Sie mussten bald ankommen. Er erkannte schon die markanten Gebirgsketten. Dann griff er sich die Tageszeitung und schlug noch einmal den Wirtschaftsteil auf. Die anderen Beiträge interessierten ihn sowieso nicht.

Die Kontrolle auf dem Flughafen von Bischkek fiel für Oswald Zehner wie immer sehr diskret, ja nachgerade freundschaftlich aus. Reisende aus Deutschland brauchten schon seit einiger Zeit kein Visum mehr, wobei auch das kein Hindernis dargestellt hatte. Bei jedem seiner Aufenthalte hinterließ er seinem Freund Achmatbek ein kleines Bündelchen mit Scheinen für die nötigen Investitionen. Das zahlte sich aus. Unbehelligt kam er auch diesmal wieder mit seinem Gepäck ins Land.

Mit offenen Armen und einem strahlenden Lächeln empfing ihn sein Freund und Geschäftspartner bereits im Sicherheitsbereich.

„Alles klar, mein Lieber?", erkundigte sich Oswald und begrüßte Achmatbek herzlich, dessen bronzefarbenes Gesicht strahlte.

„Wunderbar. Es läuft wie geschmiert, wie man bei euch zu sagen pflegt", grinste der Einheimische.

Oswald brach in dröhnendes Gelächter aus und auch die umstehenden Uniformierten ließen sich davon anstecken.

Vor dem Flughafengebäude wartete schon ein Auto mit Fahrer auf die beiden.

„Wie ist es mit unseren mobilen Einheiten gelaufen?", erkundigte sich Oswald, als sie auf der Rückbank Platz genommen hatten und sich der Wagen langsam in Bewegung setzte.

„Bestens, mein Lieber, bestens. Alles ist wohlbehalten an Ort und Stelle eingetroffen. Mit ein wenig Verspätung, wie immer, aber das ist überhaupt kein Problem. Wir haben Zeit. Im Talas-Oblast sollten wir uns diesmal umschauen. Dort ist die jüngste medizinische Einheit eingetroffen. Ein praktischer Container mit den nötigen Utensilien für kleinere Operationen und die Untersuchungsgeräte für den Augenarzt. Du willst ja sicherlich sehen, wie sich alles macht."

„Aber sehr gern doch. Sind denn auch die Verbandsmaterialien und die Blutdruckmessgeräte wohlbehalten gelandet?"

„Alles wie abgemacht vor Ort."

„Dann bin ich außerordentlich beruhigt. Mit dem Flieger habe ich auch noch ein paar Extras transportieren lassen."

„Schon erledigt. Habe mich gleich darum gekümmert. Wie lange kannst du bleiben?"

„Ich habe mir auf jeden Fall zwei Wochen im Plan festgehalten."

„Das ist gut so", erwiderte Achmatbek und strahlte.

„So viel Zeit werden wir mindestens benötigen. Du weißt, die Fortbewegung auf dem Lande ist hier nicht so optimal. Ganz anders als bei euch."

„Gut Ding will Weile haben", ergänzte Oswald.

„Ich liebe deine deutschen Redensarten. Und im Übrigen finde ich das auch. Die wichtigsten Persönlichkeiten im Oblast haben einen speziellen Empfang vorbereitet. Dir zu Ehren."

Oswald lächelte geschmeichelt.

„Darauf freue ich mich natürlich sehr."

In Gedanken sah er sich schon bei dieser Feier mit Musik und Tanz und einem prächtigen Essen, unter dessen Fülle sich die Tische biegen würden. Eine gigantische Vielfalt wurde bei solchen Gelegenheiten aufgefahren und es galt als unhöflich, etwas abzulehnen. Damit hatte Oswald keinerlei Probleme. Er aß und trank gern und viel und lobte alles über die Maßen. So, wie es sich gehörte. Schon bei den ersten Bissen.

„Übernachten wir heute noch in der Hauptstadt?", erkundigte sich Oswald, woraufhin Achmatbek wichtig nickte.

„Hast du unser Treffen arrangiert?"

„Wo denkst du hin, mein Lieber? Aber natürlich. Alles ist organisiert. Du kannst dich auf mich verlassen."

Oswald stieß Achmatbek in die Seite: „Sorry, das war jetzt ein Scherz. Ich weiß doch, wie perfekt du alles organisierst, was du in die Hand nimmst. Ich würde nur ganz gern mein wichtiges Gepäck gleich am Anfang loswerden."

Und er tätschelte seine Aktentasche, die er auf den Boden in den Fußraum gestellt hatte.

Sein Freund legte wieder ein breites Lächeln auf. „Das kann ich verstehen, Oswald. Ist alles wieder in den entsprechenden Scheinen gestückelt?"

„Jetzt nimmst du mich aber auf den Arm", scherzte Oswald. „Selbstverständlich. Alles so, wie abgemacht."

Und beide lehnten sich in ihren Sitzen zurück und genossen die Fahrt durch die Hauptstadt. Die Sonne strahlte von einem wolkenlosen Himmel und es herrschten knapp unter vierzig Grad. Oswald öffnete sich den obersten Hemdknopf und fühlte sich wie daheim angekommen. Auf das Gespräch mit den Verantwortlichen für das Gesundheitswesen freute er sich richtiggehend. Er hatte auch ein paar kleine Aufmerksamkeiten für die jeweiligen Gattinnen in seinem Gepäck. Mit Parfüm lag er immer auf der richtigen Seite, da stand ihm Sarah stets beratend bei. Auf ihren Geschmack konnte er sich definitiv verlassen. Auch das eine oder andere Schmuckstück wechselte auf seinen Dienstreisen den Besitzer. Und wenn Oswald die Damen solcherart erobert hatte, dann war es ein Leichtes, die Herren für seine Projekte zu gewinnen.

Seine Garderobe nahm den wenigsten Platz ein. Nur ein paar frische Hemden waren wichtig und natürlich Unterwäsche, dazu ein leichtes Sakko und verschiedene Krawatten. Er brauchte lediglich einen leisen Wunsch zu äußern und schon wurde alles zu seiner

Zufriedenheit erledigt, auch die schmutzigen Sachen lagen rasch wieder gereinigt und gebügelt bereit. Auf dem Rückweg seiner aktuellen Touren nahm er dann ganz gern von den leckeren Walnüssen mit. Die waren kein Vergleich mit der Ware in Deutschland.

Später, zu vorgerückter Stunde, wollte er seinen Freund noch auf den Batken-Oblast ansprechen. In diesem Verwaltungsbereich des Landes war er bislang mit seinem Unternehmen noch nicht wirklich aktiv geworden. Das galt es dringend nachzuholen, ehe andere auf die gleiche Idee kamen. Aber Oswald wusste auch, dass man hierzulande nicht zu direkt sein durfte. Alles hatte seine Zeit, auch die Verhandlungen über ein nächstes Projekt.

Er war außerordentlich zuversichtlich und froh darüber, Lukas nicht mit auf die Reise genommen zu haben. Der war einfach zu steif und außerdem vertrug er die Temperatur im Lande nicht. Ganz am Anfang hatte er ihn mal an seiner Seite gehabt und dann bekam sein Geschäftspartner Kreislaufprobleme und das Essen lehnte er rundweg ab. Das ging ja nun gar nicht. Es war ihm lieber, wenn Lukas die Touren nach Prag übernahm, wo auch gerade das eine oder andere Geschäft eingefädelt wurde. Dann traf man sich auf neutralem Gebiet. Und für Konspiratives hatte sein Geschäftspartner doch ein Händchen. Das musste man ihm lassen.

Der Wagen hielt vor dem Hotel. Oswald wartete, bis der Fahrer die Tür öffnete. Dann stieg er aus und streckte sich.

„Ich will mich nur ein wenig frisch machen", erklärte er zu Achmatbek gewandt, der verständnisvoll lächelte und erklärte, er wolle im Empfangsbereich auf ihn warten und er solle sich die Zeit lassen, die nötig sei. Beide Herren verschwanden im Eingang, wo Bedienstete sie sofort in Empfang nahmen.

Der Fahrer lehnte sich an den Wagen und steckte sich eine Zigarette an. Das konnte dauern. Aber er war in seinem Job in Geduld geübt. Die Sonne brannte erbarmungslos hernieder, was den Mann aber nicht im Geringsten zu stören schien. Ein Motorroller fuhr knatternd an ihm vorbei, der Fahrer nickte grüßend. Zwischen seinen Beinen stand der kleine Sohn und seine Frau saß seitlich hinter ihm auf dem Sozius. Ein helles Kopftuch ließ nur die Augen frei, unter ihren weiten Röcken lugten die Absatzschuhe hervor und sie hielt ein umfangreiches Stoffbündel in der Linken. Ein Cousin väterlicherseits mit seiner noch kleinen Familie. Der Fahrer lächelte, nahm den letzten Zug, warf die Kippe auf den Boden und trat sie aus.

Gernot Schindler rempelte Alexander im Eingangsbereich der Dienststelle an, als er ihn überholte.

„Langsam, Gernot, du bist hier nicht auf dem Sportplatz", hielt ihn Alex etwas unwirsch am Arm zurück.

Offensichtlich nur ungern ließ sich der Verkehrspolizist stoppen. Er zog seinen Arm ruppig aus der Umklammerung.

„Ich habe es total eilig!"

„Was du nicht sagst."

„Mann, wir haben uns heute Nacht eine Verfolgungsjagd geliefert. Ich dachte, ich bin live auf RTL."

„Und, erfolgreich, du Fernsehstar?"

„Na klar, was sonst. Aber dazu später. Wir müssen noch ein paar Beweise sichern."

Alexander schüttelte den Kopf und ließ seinem Kollegen den Vortritt, der im Laufschritt zu einem der Polizeiwagen lief, einstieg und sofort davonbrauste. Im Fahrzeug hatte schon Heike Langenkämpfer gesessen und ihm zugewinkt, was Alex flüchtig erwiderte.

Nach ein paar Schritten war Alexander auf der Brücke angekommen, stützte sich auf dem Geländer ab und schaute Richtung Oberhafen. Ein paar Möwen kreischten und zogen schwebend ihre Kreise. Er schloss die Augen und sog die Luft tief ein. Da war er wieder, dieser unverkennbare Duft aus dem Wasser, dem Motorenöl und dem Diesel der Kähne und Dampfer. Ein einzigartiges Gemisch. Jetzt sah er Berlin vor seinem inneren Auge, seine Familie, die Mädchen noch ganz klein, wie er sie sich beide unter jeweils einen Arm presste und sich drehte, woraufhin Lena und Tina in Jauchzen ausbrachen und nicht genug bekommen konnten. Dazu das Lachen von Olga. Eine herzliche Idylle. Schmerzhaft verspürte er die Sehnsucht danach.

Dann fiel ihm ein, wie sehr er doch eigentlich in Minden angekommen war. Zu Jahresbeginn hatte er erneut am Parlamentarischen Abend im großen Rathaussaal teilgenommen und inzwischen kannte er schon Hinz und Kunz, war mit einigen per Du und sogar recht freundschaftlich verbunden. Die Gespräche am Rande fanden gar kein Ende in dem proppenvollen Saal mit sicher über dreihundert Gästen. Wenn er das mal mit seiner ersten Veranstaltung dieser Art verglich, dann lagen Welten dazwischen, da hatte er noch am Rande gestanden, sich ziemlich gelangweilt, immer nur am Orangensaft genippt und laufend das Gähnen unterdrückt. Damals waren ihm weder der Bürgermeister geläufig noch die Themen, von denen dieser in seiner Rede gesprochen hatte. Und was hatte er diesmal verkündet? 2015 wollte er sich nicht mehr um das Amt bewerben? Na ja, alles im Leben hatte seine Zeit. Alexander grübelte, ob er so eine Funktion ausüben wollte. War sicher nicht einfach, allem gerecht zu werden. Man war bestimmt ständig irgendwelchen Anfechtungen ausgesetzt. Amüsiert hatte es ihn, als der Bürgermeister meinte, Minden sei keine Metropole, aber auch keine Kleinstadt, weshalb es so schwer sei, sich als Standort zu behaupten. In Berlin hatte es bei den Neujahrsempfängen auch immer geheißen, wie mühsam alles zu bewältigen wäre… Insofern glichen sich die Ereignisse schon. Aber der Hickhack ums Wesertor und die dort infrage kommenden Investoren, der Regioport, die Schullandschaft, das Wirtschaftsförderungskonzept, die Rückkehr der Mindener Stadtwerke in kommunale Hand und die Gestaltung der Fußgängerzone - das waren alles inzwischen Themen, mit denen sich Alexander auskannte und wo er mitredete, wenn es in der Dienststelle mal darum ging.

Das mit den vielen Herausforderungen im sozialen Bereich hatte er auch aufschlussreich gefunden. Die Hartz-IV-Quote würde mit elf Prozent zu hoch sein und mit etwas mehr als neunzehntausend Euro Durchschnittseinkommen pro Jahr würde man kreisweit auf dem letzten Platz liegen. Keine rühmlichen Zahlen, sondern solche, die auch sozialen Brennstoff lieferten. Aber weltoffen und bunt sei die Stadt, die zahlreichen Menschen eine Zuflucht böte, die von Verfolgung oder Elend betroffen seien. Und man könne prima in ihr leben. Die Formulierung hatte sich Alexander eingeprägt. Er konnte sie nur bestätigen. Bei der Auszeichnung für ehrenamtliches Engagement hatte er so heftig geklatscht, dass ihm fast die Hände wehtaten. Ohne solche tollen Leute würde wahrscheinlich das gesamte Gesellschaftssystem aus den Fugen geraten. Da war er sich sicher und bedauerte, nicht mehr Freizeit zur Verfügung zu haben.

Die Mindener Stadtverordneten und Ortsvorsteher hatten Namensschilder getragen, damit man sie leichter ansprechen konnte. Mit allerlei Honoratioren der Stadt - aus Wirtschaft und Kultur, von Verbänden, Behörden, Kirchen und sozialen Einrichtungen sowie Fachleuten der Verwaltung - hatte er dann bis spät in die Nacht geplaudert, unter musikalischer Begleitung mit Gesang, Klavier, Gitarre, Saxophon ... Die Evergreens und Musicalmelodien waren nicht so ganz sein Geschmack gewesen, aber die Jazzstandards unbedingt. Sie hatten ihn sofort an den Abend mit Janine im Jazzclub erinnert, als ihre Beziehung ihren Anfang nahm.

Das Klingeln seines Handys holte ihn auf den Boden der Tatsachen zurück.

„Sag mal, wo steckst du denn, Alex", erkundigte sich Wolfhard mit leichtem Vorwurf in der Stimme. „Ich denke, wir wollen in die Pathologie. Da stehe ich Gewehr bei Fuß an meinem Arbeitsplatz und warte und warte. Und wer nicht kommt, das ist mein Vorgesetzter. Was ist denn los?"

„Sorry, Wolfhard. Ich musste mal eben an die frische Luft. Wenn du aus dem Fenster schaust, müsstest du mich fast sehen können. Ich stehe auf der Brücke ..."

„Keine gute Idee. Da müsste ich ja gewissermaßen um die Ecke gucken. Ich komme gleich runter und wir treffen uns am Eingang."

„So machen wir das."

Alexander lief wieder zur Dienststelle zurück und kaum angekommen, tauchte Wolfhard auch schon in der Tür auf.

„Willst du fahren oder soll ich?"

Auf diese Frage seines Kollegen kam inzwischen eigentlich immer die Bemerkung von Alexander, dass er fahren wolle, seitdem er sich recht gut in der Region auskannte. Aber diesmal nicht.

„Lass mal, Wolfhard. Ich wäre dir dankbar, wenn du das übernimmst."

„Nanu, was belastet dich denn? Ich glaube, du bist mir mal eine Erklärung schuldig. Schaust schon die ganze Zeit so griesgrämig in die Gegend."

„Hm."

„Bist schon ebenso kurz angebunden wie die Ostwestfalen. Schnell gelernt, mein Junge. Aber das reicht mir nicht. Schließlich betrachte ich mich auch als so eine Art väterlicher Freund ..."

„Wie lieb von dir, aber es ist schon schwierig."

Beide saßen inzwischen im Auto und Wolfhard hatte den Wagen in Bewegung gesetzt. Alexander holte deutlich hörbar Luft.

„Meine Frau liegt in Berlin im Krankenhaus. Sie ist niedergeprügelt worden, nachdem sie einem Südafrikaner in der U-Bahn zu Hilfe kommen wollte. Man hat sie jetzt in ein künstliches Koma versetzt ..."

Alexander versagte die Stimme. Wolfhard schaute besorgt hinüber und fuhr in eine Parkbucht, um dort zu halten. Dann wandte er sich ihm direkt zu.

„Oh, das tut mir aber leid. Kann ich irgendwie helfen?"

„Das ist nett von dir, aber ich weiß im Moment selbst nicht weiter."

Beide schwiegen eine Weile und jeder hing seinen Gedanken nach. Dann sahen sie sich an und Alexander nickte. Wolfhard startete den Wagen erneut und sie fuhren Richtung Klinikum.

„Was ist eigentlich mit Gernot los, der machte vorhin so einen auf Actionheld? Hast du da was mitbekommen?", wechselte Alexander das Thema.

Jetzt lachte Wolfhard auf. „Einem anderen Kollegen ist, als er nach der Spätschicht noch ins Fitnesscenter wollte, ein Nummernschild ins Auge gesprungen. Kurz vorher war da jemand wegen Tankbetrug auffällig geworden und die Nummer kursierte im Dienst. War eben eine einprägsame Kombination. Na, jedenfalls hat er uns hier alarmiert. Gernot hatte gerade Dienst. Die Kollegen haben dann mit dem Streifenwagen die Verfolgung aufgenommen. Muss wohl ziemlich abenteuerlich gewesen sein. In irrer Geschwindigkeit, bei Rot über die Kreuzungen. Schließlich hatten sie das Fahrzeug in die Enge getrieben. Die Fahrerin, offensichtlich unter Drogen, blieb hinter dem Lenkrad sitzen und der Beifahrer sprang in die Weser. Kennzeichen gestohlen, Auto nicht zugelassen, kein Führerschein ... Und beide Anfang zwanzig. Außerdem als Gangsterpärchen allseits bekannt von ihren räuberischen Aktionen an den Tankstellen."

„Wie kann man sich nur so sein Leben versauen", kommentierte Alexander.

„Du sagst es. Aber wir haben noch eine ganz andere Sache auf dem Tisch. Die Story eben ist ja nicht unser Ding."

„Erzähl!"

„Mal wieder eine Vermisstenmeldung!"

Sofort rotierten im Gehirn von Alexander die Verbindungen. Ihm fiel der alte Herr ein, der das seltsame Verschwinden seines Freundes angezeigt hatte. Schon ein Weilchen her, aber noch glasklar in Erinnerung. Das war eine ganz tragische Geschichte gewesen. Nachdem der Fall aufgeklärt war, hatte er den Mann angerufen. Er hätte das ja nicht tun müssen, aber irgendwie war es ihm ein Bedürfnis gewesen, vielleicht eine Frage der Verbindlichkeit. Seltsam gefasst war der Rentner damals gewesen, als er bei einem Aufenthalt in Minden noch einmal in der Dienststelle an der Marienstraße vorbeikam.

„Man braucht einen Ort zum Trauern", hatte er gemeint. „Nichts ist schlimmer als die Ungewissheit."

Das hatte sich Alexander eingeprägt und die Männer hatten sich mit einem freundschaftlichen Händedruck voneinander verabschiedet.

„Ich weiß, mein lieber Alex, bei Vermisstenmeldungen läuten bei dir gleich die Alarmglocken", holte ihn Wolfhard aus seiner Erinnerung zurück.

„Du sagst es, Wolfhard. Zu oft hat sich das schon als tödliche Variante entpuppt. Ich glaube selten an einfaches Verschwinden. So nach dem bekannten Motto ‚Ich geh mal eben Zigaretten holen' und schwuppdiwupp hat sich jemand in Nichts aufgelöst. Worum handelt es sich denn diesmal?"

„Sarah Zehner hat die Anzeige aufgegeben. Sie befand sich mit den Kindern bei ihren Eltern an der See ..."

Alexander bekam einen verklärt-schwärmerischen Blick und sah seine heiß geliebte Insel Usedom vor sich. „Sprich ruhig weiter!"

„Ihr Mann ist dienstlich unterwegs in Kirgisien oder Kirgistan oder wie das heißt, will da streng vertrauliche Kontakte aufbauen und ist sowieso immer schwer im Ausland beschäftigt, wie seine Frau erklärte. Deshalb hat sie sich zunächst auch keine Gedanken gemacht, als er sich nicht meldete."

„Ja, und?"

„Inzwischen kommt es ihr spanisch vor. Es gab da bei den Eheleuten gewisse Rituale. Spätestens nach drei Tagen hat sich Oswald Zehner immer gemeldet, egal von wo. Er fand dann immer einen Weg."

„Und was macht er beruflich?"

„Irgendwas mit Medizintechnik. Wir haben da bislang nicht weiter nachgehakt. Liegt ja auch noch nicht als Fall zur Bearbeitung auf unserem Tisch. Ich dachte nur, an der Sache könnte was dran sein. Von wegen Bauchgefühl und so – wie bei Janine!"

„Mir geht es da wie dir", erwiderte Alexander nachdenklich.

Das Auto stoppte vor dem Klinikum und die beiden Beamten begaben sich in Richtung Pathologie.

„Wir sollten dann mal die Vermisstenmeldung für die Presse fertigmachen", sagte Alexander unterwegs.

„Ich kümmere mich darum", antwortete Wolfhard.

Und beide betraten das Gebäude der Gerichtsmedizin – das Reich von Professor Engelbrecht, wenn er in seinen Obliegenheiten vor Ort im Einsatz war.

„Gut, dass Sie kommen", empfing er Alexander und Wolfhard. „Ich habe hier was ganz Spezielles für Sie!"

Und er stellte ein Glasgefäß mit etwas Undefinierbarem auf den Seziertisch. Es musste einst rosafarben gewesen sein, jetzt herrschte ein trübes Grau vor. Der Gerichtsmediziner strahlte und erläuterte beiden seine Entdeckung, die noch dem Mordfall zuvor zuzuordnen war. Dabei hielt er die Innerei den beiden abwechselnd dicht vor die Augen, damit sie seine Erläuterungen auch gut nachvollziehen konnten.

Alexander atmete tief ein und aus, als er danach mit Wolfhard im Polizeiwagen saß. Jetzt fuhr er wieder.

„Schmeckst du auch dieses Formaldehyd auf den Schleimhäuten?"

Wolfhard schaute irritiert.

„Was? Schmecken? Ich dachte gerade an unsere verpasste Chance auf einen Imbiss. Es ist leider schon ziemlich spät. Der Professor ist ja nicht zu stoppen, wenn er in seinem Element ist …"

„Na ja, das Thema Essen liegt mir momentan eher fern. Jedesmal, wenn ich in diesem Bereich des Klinikums bin, werde ich den Geschmack nicht los, der sich bei mir festsetzt. Das ist vielleicht wie bei einem Maler, der ständig den Ausdünstungen der Farben ausgesetzt ist, die sich penetrant verankern …"

„Hilft nur die Flucht in einen kräftigen Schluck. Ich würde mal einen guten Klaren empfehlen."

Jetzt war es an Alexander, konsterniert zu blicken.

„Du verstehst mich nicht. Es geht mir hier doch nicht darum, einen Grund für ein Glas Alkohol zu finden. Das liegt mir fern. Vor allem tagsüber und während der Arbeit! Aber mich belastet dieser widerliche Geschmack, den ich einfach nicht loswerde."

„Ach so …", entgegnete Wolfhard, um fortzufahren: „Also daran habe ich mich gewöhnt. Hat mir auch nie wirklich was ausgemacht. Da bist du wahrscheinlich ein Sensibelchen, mein lieber Alex."

„Mag schon sein", gab Alexander zu und fuhr den Wagen in die gerade frei gewordene Lücke vor der Dienststelle in der Marienstraße.

„Also, du kümmerst dich jetzt um die Vermisstenmeldung, wie abgesprochen?"

„Ich leide doch noch nicht an Alzheimer. Natürlich. Hatten wir bereits drüber gesprochen. Bin quasi schon auf dem Weg zur Pressestelle."

Alexander grinste jetzt: „Perfekt gekontert. Das hätte von mir sein können."

Sie stiegen aus und liefen zum Eingang.

Wolfhard hatte schon das Foto des vermissten Oswald Zehner als Mailanhang an die Presseabteilung versendet, griff jetzt aber zum Telefon.

„Hallo Kai, ich habe dir eben ein Foto geschickt. Ich komme gleich mal rüber, damit wir das kurz besprechen können."

„Ja, ich sehe das Bild vor mir. Vermisstenmeldung, hast du geschrieben. Schon wieder einer. Na gut. Dann bis gleich."

Kai Schmökel vertiefte sich noch einmal in den Beitrag im Tageblatt. Sie hatten erneut auf eine Anfrage reagieren müssen, in der es um die Einsatzreaktionszeiten ging. Dabei lag Minden-Lübbecke gar nicht so schlecht im Schnitt. Und nur einige wenige Einsätze, von den insgesamt etwa fünfzigtausend im Jahr, mit besonders langen Anfahrtswegen verdarben die ganze Statistik. Das war eben das Problem in einem Flächenkreis. Ach was, er wollte sich gar nicht darüber ärgern. Mit Statistik konnte man sowieso alles beweisen, je nachdem von welcher Seite man sich einem Sachverhalt näherte. Aber hier stand doch, dass sie bei den Einsätzen „Täter am Ort" wieder recht gut abgeschnitten hatten. Auch bei den Notrufen 110 lagen sie in einem ordentlichen Mittelfeld. Außerdem gehörte doch die Qualitätskontrolle seit Langem zu den Standards innerhalb der Kreispolizeibehörde. Kai Schmökel schob die Zeitung beiseite, als es klopfte.

Und schon kam Wolfhard herein, ohne ein Echo abzuwarten. Er erkannte die Zeitung auf dem Tisch und nickte: „Hab ich heute früh schon gelesen. Unsere Leitstelle soll mit ihren drei Plätzen nicht ausreichend besetzt sein …"

„Ja, ja, darauf habe ich doch geantwortet. Dass wir vier Bearbeitungsplätze haben, von denen drei ständig besetzt sind, was völlig genügt."

Kai Schmökel klang genervt.

„Nichts für ungut", lenkte Wolfhard ein. „Deshalb bin ich ja auch gar nicht gekommen. Also, unser Vermisster. Ich habe hier mal die Eckdaten. Alex meinte ebenfalls, wir sollten uns einschalten."

Und er schob ein Blatt Papier über den Tisch, das sich Kai griff und eingehend studierte.

„Hm. Alles da, was ich brauche."

Er blickte auf die Uhr.

„Du kommst zur rechten Zeit. Wenn ich das sofort fertigmache, schaffe ich es vor Redaktionsschluss. Dann kann es morgen in der Zeitung stehen."

„Na, prima. Daran wäre uns sehr gelegen. Gerade mit dem Bild dazu macht es die Leute doch aufmerksam. Vielleicht meldet sich ja der eine oder andere und hat sachdienliche Hinweise."

„Wie in der Vergangenheit. Genau. Insofern ist die Öffentlichkeitsarbeit schon ganz wichtig, auch wenn mal so ein einzelner Beitrag nicht ganz nach meinem Geschmack ist. Unser eigenes Controlling ist doch top und schließlich und endlich entscheidet die Langzeitentwicklung."

„Genau", bestätigte Wolfhard, ohne wirklich zugehört zu haben. „Wenn du noch Fragen hast, dann hat Janine auch alle Unterlagen."

„Ich denke mal, nicht. Aber danke."

Und die beiden verabschiedeten sich.

Im Flur traf Wolfhard auf Heike und Janine, die sich gerade angeregt unterhielten. Als er grüßend dazustieß, verstummten sie zunächst, um gleich wieder fortzufahren. Das Wort Implantate war noch bei ihm hängengeblieben. Wolfhard grinste. Das hatten die beiden Mädels doch überhaupt nicht nötig. Ach, Frauen, dachte er. Die haben aber Probleme. Er öffnete die Tür zu seinem Büro und setzte sich wieder an seinen Schreibtisch.

Wolfhard nahm sich die Unterlagen zu dem vermissten Mann aus Porta vor. Die Sache war jetzt wenigstens abgeschlossen. Alex hatte ihm alles auf den Tisch gelegt, damit er die nächste Meldung für die Pressestelle vorbereiteten konnte. Pressesprecher Kai Schmökel legte immer Wert auf akribisches Zuarbeiten. Keine Frage, das bekam er.

Wolfhard erinnerte sich daran, wie sie im Jahr zuvor alle Hebel in Bewegung gesetzt hatten, um den alten Herrn wiederzufinden, der aus einem Seniorenheim verschwunden war. Spürhunde waren im Einsatz, Hubschrauber flogen über die Region. Busfahrer hatten sie befragt, Revierförster einbezogen. Aber der an Parkinson Erkrankte blieb einfach verschwunden. Doch schließlich entdeckte ihn ein Spaziergänger mit seinem Jagdhund an einer undurchdringlichen Stelle im Gestrüpp, nur begehbar über einen Trampelpfad der Wildtiere. Wolfhard blickte noch einmal auf die Untersuchungsergebnisse der Gerichtsmediziner aus Münster. Sie hatten letzte Klarheit geschaffen, dass es sich nicht um ein Gewaltverbrechen handelte. Der Mann war offensichtlich erschöpft liegen geblieben und dann ... verhungert? Verdurstet? Wolfhard wollte sich die Qualen nicht vorstellen, die der alte Herr in seinen letzten Stunden erleiden musste. Hoffentlich war ihm das Schicksal gnädig gewesen und er hatte nicht allzu viel davon mitbekommen. Wolfhard machte noch eine letzte Notiz und schloss die Akte. Dann schickte er Kai eine Mail.

„Hast du das gelesen?", erkundigte sich Janine, als sie die Kollegin von der Spurensicherung im Flur traf.

„Was meinst du?", wollte Heike wissen.

„Na, die Sache mit der Kfz-Tauglichkeitsuntersuchung in Bielefeld."

„Nein. Bin gestern und heute nicht dazu gekommen, mal ins Tageblatt zu schauen."

„Aber darüber reden doch schon alle."

„Ach ja? Alle?"

Heike verkniff sich einen Seufzer. Von Klatsch hielt sie überhaupt nichts. Aber sie wollte auch Janine nicht enttäuschen und so fügte sie dennoch an: „Dann erzähle doch einfach mal, was da stand."

Heike fand das Thema eigentlich langweilig. Diese Kraftfahrzeugtauglichkeitsuntersuchungen – ein grausig langes Wort – waren für Polizisten zwingend vorgeschrieben. Beamte unter fünfzig Jahren mussten sie alle fünf Jahre, die älteren alle drei Jahre an ihrem jeweiligen Dienstort vornehmen lassen. Vom zuständigen Polizeiarzt. Hör-, Seh- und Reaktionsfähigkeit wurden da getestet, in der Regel kamen noch ein Elektrokardiogramm und ein Urintest dazu. Man hatte da so gewisse Standards.

„Da hat doch ein Arzt tatsächlich verlangt, dass Polizistinnen ihre Brüste freimachen müssten, um nachzuweisen, dass sie keine Silikon-Implantate hätten …"

In dem Moment war Wolfhard aufgetaucht und hatte die beiden in ihrem Dialog kurz unterbrochen. Janine hatte sich empört und schnaufte jetzt. Kaum war Wolfhard verschwunden, knüpfte sie am letzten Satz an.

„… und diese Silikon-Implantate könnten zur Polizeidienstunfähigkeit führen."

„Nein, echt?"

Heike war entrüstet, wenngleich sie sich die Sache mit diesen Implantaten nicht wirklich vorstellen konnte. Sie war zufrieden mit dem, was ihr die Natur beschieden hatte. Dann schaute sie genauer auf Janine. Dort war offensichtlich auch kein Handlungsbedarf. Ein Grinsen stahl sich in ihr Gesicht.

„Du findest die Sache doch nicht etwa lustig?"

„Keineswegs."

„Zum Glück sind diese Formen der Untersuchungen jetzt gestoppt worden. Niemand muss nun mehr dabei den BH ablegen. Außerdem haben die Überprüfung der Fahrtauglichkeit und die allgemeine Polizeidienstfähigkeit nichts miteinander zu tun. Die Gewerkschaft hat bemängelt, dass die ganze Aktion überhaupt rechtswidrig sei."

„Also ist die Sache jetzt ausgestanden", beendete Heike das Thema. „Na, so was ist uns hier ja zum Glück noch nicht untergekommen."

Sie setzte ein ernstes Gesicht auf, denn Janine war offensichtlich sehr engagiert, was diese Angelegenheit anging.

„Bis dahin", verabschiedete sich Heike. Sie drehte sich um und lief den Flur entlang.

Janine schüttelte enttäuscht den Kopf. Manchmal begriff sie die Kolleginnen nicht, wie sie mit derartig brisanten Sachverhalten so gleichgültig umgingen. Da hätte sie zumindest bei Heike schon mehr Interesse und eine ganz andere Reaktion erwartet.

Walther Siekmeyer kniete auf allen vieren auf dem Moorboden. Er arbeitete ehrenamtlich, stammte aus Nettelstedt und engagierte sich für das Umweltamt des Kreises Minden-Lübbecke. In dem großen Verwaltungsgebäude an der Portastraße ging er ein und aus. Er war bekannt für seine detaillierte Kleinarbeit. Wenn Walther etwas anpackte, dann klappte das. Er gehörte auch zu denen, die sich in der Betreuung der interessierten Gäste beim Naturschutzbund-Besucherzentrum „Moorhus" in Gehlenbeck engagierten. Das gab es noch gar nicht so lange. Wenn er ehrlich war, dann wäre es ihm allerdings am liebsten gewesen, wenn sich die Besucher nur auf einen Abstecher in dieses Zentrum beschränken würden und nicht auch noch ihre Spuren direkt im Moor hinterließen. Da konnte er manchmal richtig fuchsig werden, aber auch, wenn es um Zugehörigkeiten ging. Denn die einen nannten es Nettelstedter Moor, die anderen Hiller Moor und manche verhielten sich so, als gelte es Besitzrechte einzuklagen. Es lag aber nun einmal in beiden Bereichen. Da sollte man sich doch wohl zusammenraufen. Im Sinne der gemeinsamen Sache.

Momentan kroch er durch das Gestrüpp und blieb gerade an einer Brombeerranke hängen, die ihn nicht wieder loslassen wollte. Sie war mit seiner Hose eine innige Verbindung eingegangen.

„Man sollte die ganze Werbung für den Besuch dieser Gegend einstellen", fluchte er vor sich hin. Wenn er sich ärgerte, dann konnten das ruhig alle hören!

„Kein Schwein hält sich an die Auflagen der Naturschutzbehörde! Immerhin haben wir hier das bedeutendste Hochmoor Westfalens. Etwas Einzigartiges!"

Walther zog eine Grimasse und befreite sich mühselig von der festsitzenden Ranke.

„Ha, man könnte sich ja mal bei den Wanderungen auf den gekennzeichneten Routen halten. Gibt schließlich genug. Und die Hunde! Nichts gegen meine heißgeliebten Vierbeiner. Aber welcher Idiot lässt die denn hier immer wieder frei rumlaufen? Meine Susi bleibt schließlich auch daheim!"

Er redete des Öfteren mit sich selbst, das beruhigte ihn außerordentlich. Sein Blick war auf einen Kothaufen gefallen, dicht daneben hatte er seine Hand abgestützt. Er schüttelte sich. Natürlich schienen die Verbote, keine Pflanzen auszureißen oder zu pflücken, auch nicht zu fruchten. Gerade wieder hatte er ein paar Knick- und Bruchstellen entdeckt. Jetzt eine deutliche Schleifspur. Ob da wohl mal wieder einer seine Müllsäcke entsorgt hatte? Laufend landete Abfall in der Landschaft. Ausrangierte Fernseher, Sessel, Stehlampen, ganze Wohnungseinrichtungen. Dabei war die Pohlsche Heide gleich um die Ecke, wo man alles preisgünstig loswerden konnte. Und in den Gemeinden gab es sogar gelegentlich kostenlose Entsorgungsangebote. Es war nicht zu fassen. Walther schnaubte vor Wut, erhob sich und ging ein paar Schritte weiter.

„Die stören hier allesamt die gebotene Ruhe der wild lebenden Tiere", brummte er vor sich hin und hing weiter seinen Gedanken nach. Wenn die Banausen mal nicht sogar manchmal was mit nach Hause nahmen – fürs Terrarium oder Aquarium. Einfach so! Weiß der Himmel, was denen einfiel. Auf jeden Fall hatten seine geliebten Wildtiere an einem anderen Ort doch gar keine Chance. Am liebsten hätte Walther Siekmeyer überall Kameras installiert und das Geschehen verfolgt. Dann wäre ihm keiner entkommen. Dann hätte er jede Missetat ahnden können.

Es war irgendwie sein Moor, malerisch gelegen zwischen Wiehengebirge und Mittellandkanal, wenn es da im Frühjahr in wundervoller, zarter Blüte stand oder im Herbst die goldbraun gefärbte Vegetation strahlte oder auch im Winter, wenn gelegentlich alles mit in der Sonne glitzerndem Raureif überzogen wurde. Natürlich liebte er auch den Sommer, besonders wenn sich kein Lüftchen regte und es glutheiß war, was zusammen mit den aufdringlichen Bremsen Spaziergänger fernhielt. Ihm indes konnte weder Wind noch Wetter etwas anhaben, von den Tieren ganz zu schweigen.

Wenn es seine Zeit zuließ, dann streichelte er sanft über das Wollgras, konnte unendlich lange vor einem entzückenden Sonnentau verharren oder die Moosbeeren bewundern. Er liebte das Schilf und selbst die Birken, obwohl die ja nun eigentlich in seinem Moor nichts zu suchen hatten. Deshalb wurde regelmäßig dafür gesorgt, dass sie nicht überhand nahmen.

Er hatte einen Blick für die zahlreichen Tier- und Pflanzenarten, von denen so manche sehr selten oder sogar gefährdet waren. Keine Bekassine, keine Krick- oder Knäkente entging seinen aufmerksamen Augen. Der Moorfrosch war sein Lieblingstier. Dieses empfindlich genau an seine natürliche Umgebung angepasste Wesen. Schließlich galten Froschpopulationen in der Forschung als wichtiger Gradmesser für den Zustand von natürlichen Biotopen. Erfreuten sich seine Amphibien bester Gesundheit, konnte er davon ausgehen, dass sowohl das Wasser als auch die trockenen Gebiete hier im Moor nicht von Schadstoffen belastet waren. Interessanterweise atmeten Frösche nicht nur über ihre halbdurchlässige Haut, sondern sie nahmen auch all die Flüssigkeit, die sie zum Leben brauchten, darüber auf. Phänomenal, wie er fand.

„Ein Brut-, Nahrungs-, Durchzugs- und Siedlungsraum vom Allerfeinsten", lobte Walther halblaut vor sich hin.

„Und dann diese Vandalen. Das sieht ja hier aus wie bei Hempels unterm Sofa."

Er tat noch einen Schritt vorwärts, aber nun schon unter äußerster Vorsicht. Hier wurde es weich, sehr weich. Der Boden war nachgiebig und man konnte leicht versinken. Das war nicht ungefährlich. Er wusste um die Tücken seines Moores. Manchmal war es zickig wie eine Geliebte. Die hatte hier jemand aber tüchtig und weiträumig zerzaust.

„Nein!"

Walther blieb wie versteinert stehen. Sein Blick war auf eine Hand gefallen, die sich an einer dickeren Wurzel offensichtlich verkrallt hatte, ja zu klammern schien. Die sah aber echt aus. Ob sich da mal wieder einer einen üblen Scherz erlaubt hatte? Er zog seine Brille aus der Jackentasche und setzte sie auf die Nase.

„Oh Gott!"

Walther verspürte ein ungutes Gefühl. Er war immer noch nicht ganz überzeugt und um sicher zu gehen, kniete er sich hin und streckte seine Rechte vorsichtig nach den verkrampften Fingern aus. Nur ganz sacht berührte er die Haut und war jetzt davon überzeugt, dass es sich nicht um einen Artikel für die Halloween-Zeit handelte. Langsam zog er sich zurück.

Als Walther wieder festen Boden unter den Füßen hatte, atmete er tief durch und wählte die Nummer der Polizei.

„Was haben Sie gefunden?", erkundigte sich der Beamte in der Zentrale noch einmal sachlich, nachdem ihm Walther die Situation geschildert hatte.

„Na, eine Hand im Großen Torfmoor. Und ich könnte schwören, dass die sich dort noch nicht allzu lange befindet und außerdem ein ganzer Mensch dazugehört. Der steckt offensichtlich im Untergrund."

„Wir schicken einen Einsatzwagen bei Ihnen vorbei", erklärte der Polizist und gab etwas in seinen Computer ein. Dabei überlegte er kurz, ob bei einer Hand im Moor auch ein Rettungswagen nötig sei, aber der guten Ordnung halber wollte er den ebenfalls verständigen. Wer weiß, vielleicht war da ja doch noch was zu machen. Zeugen waren nie so recht einzuschätzen …

„Wo sind Sie genau?", erkundigte er sich noch einmal, um dann – als Walther seine Position exakt beschrieben hatte – nachzulegen: „Dann kann es ein klein wenig dauern. Die Kollegen müssen ja das Dienstfahrzeug auf einem der offiziellen Parkplätze abstellen. Bewahren Sie bitte Ruhe und bleiben Sie dort in der Nähe, damit Sie auch gleich gefunden werden."

„Jau", sagte Walther, was keines weiteren Kommentares bedurfte und eine eindeutige ostwestfälische Äußerung war.

Als die Einsatzkräfte vor Ort ankamen, fanden sie die Angaben von Walther Siekmeyer bestätigt. Der Rettungswagen mit dem Notarzt war nur kurz vor Ort. Dr. Schäfer konnte sich ein Grinsen nicht verkneifen, als er die Lage begutachtete.

„Ich glaube nicht, dass meine Hilfe da noch irgendwie von Nutzen sein kann. Am besten verabschiede ich mich gleich wieder. Wir haben auch schon den nächsten Einsatz, wie ich gerade höre. Kommen Sie allein klar?"

„Aber natürlich, Dr. Schäfer", antwortete die Polizistin Dagmar Scholz. „Es wäre allerdings schön, wenn Sie sich kurz mit Hauptkommissar Rosenbaum austauschen würden. Ich möchte hier nichts falsch machen."

„Kein Problem. Ich rufe bei ihm an."

Und schon betätigte der Notarzt die eingespeicherte Nummer.

„Hallo, hier Dr. Schäfer."

„Sind Sie denn schon bei der leblosen Person im Moor?", fragte Alexander am anderen Ende. „Wir sind in wenigen Augenblicken bei Ihnen."

„Ja, aber da wollte ich schon zum nächsten Einsatz unterwegs sein. Hier kann ich Ihnen nicht helfen. Das ist eher ein direkter Fall für die Gerichtsmedizin. Die Person, zu der die Hand gehört, ist ganz offensichtlich tot und nicht mehr zu retten."

„Besten Dank, Dr. Schäfer", verabschiedete sich Alexander und der Arzt steckte sein Handy wieder in die Hosentasche.

„Gutes Gelingen", wünschte er noch und war im selben Augenblick auch schon verschwunden.

„Da muss eindeutig die Spurensicherung ran", konstatierte der Polizist Bernd Langer und seine Kollegin Dagmar Scholz nickte bestätigend.

„Ich glaube auch nicht, dass wir hier so ohne Weiteres rumhantieren sollten. Mir scheint der Boden ziemlich unheimlich. Das ist alles so weich und nachgiebig."

Dagmar schüttelte sich und war etwas fahl im Gesicht.
„Du hast doch nicht etwa Angst?", grinste Bernd Langer und federte mit beiden Beinen auf dem Boden hin und her, der daraufhin leicht bebte.
„Sie brauchen das hier nicht ins Lächerliche zu ziehen", bemerkte Walther Siekmeyer trocken und fuhr bedächtig fort: „Das Moor hat schon immer mal den einen oder anderen verschluckt und niemals oder erst sehr, sehr spät wieder ausgespuckt."
Jetzt schaute Bernd etwas betroffen.
„Entschuldigen Sie, die Situation ist nur etwas merkwürdig. Wir haben nicht so oft eine Leiche im Moor."
„Das kann ich mir schon denken", stimmte Walther zu. „Es dürfte auch nicht ganz so einfach sein, diesen da herauszubekommen."
„Meinen Sie, dass das ein Mann ist?", fragte Bernd überrascht.
„Ich war näher an der Hand dran als Sie, mein Lieber. Das ist eindeutig die kräftige Pranke eines Mannes", versicherte Walther. „Außerdem: Welche Frau hat schon solche Haare auf dem Handrücken?!"
Dagmar nickte anerkennend: „Das ist doch schon mal sehr hilfreich, lieber Herr Siekmeyer. Haben Sie hier auch nichts verändert?"
„Wo denken Sie hin? Das würde ich doch nie tun. Ich habe mir lediglich erlaubt, einmal ganz kurz die Hand anzutippen. Ich dachte nämlich, das wäre ein Scherzartikel."
„Danke für Ihren Hinweis. Das ist schon wichtig zu wissen", sagte Dagmar, die sich sichtlich unwohl in ihrer Haut fühlte.
„Ah, da kommt die Kollegin von der Spurensicherung und der Gerichtsmediziner ist auch im Anmarsch. Fehlt nur noch der Kommissar …"

Die Polizistin lief auf dem festeren Weg, ein Stückchen entfernt, auf und ab und winkte den anderen zu.

Professor Eberhard Engelbrecht traf zuerst am Fundort ein und rieb sich die Hände. Irgendwie sah das erfreut aus, was zur aktuellen Lage nicht wirklich passen wollte. Er begrüßte die Anwesenden mit einem lockeren Kopfnicken.

Kurz nach ihm kamen Heike Langenkämpfer und schließlich Alexander mit Wolfhard aus der anderen Richtung. Mit schnellen Schritten bewegten sie sich auf die Gruppe zu. Zuerst befragte Alexander Walther Siekmeyer, wie er auf seinen Fund gestoßen sei und ob er in dem Zusammenhang besondere Beobachtungen gemacht habe.

„Ich hätte dann allerdings noch andere Verpflichtungen", sagte Walther Siekmeyer zuletzt. „Ich habe mich hier schon länger als nötig aufgehalten."

Alexander nickte und bat ihn darum, am nächsten Tag in der Behörde zu einem Protokoll vorbeizuschauen. Kaum hatte sich Walther Siekmeyer aus Hörweite entfernt, wandte sich Alex an die beiden Polizisten, die das Gespräch verfolgt hatten.

„Na, noch nicht alles abgesperrt und gesichert?", fragte er und sah Dagmar und Bernd streng an. „Mir fehlt hier das Band. Außerdem könnte jederzeit von rechts oder links ein ungewollter Zuschauer auftauchen. Wir können kein Publikum gebrauchen. Vor allem will ich da auf keinen Fall die Presse."

„Wie sollte denn die schon Wind von der Sache bekommen haben", fiel ihm Heike ins Wort.

„Ich habe schon Pferde vor Apotheken kotzen sehen", erwiderte Alexander. „Denk mal ans vorige Jahr, als dieser Fotograf wie aus dem Nichts auftauchte und im Anschluss in diesem Boulevardblatt grausige

Bilder nebst Schlagzeilen präsentierte. Hatte er mal eben unseren Funk abgehört. Kann ja wieder passieren. Wo heutzutage jeder schon jeden observiert ... Big brother is watching you!"

„Das ist nun aber ein größeres Thema, mein lieber Alex", sagte Heike. „Können wir gern mal bei einem Glas Bier diskutieren, wenn du magst."

„Da wäre ich herzlich gern dabei", mischte sich Wolfhard ein. „Ein Glas Bier klingt immer gut. Da kann ich mitreden und das Thema finde ich auch höchlichst interessant. Allerdings muss ich euer Geturtel doch unterbrechen. Wir sollten uns mal um die Hand und das, was eventuell noch dazu gehört, kümmern."

„Ganz in meinem Sinne", sagte jetzt Professor Engelbrecht. „Ich wäre ja bei einem andersgearteten Anruf an meinem Arbeitsplatz im gerichtsmedizinischen Institut geblieben. Aber dieser Fall hier scheint mir doch spektakulär. Den wollte ich mir nicht entgehen lassen, sondern auch vor Ort in Augenschein nehmen. Damit ich mir später ein besseres Bild machen kann!"

„Sie sehen irgendwie erfreut aus, wenn Sie mir die Bemerkung gestatten", warf Alexander spontan ein und biss sich auf die Lippen. Nein, das hatte er eigentlich nur denken wollen, aber nun war es raus. Gesagt, ist gesagt. Da gibt es kein Zurück.

Der Gerichtsmediziner legte ein feines Lächeln in seine Mundwinkel und seine Augen blitzten: „Wenn Sie schon so direkt sind, dann will ich auch ebenso antworten. Tja, es gibt in meinem Beruf die unterschiedlichsten Herausforderungen. Manches ist die pure Routine, manches entpuppt sich als knifflige Angelegenheit. Aber vieles ähnelt sich doch im Alltag, wenn man schon so viele Berufsjahre wie ich auf dem Buckel hat."

Für einen Augenblick hielt der Professor inne.

„Eine Moorleiche indes, die hatte ich noch nie in meiner beruflichen Laufbahn. Die interessiert mich aufs Äußerste. Von Kollegen habe ich da schon so allerlei gehört und natürlich gelesen. Aber nun kann ich das selbst prüfen. Insofern freue ich mich sogar auf diese Aufgabe, wenn ich ehrlich bin. Zufrieden mit der Antwort, Herr Hauptkommissar?"

Alexander nickte, während die leichte Röte, die anfangs in seinem Gesicht aufgetaucht war, wieder verschwand. Der Gerichtsmediziner hatte sich niedergekniet und tastete mit seiner Rechten, über die er zuvor einen Handschuh gestreift hatte, an der Hand entlang in den Untergrund.

„Das dürfte wirklich mehr versprechen", meinte er, indem er seine Rechte aus dem Morast herauszog und sich wieder erhob.

Heike befand sich bereits in ihrem Element und stapfte durchs Unterholz. Wo ist denn hier der Anfang und wo das Ende, fragte sie sich bei den weiträumigen Spuren auf dem Areal. Ob Fund- und Tatort identisch waren? Ach, darum wollte sie sich mal jetzt keine Gedanken machen. Das war nicht ihr vorrangiges Thema. Auch sie verfing sich an der ausufernden Brombeerhecke und fluchte.

Nur kurz dachte sie an die Möglichkeit, die Tatortvermessungsgruppe des Landeskriminalamtes NRW mit einzubeziehen. Aber hier in der freien Natur? Über die digitale Vermessung hatten die Ermittler die Chance, anhand eines dreidimensionalen Bildes auch zu einem späteren Zeitpunkt noch genaueste Betrachtungen vorzunehmen. Ach was, dachte Heike. In diesem Fall doch nicht ... Sie würde sehen, was sich in ihrem eigenen Laboratorium machen ließ und ansonsten weitere Prüfungen in der kriminaltechnischen Untersuchungsstelle beim Landeskriminalamt veranlassen.

Wenig später rückten die Kollegen an, die den Auftrag hatten, den Toten zu bergen, was mit aller gebotenen Vorsicht vonstatten gehen musste. Sie arbeiteten mit Seilen und einer Winde und schließlich gab das Moor mit einem unpassenden Schmatzen seinen zeitweiligen Besitz wieder frei. Der Körper war über und über in schwarzen Morast gehüllt. Professor Engelbrecht beobachtete das Geschehen und kniete sich schließlich neben die Leiche.

„Das hat doch mal was", murmelte er.

„Was meinen Sie?", erkundigte sich Alexander, der sich zu ihm gesellt hatte.

„Ach, ich finde die ganze Angelegenheit nur höchlichst interessant. Das wird schon mal spannend, wenn wir ihn Lage um Lage ausziehen. Eventuelle Tascheninhalte bekommen Sie dann ja zugestellt. Was Fasern am Körper angeht, so mache ich Ihnen hierbei allerdings keine Hoffnungen. Vielleicht gibt aber der Dreck unter seinen Fingernägeln was her. Da schauen wir dann später."

„Könnten Sie denn vielleicht an dieser Stelle was zum Todeszeitpunkt sagen?", wollte Alex noch wissen.

„Schwierig, schwierig. Auf jeden Fall liegt der Mann schon etwas länger in seinem Moorgrab. Mindestens vierundzwanzig Stunden. Alles andere können Sie dann meinem Obduktionsbericht entnehmen."

„Wie immer, ich weiß."

„Ich gehe mal davon aus, dass der Staatsanwalt und Sie an der Leichenöffnung teilnehmen wollen?"

„Durchaus!“

Alexander verzog keine Miene. Diesen Teil seines Jobs hätte er gern jemand anderem übertragen. Aber das war nicht machbar.

„Übrigens müsste ich mich dann auch mal wieder auf den Weg machen!“

Der Professor schaute auf seine Armbanduhr.

„Wir sehen uns in der Pathologie.“

„Tschüss dann“, verabschiedete sich Alexander und sah über die idyllische Moorlandschaft Engelbrecht hinterher, der sich mit seinem Gepäck wieder entfernte.

Währenddessen sperrten Dagmar Scholz und Bernd Langer das Gebiet mit dem rot-weißen Flatterband weiträumig ab.

„Was hältst du denn von den Überwachungskameras für die Polizei in NRW?“, wollte Dagmar wissen, während sie ein Stück Band verknotete.

„Meinst du die Body Cams an den Uniformen?“

„Genau.“

„Finde ich gar nicht verkehrt und in den USA haben sie ja die Dinger auch schon getestet. Da werden die Minikameras einfach über einer Weste auf der Schulter des jeweiligen Polizisten befestigt. Und damit kannst du im täglichen Streifendienst alles aufzeichnen. Das ist doch ideal.“

„Ich weiß nicht“, wandte Dagmar ein. „Es gibt immerhin auch Persönlichkeitsrechte, die damit verletzt werden. Nicht nur die der eventuellen Täter, sondern auch unsere … Ich möchte bei der Arbeit nicht laufend gefilmt werden!“

„Nein, das sehe ich anders“, betonte Bernd und rollte noch ein Stück Flatterband in die Landschaft. „Wenn Polizeibeamte attackiert werden, kann man es damit dokumentieren und es dient auch der Abschreckung, wenn die Leute wissen, sobald sie gegen uns die Hand erheben, könnte das aufgenommen werden."

„Ich bin trotzdem skeptisch."

„In Frankfurt proben sie das schon eine ganze Zeit und die Zahl der Angriffe auf Polizisten ist dabei deutlich zurückgegangen."

„Aha, das würde dann allerdings doch dafür sprechen", erwiderte Dagmar. „Gibt es denn so viele Übergriffe? Ich lese so was gar nicht, weil ich das nicht an mich heranlassen will."

„Aber den Kopf in den Sand zu stecken, das bringt auch nichts. Bei uns in Nordrhein-Westfalen gab es 2013 fast zwölftausend Fälle, bei denen mehr als tausendachthundert Polizisten verletzt wurden."

„Wirklich? Das klingt ja beängstigend."

„Siehst du und genau deshalb finde ich das wichtig. Gegen die Kameras in den Streifenwagen hast du doch auch nicht protestiert."

„Ach, das ist aber was anderes. Wenn wir die entsprechend positionieren, können die ja das Geschehen draußen erfassen. Das finde ich schon in Ordnung."

„In Bayern überlegen sie sogar, ob sie mit diesen Body Cams nicht nur die Bilder, sondern auch den Ton aufnehmen", sagte Bernd und blickte in die Runde. „Ich glaube, wir haben jetzt ausreichend von unserem Flatterband eingesetzt."

Dagmar nickte und beide begaben sich wieder zu ihrem Dienstfahrzeug, um eventuelle weitere Anweisungen abzuwarten.

Staatsanwalt Marc Oberländer hatte in der Zwischenzeit auf dem Handy von Alexander angerufen. Er würde sich etwas verspäten, wolle aber unbedingt noch einen Blick auf die konkrete Situation mit dem Toten werfen. Auf der A2 von Bielefeld kommend habe sich vor ihm ein Lkw quergelegt und einen Teil seiner Last verloren.

„Jedes Mal dieses Theater auf diesem Stück Autobahn", hatte der Staatsanwalt geflucht und Alexander konnte ihm nur beipflichten: „Ich könnte Ihnen auch Geschichten von der A2 erzählen. Ist ja meine Dauerstrecke in meine Heimatstadt Berlin. Immer wieder voller Erlebnisse und Baustellen und Staus. Nie wirklich kalkulierbar."

„Sie sagen es", hatte Marc Oberländer geantwortet, dann aber vermeldet, dass er jetzt wieder schneller vorankäme. „In fünfundzwanzig Minuten bin ich bei Ihnen."

„Soll ich noch warten?", erkundigte sich Heike.

„Tja, ich weiß nicht so recht", entgegnete Alexander. „Meist hat der Staatsanwalt ja noch irgendeinen Wunsch. Jetzt ist auch schon Professor Engelbrecht weg. Mir wäre einfach lieber, du bist noch da, wenn er eintrifft. Oder ist das ein Problem für dich?"

„Ach was, Alex. Wie sollte das denn ein Problem für mich sein, wenn du einen Wunsch hast."

Heike schaute Alexander länger als nötig in die Augen, wurde leicht verlegen und griff sich dann eine Lupe aus ihrer Tasche. „Werde mich einfach noch ein wenig weiter umschauen, um die spektakuläre Stecknadel im Heuhaufen zu finden. Das müsste doch zu machen sein."

„Genau, liebe Heike. Ich verlasse mich da völlig auf deinen Spürsinn. Aber sei vorsichtig. Der Boden ist selbst mir hier nicht geheuer."

„Na, du bist ja auch ein Großstädter. Bei uns wankt es eben schon mal unter den Füßen."

Heike lächelte ihn an und machte sich an die Arbeit. Plötzlich hob sie etwas vom Boden auf und steckte es freudestrahlend in eine Plastiktüte. Auf dem Weg zu den Männern hielt sie ihre Hände mit der Beute hinter ihrem Rücken versteckt.

In der Ferne tauchte nach einer Weile der Staatsanwalt auf. Alexander blickte auf seine Armbanduhr.

„Von wegen fünfundzwanzig Minuten. Da muss wohl das Navi falsch gepolt sein."

Wolfhard grinste: „Oder es liegt am unpassenden Outfit des Herrn Staatsanwalts."

Marc Oberländer gesellte sich zu der Runde.

„Guten Tag allerseits. Ich möchte es einmal erleben, dass einen so eine Information zu passender Zeit erreicht", sagte Marc Oberländer zur Begrüßung. Er trug edlen Zwirn und offenbar funkelnagelneue, außerordentlich edle Schuhe, die allerdings inzwischen schon einen morastigen Rand aufwiesen.

„Wieso?", fragte Heike mit gespielt erstauntem Ton.

„Muss ich Ihnen das wirklich erklären? Ich war gerade auf einem Empfang und was ist? Mein Handy klingelt. Noch vor den Häppchen. Lediglich die Reden durfte ich mir anhören. Dabei waren da noch ein paar aufschlussreiche Gespräche geplant!"

„Ach, Sie Armer", bedauerte ihn Heike und blinzelte zu Alexander und Wolfhard hinüber, die hinter dem Staatsanwalt standen und breit grinsten. Marc Oberländer zog die Stirn kraus: „Wollen Sie mich hier veräppeln?"

„Aber keineswegs. Das käme mir doch nie in den Sinn, Herr Staatsanwalt. Übrigens", wechselte Heike das Thema, weil es ihr langsam zu brenzlig wurde, „habe ich soeben einen Ausweis gefunden, in unmittelbarer Nähe. Es handelt sich wahrscheinlich um Oswald Zehner, so könnte man vermuten. Und dann habe ich in direkter Nachbarschaft des Fundortes ein paar wunderbare Schuhabdrücke gesichert."

Sie reichte den Ausweis in seiner Umhüllung herum und alle begutachteten ihn eingehend.

Marc Oberländer blickte besänftigt, schwieg aber.

„Prima, Heike. Danke. Die Personendaten sind sicherlich schnell zu klären", ergänzte Alexander und der Staatsanwalt nickte.

„Wir sollten dann auch unbedingt an die Presse gehen, vorerst mit ‚noch nicht identifizierter Toter'. Es gibt mit Sicherheit Zeugen, die hier etwas Verdächtiges gesehen haben", schlug Alexander vor. „Das ist hier eine ziemlich frequentierte Gegend, wie uns Herr Siekmeyer, der ihn gefunden hat, versicherte. Außerdem können wir die Medien ohnehin nicht außen vor lassen."

„Selbstverständlich. Mir ist stets an guter Zusammenarbeit mit der Presse gelegen. Noch so einen Reinfall wie … Ich glaube, das war im vorigen Jahr, na, jedenfalls darf das nicht wieder passieren, dass solche Schmierfinken sich Lügen aus den Fingern saugen. Für mich zählen nur Tatsachen, nichts als die reinen Tatsachen. Sie verstehen mich?"

Alexander und Wolfhard nickten.

„Ansonsten vermisse ich Professor Engelbrecht. Ist der denn schon fort?", fragte der Staatsanwalt.

„Sie hätten sich fast begegnen können. Er musste direkt wieder nach Münster zu seinen Terminen. Aber wir sehen uns ja alle bei der Leichenöffnung, hat er gemeint", erklärte Alexander.

„Gut, gut! Dann bin ich pünktlich im Klinikum."

Marc Oberländer lief ein paar Schritte und schaute sich um.

Heike beugte sich über den Boden, aus dem der Tote gezogen worden war, und stocherte jetzt mit einem längeren Stock im Untergrund herum.

„Also, wenn ich mal einen Vorschlag machen dürfte“, wandte sie sich an die Herren.

„Sehr gern“, antwortete Marc Oberländer mit Neugier im Blick.

„Vor meinem inneren Auge baut sich hier gerade das Geschehen auf und ich könnte mir vorstellen, dass da zwei miteinander gerungen haben. Vielleicht befindet sich ja von dem Täter noch etwas im Moor. Die Stelle hier ist ziemlich aufgewühlt ...“

„Tja, das könnte tatsächlich sein“, erklärte der Staatsanwalt und wandte sich an Alexander: „Dann veranlassen Sie bitte, dass hier der Untergrund weiträumig ausgehoben und durchgesiebt wird. Jedes Detail könnte wichtig sein.“

Heike strahlte.

An Wolfhard gewandt sagte der Staatsanwalt noch: „Übrigens haben wir jetzt den Täter von der Achtjährigen aus Herford. Der Mord geschah vor fünfundzwanzig Jahren. Sie erinnern sich doch bestimmt noch, so lange, wie sie schon dabei sind? Sexueller Missbrauch und dann die Tötung des Kindes. Ich kenne den Fall ja auch nur aus den Akten.“

Wolfhard nickte angewidert: „Aber natürlich. Ich kann mich noch erinnern, als wäre es heute. Außerdem ist der Fall doch immer wieder aufgegriffen worden.“

Und an Alex gerichtet fügte Wolfhard an: „War übrigens vor deiner Zeit.“

Marc Oberländer besah sich den Schmutz an seinen Schuhen, dem auf die Schnelle nicht beizukommen war.

„Tja, und nun hat uns ein DNA-Reihentest geholfen. An dem hatte der Täter teilgenommen. Hätte er sich geweigert, wären wir auch stutzig geworden. Alle Männer in der Region zwischen zwanzig und fünfzig waren aufgefordert worden, sich zu beteiligen", erzählte der Staatsanwalt. „Als sich die Parallele ergab, haben wir ihn wegen Mordverdachts in Untersuchungshaft genommen."

„Und wie war es mit dem damaligen Alibi", erkundigte sich Alexander interessiert.

„Das ist damals eigentlich nicht zu widerlegen gewesen", erinnerte sich Marc Oberländer.

„Nach mehreren Stunden intensiver Befragung hat der Mann nun endlich gestanden. Und die Tat auch so geschildert, wie nur er Kenntnis davon haben konnte. Er hatte der Kleinen auf dem Schulweg aufgelauert, sie dann missbraucht und schließlich getötet. Der Vater hatte die Polizei verständigt, weil die Tochter nachmittags weder zu Hause noch bei ihren Freundinnen auftauchte. Wenn ich daran denke, dass man auch ihn zunächst verdächtigt hatte, dann bin ich zutiefst erschüttert ... In einem nahe gelegenen Park fanden die Ermittler dann in der Nacht die Leiche des Kindes."

Er holte kurz Luft.

„Das Problem war ja, dass es sich um eine Zufallsbekanntschaft handelte. Der Täter hatte das Mädchen einfach so spontan ausgewählt. Aus einer Laune heraus, wie er jetzt gesagt hat. Sie kannten sich überhaupt nicht."

„Dem Kind kann ja nicht mehr geholfen werden. Aber die Eltern und die weiteren Angehörigen finden vielleicht ein wenig Ruhe, wenn sie nun wissen, dass der Täter gefunden ist und seine Strafe erhält", entgegnete Alexander.

„Allerdings war der Mann bei der Tat erst knappe Achtzehn, also nicht einmal volljährig. Damit ist das Verbrechen ein Fall für die Jugendkammer. Und wenn er entsprechend zu einer Jugendstrafe verurteilt wird, dann könnten ihn maximal zehn Jahre Gefängnis erwarten."

„So viel zum Thema Gerechtigkeit", murmelte Alex.

„Wie bitte? Ich habe Ihre Bemerkung jetzt nicht verstanden", wandte Marc Oberländer ein.

„Schon gut", sagte Alex. „Wichtig ist, dass das nicht ungesühnt bleibt."

Außerdem dachte Alexander daran, dass solcherart Täter in der untersten Hierarchie standen. Der würde keinen guten Tag im Gefängnis haben.

Als Benno Kasten am nächsten Morgen das Tageblatt durchblätterte, blieb er bei der kleinen, zweispaltigen Nachricht hängen. Von einer Leiche im Moor und erwünschten sachdienlichen Hinweisen stand dort etwas im Text. Benno griff zu seiner Kaffeetasse, die seine Frau in der Zwischenzeit randvoll gefüllt hatte, und verschüttete etwas von der Flüssigkeit auf sein Platzdeckchen.

„Nanu, was hast du denn?", fragte Gerlinde verwundert, die ihrerseits eine Wochenzeitung las. „Wieso zittern dir denn die Hände?"

„Das ist nicht zu fassen", erklärte Benno. „Ich hatte dir doch neulich von dem Unfall am Großen Torfmoor erzählt. Wo der Typ mich fast über den Haufen gefahren hätte. Und jetzt schreiben sie hier, dass sie dort einen Toten gefunden hätten."

„Ja, meinst du denn, da könnte es einen Zusammenhang geben?", fragte Gerlinde und riss die Augen auf.

„Wenn nicht, dann fresse ich einen Besen", schwor Benno und fügte hinzu: „Da werde ich gleich mal die Polizei verständigen. Das hätte ich eigentlich schon längst tun sollen."

Er sprang auf und lief in den Flur. Dort wühlte er in den Taschen seiner Sportjacke.

„Hier", kam er triumphierend zurück und hielt seinen kleinen Notizblock in die Höhe. „Ich habe das Kennzeichen und das exakte Datum sowie die Uhrzeit. Der Fahrer hat sich außerordentlich verdächtig verhalten. Wie der davongebraust ist, so als wäre er auf der Flucht. Der hatte bestimmt Dreck am Stecken. Wenn das nicht mal sogar der Täter gewesen ist. Und mit mir hätte er dann den Nächsten auf dem Gewissen gehabt!"

„Wahrscheinlich hast du recht", entgegnete Gerlinde. „Das ist jetzt aber spannend. Ob wir da eine Belohnung bekommen?"

„Davon stand hier nichts in der Zeitung. Aber ich werde natürlich direkt danach fragen."

Benno gab die Notrufnummer ein.

Der Mitarbeiter in der Leitzentrale ließ sich die Angelegenheit erklären und hörte aufmerksam zu.

„Einen kleinen Augenblick bitte. Ich muss nur mal kurz etwas rückfragen."

Er betätigte die Tasten und hatte jetzt Alexander am anderen Ende.

„Du Alex, da ist jemand in der Leitung, der eine Beobachtung am Moor gemacht hat, wo ihr gerade die Leiche gefunden habt. Er hat sich das Kennzeichen eines Wagens notiert, der verdächtig schnell weggefahren ist. Die Zeit könnte stimmen."

„Wunderbar. Dann her mit dem Kennzeichen. Ich lasse das prüfen. Und bestelle ihn am besten schnellstmöglich her. Wenn es geht, sofort!"

„Du bist gut. Na, mal sehen, was sich machen lässt."

Der Mitarbeiter wechselte wieder von Alexander zu Benno Kasten.

„Hören Sie?"
„Ja, natürlich!"
„Also, da es sich um eine schwerwiegende Angelegenheit handelt, wäre es wichtig, dass Sie umgehend in die Dienststelle kommen!"
„Wohin genau?"
„Na, in die Marienstraße."
Benno warf einen Blick auf seine Armbanduhr.
„Geht klar. Bin in einer dreiviertel Stunde bei Ihnen. Bis dahin."
Benno sah Gerlinde bedeutungsvoll an.
„Siehst du, das ist so wichtig, dass ich sofort zur Polizei muss, um meine Aussage zu machen."
„Aber nach einer Belohnung hast du nun gar nicht gefragt!", warf sie mit gerümpfter Nase ein.
„Wie sollte ich. Man kann doch da nicht mit der Tür ins Haus fallen. Das ergibt sich nachher im Gespräch. Sicherlich hängt die Höhe einer Belohnung auch davon ab, wie wichtig die Hinweise sind. Wenn nun wirklich der Täter in dem Auto saß, das mich fast über den Haufen gefahren hätte, dann gibt es mit Sicherheit den vollen Bonus."
„Ach, ich bin ja so was von aufgeregt. Am liebsten würde ich dich begleiten …"
„Ja, das fehlte noch. Händchen halten vielleicht!"
Benno grinste.
„Ich kriege das schon ohne dich hin, meine Liebe. Hab mal keine Sorge."
„Dann spute dich aber, Benno. Wir reden und reden und du hast versprochen, in fünfundvierzig Minuten dort zu sein. Wenn du das schaffen willst, dann wird es langsam eng."
„Stimmt. Bin schon fort."
Und er gab seiner Frau noch einen Kuss auf die Stirn.

In der Zwischenzeit hatte Alexander das Kennzeichen an Janine weitergeleitet.

„Lässt du das bitte, so rasch es geht, überprüfen? Und dann benötigen wir einen Raum für das Gespräch mit dem Zeugen."

„Aber selbstverständlich, Alex. Deine Aufträge sind quasi schon erledigt", antwortete Janine.

Alexander saß noch am Schreibtisch und überlegte gerade, ob er sich Wolfhard oder einen anderen Kollegen zur Befragung von diesem Benno Kasten dazuholen sollte, da ertönte schon wieder sein Telefon. Er drückte auf die Freisprechanlage.

„Alles klar, Alex. Der Halter ist ermittelt. Es handelt sich um einen gewissen Ricardo Kuhlmann, wohnhaft hier in Minden."

„Na ja, bei einem Mindener Kennzeichen nicht so ganz ungewöhnlich ..."

„Also manchmal habe ich noch Probleme mit deiner Berliner Art. Ein einfaches Dankeschön hätte auch gereicht."

„Sorry, Janine. Natürlich ist das prima. Aber ich habe auch gar nichts anderes von dir erwartet. Und der Raum für das Gespräch?"

„Alex!" Janine hatte die Stimme gehoben.

„Ich wollte ja nur sichergehen."

„Der übliche ..."

„Dann danke ich dir außerordentlich", sagte Alexander.

„Ach ja, nun übertreibe mal nicht. Ich freue mich auf heute Abend."

„Ich mich auch!"

Das Telefonat war beendet. Alexander drückte die eingespeicherte Nummer von Wolfhard.

„Wo brennt's?"

„Hier ist die Kripo, nicht die Feuerwehr."

„Ach, Alex, wenn ich schon mal versuche, ironisch zu sein."

„Dicht daneben."

„Also, was will mein Chef von mir?"

„Eben hat sich ein Benno Kasten in der Zentrale gemeldet. Er hat Hinweise zu dem Toten im Moor für uns. Ein Wagen ist in Windeseile an ihm vorbeigerauscht, zu der nämlichen Zeit …"

„Und nun?"

„Nun ist er auf dem Weg zu uns."

Alexander sah die Uhrzeit auf seinem Computerbildschirm. „Müsste eigentlich gleich eintreffen. Kommst du mit dazu? Janine hat den üblichen Raum reserviert."

„Bin schon fast da."

Alexander legte das Telefon wieder auf die Station. Ein Kennzeichen. Immerhin. Vielleicht ein guter Anfang.

Im Eingangsbereich stand schon Benno Kasten und wartete. „Was kann ich für Sie tun?", erkundigte sich die Angestellte hinter dem Tresen.

„Ich bin hier vorgeladen worden, wegen einer wichtigen Aussage. Es geht um einen Mord. Man erwartet mich hier dringend!"

Die Angestellte nickte.

„Ihren Namen, bitte?"

„Kasten. Benno Kasten."

Die Frau schaute auf ihren Schreibtisch. Kurz zuvor hatte ihr einer der Polizisten eine Notiz hingelegt. Da stand der Name drauf.

„Wenn Sie sich bitte noch einen Augenblick gedulden wollen? Es kommt gleich jemand."

„Kein Problem. Ich kann warten."

Benno sah sich um und blickte durch gläserne Wände und Türen hindurch. Vor dem Eingang parkte gerade ein Streifenwagen. Zwei Beamte stiegen aus und betraten im Eilschritt die Dienststelle. Sie grüßten kurz, als sie an Benno vorbeiliefen.

Alexander kam jetzt, mit Wolfhard an seiner Seite, in den Empfangsbereich.

„Herr Kasten?"

Benno nickte und Alexander stellte sich und Wolfhard vor.

„Dann wollen wir mal. Folgen Sie uns bitte."

Wieder nickte Benno und es wurde ihm unterwegs etwas mulmig zumute. Vor ihm schloss Alexander Türen auf, er folgte und hinter ihm wurden die Türen wieder verschlossen. Da kann man ja gar nicht mal einfach so durch das Gebäude, schoss es Benno durch den Kopf.

„Ist ja bei Ihnen alles perfekt abgesichert", sagte Benno, als sie sich in dem separaten Raum befanden.

„Das muss schon so sein, aus Sicherheitsgründen", entgegnete Wolfhard.

„Sie haben also ein Autokennzeichen notiert", beschleunigte Alexander die Angelegenheit.

„Genau. Im Hiller Moor!"

„Aha, dann erzählen Sie uns doch noch einmal genau, was sich da konkret wann abgespielt hat", forderte ihn Wolfhard auf.

Und Benno begann. Er berichtete von seiner Radtour von Hüllhorst über den Berg, am Rande des Moors weiter, kurz am Kanal entlang und dann wieder am Moor zurück. Alexander sah sich selbst bei so einer Tour, dafür wäre es längst mal wieder Zeit. Er konnte sich den Weg gut vorstellen.

„Jedenfalls war ich schon auf dem Heimweg und in der Höhe von Auf dem Aspel hat dieser Typ mir die

Vorfahrt genommen, sodass ich gestürzt bin. Er hat nicht angehalten und machte mir sowieso den Eindruck, als sei er auf der Flucht. Die Frau in dem Haus gleich gegenüber kann das bezeugen. Erna Kraft, wenn ich mich recht entsinne. Eine ganz reizende alte Dame. Und als ich das mit der Leiche im Moor jetzt in der Zeitung gelesen habe, da dachte ich mir, das war er, der Mörder! Ich kann ihn auch noch recht gut beschreiben, falls Sie eine Phantomzeichnung anfertigen lassen wollen."

„Das wäre natürlich toll, wenn wir ihn aufgrund Ihres Hinweises so schnell finden könnten", rang sich Alexander zu einer sachlichen Bemerkung durch, obwohl er eigentlich innerlich den Kopf schüttelte.

„Eben. Daran bin ich auch interessiert. Wie sieht es denn mit einer Belohnung aus? Die ist doch in solchen Fällen üblich?"

Benno lehnte sich hoffnungsvoll zurück.

„Da muss ich Ihren Erwartungen leider einen Dämpfer verpassen. Nicht in jedem Fall sind Belohnungen ausgesetzt. In diesem zum Beispiel steht keine zur Debatte."

Enttäuscht schaute Benno von Wolfhard zu Alexander und wieder zurück.

„Wirklich nicht? Das ist ja schade."

„Aber auf jeden Fall bedanken wir uns herzlich für Ihren Einsatz. Dass Sie sich so schnell gemeldet haben. Vielleicht ist Ihr Tipp ja wirklich der entscheidende", sagte Alex und wirkte etwas versöhnlicher.

„Halten Sie mich denn auf dem Laufenden?", wollte Benno noch wissen.

Alexander biss sich auf die Lippen und Wolfhard drehte sein Gesicht weg.

„Das ist unüblich. Sie entnehmen den weiteren Werdegang der Presse. Die ist unser Partner für die Öffentlichkeitsarbeit", zwang sich Alexander zu einer ernsten Äußerung.

„Wir bringen Sie noch zum Ausgang", setzte jetzt Wolfhard hinterher.

Gemeinsam liefen sie durch den Flur und verabschiedeten sich von Benno Kasten.

„Sollten Sie noch Fragen haben, so stehe ich Ihnen jederzeit zur Verfügung", ließ Benno noch wissen.

„Das ist schön", sagte Alexander und hielt ihm die Hand hin. „Auf Wiedersehen."

Benno drehte sich um und verließ die Dienststelle. Er war noch in Sichtweite, da prustete Alexander los und auch Wolfhard konnte sich nicht mehr beherrschen.

„Halten Sie mich denn auf dem Laufenden?", flötete Wolfhard und lachte lauthals.

„Aber natürlich, mein werter Herr. Wir haben ja auch sonst nichts weiter zu tun. Und ehe wir hier Däumchen drehen, informieren wir natürlich unsere Bürger ... Ach so, und für die Phantomzeichnung hätten wir dann gern noch Ihre Angaben. Kommen Sie am besten jeden Tag hierher, falls Sie noch irgendeinen klitzekleinen Hinweis haben sollten oder nur ein nettes Gespräch mit der Polizei suchen."

Die beiden konnten sich kaum beruhigen.

„Aber Spaß beiseite", sagte Alexander nach einer kleinen Weile, als beide wieder auf dem Flur ihrer Büros standen. „Was meinst du, Wolfhard, ob an der Sache was dran ist? Es wäre ja zu schön, um wahr zu sein, wenn wir so schnell unseren Täter hätten."

„Du sagst es. Ich glaube nicht dran. Wann hätten wir einen Fall schon einmal in so kurzer Zeit gelöst. Ich tippe mal darauf, dass es nur ein weiteres Puzzleteil ist und dass es noch eine Weile dauert, bis sich schließlich alles zusammenfügt."

„Dann werden wir uns mal mit dem Halter des Fahrzeugs beschäftigen. Vielleicht gibt er ja gleich zu, dass er vor Ort war. Könnte ja sein …“

„Na, da bin ich gespannt. Bis dahin.“

Alexander öffnete die Tür zu seinem Zimmer und verschwand darin.

Sarah Zehner sollte als Ehefrau den Toten natürlich vor der Obduktion identifizieren. Aber den vereinbarten Termin hatte sie abgesagt, weil sie sich zuerst zu ihrem Hausarzt begeben wollte.

„Es tut mir leid, Herr Rosenbaum", sagte Sarah Zehner am Telefon. „Ich habe gedacht, ich komme ohne Beruhigungsmittel aus, aber ich muss mir erst einmal etwas verschreiben lassen."

„Wann können wir denn mit Ihnen rechnen?", erkundigte sich Alexander und er schloss noch ein Angebot an: „Ich könnte Sie auch abholen, wenn Ihnen der Weg allein zu beschwerlich wird."

„Nein, das ist nicht nötig. Ich nehme mir ein Taxi. Meinen Wagen könnte ich sowieso nicht sicher durch den Straßenverkehr lenken, ob nun mit oder ohne Beruhigungsmittel ..."

„Eine Zeitangabe wäre für uns schon wichtig", wiederholte Alexander seine Frage. Der Anruf jetzt brachte die Zeitplanung der Beamten durcheinander, denn sie hatten sich direkt nach dem Termin der Identifikation miteinander verabredet und die Leichenöffnung konnten sie nicht vorziehen. Es wäre viel zu aufwendig, den Toten dann wieder in einen vorzeigbaren Zustand zu bringen. Bei allem aber drängte die Zeit.

„Ich denke mal, es wird nicht so lange dauern. Ich bin ja Privatpatientin. In einer Stunde etwa."

„Gut, Frau Zehner. Dann nehmen Sie sich die Zeit, die nötig ist. Wir erwarten Sie hier im Klinikum. Rufen Sie mich bitte an, wenn Sie im Eingangsbereich stehen. Dann hole ich Sie umgehend ab."

Alexander schloss noch eine Frage an: „Was ist eigentlich mit Ihren Kindern?“

„Meine Eltern kümmern sich um sie.“

Sarah schluchzte.

„Das ist sicher eine gute Lösung. Dann bis nachher.“

Alex beendete das Gespräch.

Alexander hatte noch den Staatsanwalt informiert, dem die Zeitverschiebung sogar gelegen kam. Dann schlug er Wolfhard vor, einen Kaffee im Klinikrestaurant zu trinken.

„Gute Idee“, sagte Wolfhard. „Dabei können wir uns noch ein wenig austauschen.“

„Eben. Das dachte ich auch“, antwortete Alexander.

Beide liefen nebeneinander her von der Pathologie ins Restaurant. Gelegentlich mussten sie einem Pfleger ausweichen, der ein Krankenbett durch die Flure schob. Besucher hatten Blumensträuße in den Händen, Patienten suchten nach den Untersuchungsräumen.

Im Restaurant wählten sie nicht lange. Alexander entschied sich wie immer für seinen Kaffee ohne alles, Wolfhard für einen Cappuccino und dazu ein Stück Kuchen. Alex verkniff sich eine Bemerkung, schließlich hätte er sonst nur wieder Argumente gegen sein Lieblingsgetränk zu hören bekommen.

Beide nahmen in einer Ecke Platz, in der sie etwas ungestört waren und berieten sich zum weiteren Vorgehen. Alexander schaute währenddessen immer nervös auf seine Uhr. Schließlich ertönte sein Handy.

„Ja, Frau Zehner. Ich bin gleich bei Ihnen.“

Alexander erhob sich.

„Wolfhard, du gehst am besten schon direkt in die Pathologie. Wir sind dann gleich dort.“

Sarah Zehner stand verloren in dem trubeligen Eingangsbereich des Johannes-Wesling-Klinikums. Alexander ging direkt auf sie zu, begrüßte sie und führte sie zunächst in die Kapelle. Deren abgeschiedene Lage hatte er schon bei vorherigen Einsätzen schätzen gelernt. Von der Hektik des Krankenhausbetriebs spürte man hier wenig, und doch lag sie wunderbar zentral hinter der Eingangshalle. Alexander hatte Sarah Zehner ja versichert, er würde ihr zur Seite stehen. Das wollte er gern tun und vielleicht konnte sie in diesem Umfeld ein wenig Atem holen. Sie schien gefasst und nahm neben dem kleinen Altar auf einer Holzbank Platz. Alexander bemühte sich, keine Nervosität aufkommen zu lassen. Nun hatten sie so lange gewartet, da machten die paar Minuten auch nichts mehr aus.

Nach einer kleinen Weile erhob sich Sarah Zehner.

„Ich glaube, wir können jetzt gehen", schlug sie vor.

Alexander führte sie durch die Gänge zu dem Toten. Er öffnete die Türen und schließlich lag Oswald Zehner im Aufbahrungsraum vor ihnen. Bei seinem Anblick brach Sarah in Tränen aus und steigerte sich in einen regelrechten Weinkrampf hinein. Alexander legte ihr tröstend eine Hand auf die Schulter.

„Ist das Ihr Mann?", wiederholte er seine Frage, die er gleich zu Beginn gestellt hatte. Der emotionale Ausbruch allein war noch keine ausreichende Bestätigung.

„Ja", stieß Sarah zwischen heftigem Schluchzen hervor und drückte die linke Hand auf ihre Brust.

„Ich glaube, wir brauchen einen Arzt", sagte Alexander, reichte ihr ein Päckchen Zellstofftaschentücher, nachdem sie ergebnislos in ihrer Tasche gekramt hatte, und nickte Wolfhard zu, der bislang schweigend daneben gestanden hatte. Der verschwand umgehend aus dem Raum. Eigentlich wollte Alexander auch die Frau aus diesem Umfeld herauslösen, aber sie ließ sich keinen Schritt fortbewegen. Also schob er ihr einen Stuhl zu und drückte sie sanft auf den Sitz. Wenig später tauchte ein Mediziner auf, blickte vorwurfsvoll zu Alexander und wandte sich Sarah zu.

„Sie können hier nicht länger bleiben. Ich bringe Sie jetzt an einen anderen Ort und gebe Ihnen gleich etwas zur Beruhigung."

Alexander verkniff sich eine Bemerkung. Er war ja nun wahrhaftig nicht schuld daran, dass die Ehefrau jetzt zusammengebrochen war. Als sie sich eben in der Kapelle aufgehalten hatten, machte sie einen relativ gefassten Eindruck, so wie bei ihrer ersten Begegnung, als er auf ihre Vermisstenanzeige reagierte und ihr mitteilte, sie hätten da jemanden gefunden – allerdings tot. Wäre es anders gewesen, hätte er ihr doch gleich medizinischen Beistand organisiert. Außerdem musste ihr der Hausarzt doch schon etwas zur Beruhigung gegeben haben oder hatte sie nur ein Rezept und das noch nicht eingelöst?

„Geh du bitte mit", sagte er leise zu Wolfhard. „Ich will mich mal noch mit Professor Engelbrecht unterhalten."

„Wird gemacht", antwortete Wolfhard und folgte dem Arzt, der Sarah draußen im Flur in einen Rollstuhl setzte und voranschob.

„Wenn Sie jetzt aber denken, Sie könnten der Frau Fragen stellen, dann muss ich Sie enttäuschen", erklärte der Arzt zu Wolfhard gewandt.

„Ich kann warten", entgegnete Wolfhard, die Ruhe in Person.

„Dann ist's ja gut", sagte der Arzt und wandte sich seiner Patientin zu.

„Wir kümmern uns jetzt erst einmal um Ihre Gesundheit. Das hat oberste Priorität", redete der Mediziner beruhigend auf Sarah ein, die immer noch schluchzte.

Zur Leichenöffnung hatten sich kurz darauf Professor Engelbrecht, der Staatsanwalt Marc Oberländer, Alexander und Wolfhard in der Pathologie des Mindener Klinikums getroffen. Alle standen im Kreis um den Toten herum.

„Einen Augenblick noch", bat der Professor. „Wir bekommen ja die übliche Verstärkung!"

Dann öffnete sich die Tür und drei weitere Mitarbeiter traten ein, man nickte einander zu.

„Ich glaube, Sie hatten zumindest noch nicht alle das Vergnügen", sagte Professor Engelbrecht und stellte seine Kollegen vor: „Dr. Celine Vlachos, seit jüngstem meine Unterstützung in Münster. Worüber ich mich außerordentlich freue."

Die junge Frau, irgendwo in den Dreißigern, lächelte. Alexander verstand den Professor auf Anhieb. Eine solche Unterstützung würde er auch gern an seiner Seite haben. Diese Frau war von atemberaubender Schönheit, mit tiefschwarzem Haar, das sie in einen dicken Zopf geflochten hatte, dazu ebenmäßige Züge, gertenschlank und endlos lange Beine ... Sie hätte gut und gern in dieser Sendung dabei sein können, die seine Große so gern sah, wo irgendwelche nächsten Topmodels für Deutschland gesucht wurden. Er schob den Gedanken beiseite und zwang sich zur Konzentration, nicht ohne hin und wieder einen Blick zu riskieren.

„Und dann unterstützen uns als Obduzent Heribert Knoll und mein Assistent, Robert Gast", fuhr Professor Engelbrecht fort, der Alexanders Irritation bemerkt hatte.

Die beiden weiteren Helfer nickten zur Begrüßung nur kurz.

„Dann beginnen wir mal", beendete der Professor die Vorstellung seiner Kollegen.

Eigentlich sollten wir uns ja davon überzeugen, dass es sich um dieselbe Person wie am Fundort handelt, fuhr ein Gedanke durch Alexanders Kopf. Na ja, in dem Fall war das eher nicht möglich, war der Mann doch total mit Morast überzogen gewesen. Seine Hand hätte Alex dafür nicht ins Feuer legen wollen, dass die Personen identisch waren, insofern konnte er sich eine Frage nicht verkneifen:

„Sind Sie sicher, Professor, dass es der Mann aus dem Moor ist?"

„Scherzen Sie, mein Lieber?", kam das Echo. „Seit wann verwechseln wir denn hier die Toten!"

„Nein, aber Sie wissen doch. Die Vorschriften!"

„Ist schon gut. Natürlich habe ich mich davon überzeugt, dass es sich um ein und dieselbe Person handelt. Sie können mir voll vertrauen."

Der Staatsanwalt sandte ein paar wohlwollende Blicke zu Alexander, die signalisierten, dass er die Frage billigte. Wolfhard verhielt sich absolut still, er schaute nur auf den Toten und irgendwie durch ihn hindurch. Ach, wenn ich das doch auch eines Tages könnte, grübelte Alex, einfach so durch das Geschehen schauen, interessiert wirken und dabei möglichst viel an mir abperlen lassen.

Die Rechtsmediziner standen rechts und links von Oswald Zehner. Robert Gast ging ihnen zur Hand. Professor Engelbrecht schnitt den Bauch auf, Dr. Vlachos sägte gleichzeitig am Kopf. Sobald ein Organ entnommen war, trug Robert es zu einem kleinen Seitentisch und Heribert fing mit seinen Untersuchungen an.

„Was meinen Sie, Professor Engelbrecht, wie könnte der Tathergang gewesen sein?"

Alexander wollte die Aktion beschleunigen, um nicht zu lange in dieser Umgebung bleiben zu müssen.

„Ich würde auf jeden Fall von einem intensiveren Kampfgeschehen ausgehen. Darauf deuten etliche Spuren hin. Sehen Sie hier, an den Oberarmen."

Er wies auf die jeweiligen, deutlich zu erkennenden Stellen. Dann setzte er eines seiner Seziermesser an. Alexander spürte ein Würgen im Hals.

Der Staatsanwalt blickte auf seine Armbanduhr: „Ich glaube, wir haben genug gesehen. Den Rest entnehme ich dann Ihren Berichten. Meine Zeit drängt. Ich muss zum nächsten Termin in Bielefeld pünktlich sein. Auf Wiedersehen!"

Er verließ den Raum. Alexander und Wolfhard nutzten die Gelegenheit und folgten ihm.

„Ich schau dann nach Sarah Zehner", erklärte Wolfhard.

„Und ich werde in der Zwischenzeit ein paar Dinge am Laptop recherchieren. In die Pathologie gehe ich erst wieder, wenn sie fertig sind …"

Wolfhard grinste verständnisvoll und beide trennten sich.

Alexander klopfte einige Zeit später in der Pathologie an die Tür des Sekretariats.

„Herein", ertönte es von drinnen.

„Guten Tag", sagte Alexander und stellte sich vor, weil ihm die Mitarbeiterin noch unbekannt war. Dann bat er darum, den Gerichtsmediziner sprechen zu dürfen.

„Einen Moment müssen Sie sich bitte noch gedulden", entgegnete die junge Frau und ließ ihre Finger über die Tastatur des Computers gleiten. „Er ist gerade von einer Leichenöffnung zurückgekehrt und nun im Gespräch mit einem Studenten."

Alexander fehlten die Worte. Ein Student war also wichtiger als jemand von der Kripo. Na ja, das musste sie wohl noch lernen. Aber es sollte nicht seine Aufgabe sein, ihr die Hierarchien beizubringen. So entgegnete er nur streng: „Viel Zeit habe ich nicht."

Jetzt wirkte die Frau verunsichert und sah Alexander zweifelnd an. „Dann will ich mal schauen, was sich machen lässt. Kommen Sie einfach mit", fiel ihr nun ein und sie verließ rasch den Raum.

Siehst du, es geht doch, man muss nur wollen, dachte Alex, während er ihr folgte. Und er verdrängte den Gedanken, Professor Engelbrecht einen kleinen Hinweis auf die Unzulänglichkeit seiner Mitarbeiterin zu geben. Jeder macht mal Fehler, wenn er irgendwo neu ist, überlegte er noch und dachte an die Fettnäpfchen, in die er bei seinem Einstieg in das hiesige Team getreten war. Wie war das? Handball hatte er vor allen als vergleichsweise langweilige Sportart betitelt, womit er sich Hohn und Spott eingehandelt hatte. Wolfhard zog ihn heute noch manchmal damit auf, wenn sie gemeinsam zu einem Spiel in die Kampahalle gingen. Alex musste unwillkürlich grinsen.

Als Professor Engelbrecht aus dem Zimmer am Ende des Flurs heraustrat, hatte Alexander immer noch ein Lächeln im Gesicht.

„Na, junger Freund, was stimmt Sie so heiter", erkundigte sich der Gerichtsmediziner.

„Ach, das tut nichts zur Sache, war eher ein privater Gedanke", lenkte Alex ein. „Ich würde gern mit Ihnen über den toten Oswald Zehner reden."

„Aber mein Bericht liegt Ihnen doch in Kürze vor! Nachdem Sie vorhin so merkwürdig rasch verschwunden waren, habe ich den Rest meiner Arbeit erledigt und alles Diktierte meiner Sekretärin auf den Tisch gelegt. Das sollten Sie doch einfach in Ruhe zur Kenntnis nehmen. Ich habe mich extra beeilt! Wir können ja mal nachfragen, ob sie schon fertig ist."

„Natürlich. Ich bin nur noch so unschlüssig, wie es passiert sein kann. Deshalb wollte ich mich mit Ihnen austauschen."

„Tja, da kann ich Ihnen auch nur meine Vermutungen mitteilen. Herausfinden müssen Sie es schon selbst."

Alexander nickte und der Professor fuhr fort.

„Also, ich nehme ja an, dass dem Ganzen ein ziemliches Handgemenge vorausgegangen ist."

„Schließen Sie also eine Frau als Täterin aus?"

„Unbedingt. Sehen Sie sich doch diesen großen und überaus kräftigen Mann an. Wenn, dann müsste sie ihm körperlich schon ebenbürtig gewesen sein."

„Seine Frau hat ihn ja identifiziert und schien sichtlich gebrochen. Täter reagieren da normalerweise anders. Außerdem ist sie mindestens einen Kopf kleiner als er und sehr zart gebaut."

„Keine Chance", sagte Professor Engelbrecht.

„Und der Tod ist tatsächlich erst eingetreten, als der Mann im Moor unter Wasser lag? Kann er nicht schon zuvor betäubt oder erschlagen worden sein?"

„Unmöglich. Und wenn Sie meinen Bericht richtig gründlich lesen werden, dann wird sich Ihnen eine solche Frage nicht stellen, mein lieber Hauptkommissar!"

„Das stimmt natürlich, aber ich will eben auch in alle Richtungen denken und keine Möglichkeit ausschließen", entschuldigte sich Alexander.

„Außerdem stehen ein paar meiner Analysen noch aus. Aber sie dürften keine besonderen Erkenntnisse bringen. Und wenn ja, setze ich Sie sofort davon in Kenntnis."

„Vielen Dank, Herr Professor. Das war es meinerseits auch schon."

„Auf jeden Fall war das jetzt für mich eine außerordentlich spannende Erfahrung. Kann ich gut für meine aktuelle wissenschaftliche Arbeit verwenden. Allein die Sache mit der Körpertemperatur, die sich ja unmittelbar postmortal der Umgebungstemperatur angleicht. Ich war wirklich verblüfft. Da hätten wir ja als gängige Vorlage das Temperaturplateau zum Absinken der Körperkerntemperatur bei einer durchschnittlichen Umgebungstemperatur. Das habe ich genau aufgelistet. Schauen Sie hier."

Der Gerichtsmediziner deutete auf eine Spalte in seinen Aufzeichnungen.

„Bei den Standardgiften Alkohol, Beruhigungsmittel, Drogen sind wir nicht fündig geworden. Mit den Totenflecken hat es sich ziemlich eindeutig verhalten, auch mit den Hautveränderungen generell. Da habe ich nichts anderes erwartet. Sie etwa?"

Alexander schüttelte nur den Kopf.

„Eventuelle Vertrocknungserscheinungen an Lippenschleimhaut und Zunge waren in diesem Spezialfall eher zu vernachlässigen. Eindeutig hingegen die Verfärbungen der Augapfelbindehaut."

Alexander hielt sich am Tisch fest, aber der Professor war nicht zu bremsen.

„Ich hätte eigentlich noch ein paar interessantere späte Leichenveränderungen erwartet. Aber dafür wurde unser Toter leider, wenn ich das mal so sagen darf, zu früh entdeckt. Betrachten wir einmal das

Thema Fäulnis. Sehr aufregend übrigens. Und immer abhängig von der Umgebung und den dortigen Bedingungen. Was an Fäulnisvorgängen in der Luft nach einer Woche etwa zu beobachten ist, findet sich im Wasser nach zwei Wochen und unter der Erde nach acht Wochen. Hier hätten wir ja die Kombination aus Wasser und Erde gehabt, richtiges Moor eben. Ach ja, da habe ich schon mal einen solchen Fall und dann ist es doch kein richtiger", seufzte Professor Engelbrecht und verdrehte die Augen.

„Tierfraß hingegen, den habe ich schon in Ansätzen vorgefunden. War auch nicht anders zu vermuten."

Der Professor zog ein Blatt um das andere hervor und deutete auf einzelne Stellen.

„Sie sind so schweigsam, mein Lieber?"

„Ach, Herr Professor, ich bewundere Ihre Arbeit, aber ich möchte sie wirklich nicht machen müssen."

Eberhard Engelbrecht lachte laut auf.

„Na, Sie sind gut. Meinen Sie denn, ich würde Ihren Job gern erledigen wollen? Beispielsweise Todesbotschaften überbringen?"

Er schüttelte den Kopf.

„Bei mir angekommen, sind die Herrschaften wenigstens, aus gutem Grund, schweigsam. Bei Ihnen ist das immer nur ein Zeichen grober Verstocktheit. Und dann liegt es an Ihnen, die Zungen zu lösen. Ich habe dafür mein Skalpell."

Der Gerichtsmediziner hob eines lässig in die Höhe.

„Und dann entgeht mir absolut nichts. Während sich bei Ihnen die mutmaßlichen Täter in kunstvolle Lügengebäude verstricken. Mancher kommt damit sogar durch!"

„Na, da möchte ich doch Widerspruch einlegen", wandte Alexander ein.

„Ach was, junger Mann. Wir können doch Klartext miteinander reden. Wenn ich allein an die Sache mit den Indizien denke. Da sammeln Sie und sammeln und später bekommt der Angeklagte einen gewieften Anwalt an seine Seite und der haut ihn raus. Oder jemand gesteht und widerruft dann sein Geständnis mal eben. Einfach so!"

„Also, einfach so geht das natürlich nicht. Wir leben schließlich in einem Rechtsstaat."

„Sage ich doch. Nichts anderes habe ich mit meinen Worten gemeint."

Professor Engelbrecht schaute auf die Wanduhr.

„Oh, wie doch die Zeit dahinsaust. Ich könnte mit Ihnen ja noch stundenlang so weiterplaudern, so angeregt. Aber ich habe noch dringende Termine, die keinen Aufschub dulden. Wobei meine Herrschaften hier auf dem Tisch ja geduldig sind. Die haben die Zeit gepachtet. Aber Ihre Kollegen, lieber Rosenbaum, die drängeln immer so penetrant."

Jetzt grinste Alexander.

„Bis demnächst dann."

Professor Eberhard Engelbrecht streckte mit diesen Worten Alexander noch die Hand zum Abschied hin, was bei ihm außerordentlich ungewöhnlich und als durchaus sehr freundschaftliche Geste zu deuten war. Alexander griff von Herzen gern zu.

„Eine private Frage brennt mir noch auf der Seele", setzte Alexander noch einmal an.

„Die wäre?"

Der Professor schaute ihn erstaunt an.

„Wie schaffen Sie es abzuschalten? Wie können Sie mit all dem hier Tag für Tag umgehen?"

„Gute Frage! Im Grunde geht es ja nicht, weil einen die Toten schon verfolgen. Aber ich versuche immer, einen Ausgleich in meinem Privatleben zu finden. Eben Dinge, die gänzlich anders gestrickt sind und nichts, aber auch gar nichts mit meinem Beruf zu tun haben. Wir, meine Frau und ich, haben zum Beispiel einen Riesenschnauzer, der uns auf Trab hält. Da sind ausgedehnte Spaziergänge eine angenehme Pflicht."

„Na ja, Hobbys habe ich auch", warf Alexander ein und im selben Augenblick bemerkte er seine Halbwahrheit. Galten die Orchideen als Hobby? Und die Familie war ja keine Freizeitbeschäftigung. Radfahren. Dazu kam er kaum noch.

„Ich hab mir einfach mal einen Traum erfüllt und eine Harley gekauft", strahlte der Professor jetzt.

„Tatsächlich? Das hätte ich jetzt nicht gedacht, dass Sie auf Motorräder stehen!"

„Ach, nur auf diese besondere Sorte. Als ich jung war, konnte ich sie mir nicht leisten und heute ist es eben ein besonderes Vergnügen für mich. Wenn ich damit unterwegs bin, dann fühle ich mich vollkommen frei."

„Und was hilft sonst noch beim Abschalten?" Alexander ließ nicht locker.

„Carpe diem", antwortete Professor Engelbrecht.

„Nutze den Tag?"

„Genau, junger Freund. Und zwar jeden einzelnen. Verschieben Sie nichts auf ein Morgen, das es vielleicht nicht mehr geben kann. Schenken Sie Ihrer Umgebung täglich etwas, ein paar freundliche Worte, ein Danke. Tun Sie Gutes."

Alexander war verblüfft. Solche Äußerungen hatte er von dem Gerichtsmediziner nicht erwartet.

„Danke, Herr Professor. Jetzt will ich mich aber wirklich verabschieden."

Als Alexander die Räume der Pathologie verließ, kam ihm Wolfhard entgegen.

„Nichts zu machen mit Sarah Zehner. Sie hat jetzt Beruhigungsmittel bekommen und wird erst mal eine Weile schlafen. Ich habe mich noch ein Weilchen mit dem behandelnden Arzt unterhalten."

„Das hatte ich auch nicht anders erwartet, Wolfhard", antwortete Alexander.

„Außerdem bringt bei ihr eine Befragung im Moment auch nichts. Sie hat ja ein hieb- und stichfestes Alibi für die Tatzeit. Da war sie mit den Kindern ja noch an der See. Und so eine zarte Frau kommt auch gar nicht infrage, hat mir der Professor gerade bestätigt."

„Demzufolge kein Gattenmord. Wäre auch zu einfach gewesen. Schade. Ich tippe mal auf das berufliche Umfeld", überlegte Wolfhard.

Beide hatten in der Zwischenzeit das Klinikum verlassen, liefen über den dicht gefüllten Parkplatz und setzten sich in ihr Fahrzeug.

„Bislang sieht das aber auch noch außerordentlich dürftig aus. Wir müssen mal unbedingt Dampf machen", sagte Alexander und startete den Wagen.

Als sie vor der Dienststelle anhielten und ausstiegen, riss der starke Wind Alexander die Autotür aus der Hand. Sie knallte bis zum Anschlag zurück und verfehlte um Haaresbreite das danebenstehende Fahrzeug.

„Na, immer noch nicht an unsere Böen gewöhnt?", fragte Wolfhard.

„Richtig. Zwischendurch vergesse ich das gelegentlich. Dabei stehen ja überall die Mühlen, die hätte schließlich niemand hier gebaut, wenn es nicht den nötigen Wind dafür geben würde."

„Gut aufgepasst in der Schule, mein lieber Alex", scherzte Wolfhard.

„Mitunter fühle ich mich sogar an die Ostsee erinnert, an einen Besuch bei meinen Eltern. Wenn ich die Augen schließe, dann noch mehr. Fehlt nur noch der salzige Geschmack der Luft."

„Wenn ich mal in Pension gehe, dann ziehen wir entweder an die Küste oder ins Gebirge", erzählte Wolfhard.

Alexander schaute ihn fragend an.

„Ach Quatsch. Meine Rita würde ja leidenschaftlich gern ans Meer und ich bin eher so der Gebirgstyp. Und da wir uns nicht auf einen Ort einigen können, bleiben wir natürlich hier. Man kann ja auch von Minden aus in die große weite Welt starten, wenn man das will. Und vor Ort begnügen wir uns eben mit dem Wiehengebirge und der Weser."

„Auch nicht verkehrt, finde ich", antwortete Alexander. „Mich hat die Gegend jedenfalls schon hundertprozentig überzeugt. In verschiedenster Hinsicht. Zum Beispiel als Radfahrer. Da kann ich direkt von der Haustür aus starten, ohne durch benzingeschwängerte Luft fahren zu müssen."

„Ja, du alter Schwärmer. Man glaubt manchmal gar nicht, dass du ein Berliner bist. Erzählst ja kaum noch was von deiner Heimatstadt."

„Was sollte ich auch davon berichten", sagte Alex und in seine Mimik legte sich ein trauriger Schatten.

Heike hatte den Namen „Morast“ für das Ermittlungsteam vorgeschlagen und er hatte einhellige Zustimmung gefunden. Zur Mordkommission gehörten neben Alexander und Wolfhard auch wieder Falk und Otto, die sich bei den Ermittlungen an den Mühlen bewährt hatten. Als Aktenführer war erneut Eduard Schiller beauftragt. Seine Akribie war eben einfach unschlagbar. Zunächst wurde die Gruppe vom Umfang her relativ klein gehalten, auch um Kosten zu sparen.

„Sollte sich die Sache als aufwendiger erweisen, dann können wir notfalls aufstocken“, hatte Staatsanwalt Marc Oberländer im Gespräch mit Kriminaloberrat Reinhold Riechmann und Alexander bei einer der anfangs täglichen Lagebesprechungen betont. Alex hatte nur die Augen verdreht. Das würde sowieso nichts werden. Die Personaldecke war äußerst dünn und sie mussten mit den vorhandenen Ressourcen auskommen. Das leidige Thema. Da halfen nur Überstunden, die sich ab einer bestimmten Menge ins Nichts verflüchtigten. Oder extrem konzentriertes Vorgehen, was nicht nur in seiner Hand lag. Aber er konnte zumindest dafür sorgen, dass alles optimal durchgeplant wurde.

Bei der nächsten Einsatzrunde gab es auch die ersten grundlegenden Berichte, die die eine oder andere Spur ausschlossen.

„Dann nehme ich mal die erste Akte an mich und behalte sie in guter Obhut“, betonte Eduard Schiller, ohne mit der Wimper zu zucken. Dabei wusste Alexander, dass es dem Aktenführer wie Öl runterging, wenn er Stück um Stück Einzelteile abhaken konnte, die nicht mehr zur Ergänzung des Puzzles beitrugen.

„Prima, danke", sagte er auch nur kurz und nickte dazu. Dann wandte er sich den anderen zu und bündelte die Fäden erneut. Das Netz musste enger und enger gespannt werden, bis der Täter oder die Täter an einer Stelle hängenblieben, bis sich alles genau auf sie konzentrierte. Indiz für Indiz.

Wenig später traf er den Staatsanwalt auf dem Flur.

„Noch nicht wieder in Bielefeld?", erkundigte sich Alexander und schalt sich im selben Augenblick für diese blöde Frage.

„Nein, wie Sie sehen noch nicht", antwortete Marc Oberländer sachlich.

Alexander überlegte kurz, wie er dem Dialog eine lockere Richtung geben könnte. Da fiel ihm die Bemerkung des Staatsanwalts ein, die er beim Fund des Toten gemacht hatte: von entgangenen Gesprächen am Rande eines besonderen Treffens, aus dem man ihn herbeigeordert hätte.

„Sie machten neulich so eine Andeutung, Ihnen seien wichtige Gespräche entgangen, als Sie plötzlich zum Fundort im Moor gerufen wurden."

Jetzt legte sich ein deutliches Strahlen auf das Gesicht von Marc Oberländer.

„Sie erinnern sich? Das hätte ich nicht gedacht!"

„Ach, mir entgeht nichts!"

„Das ist auch gut so. Das schätze ich schließlich an Ihnen! Tja, und das entgangene Gespräch war ja zum Glück nicht aufgehoben, sondern nur aufgeschoben. Es ging um meine Beförderung!"

„Aha."

„Da staunen Sie, was?"

„Ich denke mal, es wurde Zeit", sagte Alexander, was den Staatsanwalt nun zu einem offenen Lächeln verführte.

„Wie Sie wissen, geht es ja immer darum, ein Amt sachgerecht ausüben zu können. Und dafür ist ein systematischer Abgleich zwischen Persönlichkeits- und Stellenprofil nötig, was wiederum die Grundlage für ein differenziertes, objektives – ja, und nicht zu vergessen: transparentes – Beurteilungssystem bildet."

Alexander fühlte sich an die Personalchefin Martina Mahler erinnert, die auch gelegentlich solche Vorträge hielt, aber er sparte sich einen Kommentar. Der hätte eventuell falsch aufgefasst werden können. Reden ist Silber, Schweigen ist Gold, dachte Alex an einen Lieblingsspruch seiner Mutter.

„Jedenfalls hatte ich das entsprechende Gespräch und konnte das gesamte Spektrum abdecken, das vom Anforderungsprofil her gefordert wird. Zum ersten natürlich die Sach- und Fachkompetenz, mit fachlicher Qualifikation, dem nötigen Amtsverständnis, der Argumentations- und Überzeugungsfähigkeit, dem so wichtigen Verhandlungs- und Vernehmungsgeschick sowie der Ausbildungskompetenz."

Alexander überkam ein Gähnen, das er geschickt in ein Hüsteln umwandelte. Der Staatsanwalt war nicht zu stoppen.

„Überzeugt hat aber natürlich ebenso meine persönliche Kompetenz. Sie wissen ja, die allgemeinen Persönlichkeitsmerkmale, das Pflicht- und Verantwortungsbewusstsein, die Einsatzbereitschaft und die Belastbarkeit. Selbstmanagement und Organisationsfähigkeit gehören sowieso zu meinen absoluten persönlichen Stärken, von Entschlusskraft und Entscheidungsbereitschaft ganz zu schweigen. Außerdem, nicht zu vergessen, die Innovationsbereitschaft und Flexibilität."

„Wovon wir hier in der Behörde ja reichlich Nutzen haben", sagte Alexander mit versteinertem Gesicht, obwohl ihm eher die Bemerkung mit dem stinkenden Eigenlob auf der Zunge lag.

„Eben", meinte Marc Oberländer. „Und der guten Vollständigkeit halber seien noch die sozialen Kompetenzen erwähnt, meine Team-, Kommunikations-, Konflikt- und Vermittlungsfähigkeit. Alles von der entsprechenden Serviceorientierung geprägt."

„Und schließlich und endlich Ihre Führungs- und Leitungskompetenz", war Alexander eben noch ein Stichpunkt eingefallen. Jetzt wartete er auf die passenden Wortbrocken wie Delegationsfähigkeit, Motivierungsgeschick, Zielorientierung. Doch die kamen erstaunlicherweise nicht.

„Wissen Sie eigentlich, dass man besonders mein unternehmerisches Denken, meine außerordentliche Loyalität und meine Repräsentationsfähigkeit zu schätzen weiß?"

Der Staatsanwalt sah Alexander fragend an. Fehlt bloß noch, dass er jetzt mit der Personalentscheidung nach dem Prinzip der Bestenauslese anfängt, dachte Alex. Doch Marc Oberländer schob jetzt den Jackettärmel über seiner Armbanduhr ein wenig zurück.

„Oh, mein nächster Termin! Da will ich mal zum Schluss unseres interessanten Gespräches kommen. Kurzum: Meinem Aufstieg, zunächst als Gruppenleiter, steht nichts mehr im Wege. Aber das bleibt unter uns!"

„Dann ist es ja bis zum Oberstaatsanwalt gar nicht mehr so weit", antwortete Alexander spontan und meinte es ironisch, aber den Schlenker hatte Marc Oberländer zum Glück nicht mitbekommen.

„Sie scherzen, mein Lieber. Aber schön wäre das schon", antwortete der Staatsanwalt nur freundlich und verabschiedete sich.

Abends surfte Alexander noch durchs Internet. Janine hatte sich schon mit Bauchschmerzen und einer Wärmflasche ins Bett gelegt. Er wollte sie nicht stören und konnte so in Ruhe noch über den aktuellen Fall nachdenken.

Das Moor war ein außerordentlich spannender Ort für ein Verbrechen, das musste er schon zugeben. Ihm fiel gerade die Begeisterung von Professor Engelbrecht ein. Selbst der Gerichtsmediziner war regelrecht ins Schwärmen geraten. Ob er daran mal eine Geschichte für die Mädchen entwickelte, natürlich ohne Mord und Totschlag. Er gab verschiedene Suchbegriffe ein und landete schließlich bei Dichtern, die sich diesem Thema gewidmet hatten. Das war doch wirklich klasse, dachte er:

„O schaurig ist's übers Moor zu gehn,
Wenn es wimmelt vom Heiderauche,
Sich wie Phantome die Dünste drehn
Und die Ranke häkelt am Strauche …"

So hieß es da bei Annette von Droste-Hülshoff in ihrem Gedicht „Der Knabe im Moor".

Wunderbar. Gleich stiegen Bilder in Alexander auf, wie er das einarbeiten wollte. Aber natürlich nicht zu gruselig für Lena und Tina. Sie sollten ja danach prächtig schlafen können und keine Alpträume bekommen. Also wollte er den Moorfrosch nehmen, von dem Walther Siekmeyer erzählt hatte. Dazu noch eine Prinzessin und einen edlen Ritter. Oder vielleicht war der

Frosch doch nur verwunschen und der Kuss der Prinzessin oder ein Wurf an die Wand konnte ihn erlösen. Man musste schließlich nicht jede Geschichte neu erfinden. Es gab da herrliche Klassiker, auf denen es sich lohnte aufzubauen.

Alexander lächelte vergnügt und spann innerlich ein Märchen, das für eine gute Nacht sorgen sollte. Er blickte in die Dunkelheit und sah ein paar breite Schwingen durch die Krone des Birnbaums segeln. Die gehörten doch bestimmt einer Eule. Auch ein wunderbares Thema für eine kleine Geschichte. Oder er nahm die Störche von der Alten Brennerei in Hille, da hatten sie doch diesmal sage und schreibe neun Eier ins Nest gelegt. Rekordverdächtig, wie es hieß. Wobei er das nicht überstrapazieren wollte. Er konnte sich noch gut an den Aufstand von Lena erinnern, als im Vorjahr keines der Jungen überlebt hatte. Die pure Tragödie. So wie das Leben eben gelegentlich spielte.

Ricardo Kuhlmann stoppte seinen Wagen vor der Firma, die sich in Aminghausen befand. Ulla Gabler, in einem eleganten Kostüm, kam ihm schon entgegen. Auf dem Parkplatz stand ein Havariefahrzeug vom technischen Notdienst.

„Schön, dass Sie da sind, Herr Kuhlmann", begrüßte ihn die Sekretärin. „Ausgerechnet heute musste das geschehen! Die Herren haben aber schon alles im Griff. Ich glaube, wir haben noch einmal Glück gehabt. Bis unsere Gäste eintreffen, dürfte das Gröbste behoben sein."

„Na, Gott sei Dank aber auch, meine Liebe", lächelte Ricardo Kuhlmann. „Dann werde ich mich mal selbst davon überzeugen, was hier alles passiert ist."

„Ja, natürlich. Folgen Sie mir einfach zu dem Malheur. Der Rohrbruch hat das hintere Lager ziemlich in Mitleidenschaft gezogen. Aber zum Glück stehen dort ja keine Kartons auf dem Boden."

Ulla Gabler lief forschen Schrittes voran, ohne eine Antwort ihres Vorgesetzten abzuwarten.

Ricardo grübelte. Alles hing von dem Gespräch in Kürze ab. Sie hatten sich ziemlich weit rausgehängt mit diesem Engagement für die Produktion. Wenn sie die Termine nicht einhalten könnten, dann wären sie vertragsbrüchig und Medtech würde sich einen anderen Partner suchen. Gar nicht auszudenken. Ihm fielen die zähen Verhandlungen mit den beiden Geschäftsführern Oswald Zehner und Lukas Rüter ein. Es hatte lange gedauert, ehe sie auf einen Nenner gekommen waren. Vor allem mit Zehner, ein außerordentlich cholerischer Typ, wie er fand, hatte er sich fast gestritten. Nur das Einlenken von Rüter hatte sie beide wieder einigermaßen besänftigt. Der war ein ganz anderer Charakter, eher ziemlich weich. Vielleicht vom anderen Ufer, aber das war Ricardo völlig gleichgültig. Hier entschieden einzig und allein die geschäftlichen Tatsachen und diese Kooperation mit Medtech würde ihren Umsatz in die Höhe schnellen lassen.

Ein leichter Schweißfilm lag auf seiner Stirn, als er hinter seiner Sekretärin im Lager angekommen war. Die Handwerker schauten nur kurz auf. Man nickte sich zu.

„Wie lange werden Sie hier noch zu tun haben", erkundigte sich Ricardo Kuhlmann mit einem ungeduldigen Unterton.

„Im Grunde sind wir fast fertig", antwortete der Chef der kleinen Einsatztruppe und lächelte Ulla Gabler zu.

„Ihre Chefsekretärin hat uns ja zum Glück rechtzeitig angerufen."

Die Frau strahlte.

„Ja, auf Frau Gabler ist immer Verlass", antwortete Ricardo und schloss seine Frage an: „Sie beseitigen natürlich noch die Spuren?"

„Aber natürlich. Das hatten wir mit Frau Gabler schon so vereinbart. Sie werden hinterher gar nicht mehr sehen, dass so ein Missgeschick passiert ist. Als wäre nichts gewesen …"

Das Lächeln im Gesicht der Chefsekretärin schien sich zu verfestigen.

„Dann besten Dank schon einmal", verabschiedete sich Ricardo und begab sich in sein Büro. Ulla Gabler folgte ihm auf dem Fuße, ihr neues Kostüm saß perfekt, wie maßgeschneidert. Sie fühlte sich darin sichtlich wohl.

„Wie wäre es mit einem Kaffee, Herr Kuhlmann", erkundigte sie sich.

„Gern. Wie immer. Und dann bitte keine Störung in der nächsten Stunde. Ich muss mich noch auf das Gespräch mit unseren Kunden vorbereiten. Sie haben einen Dolmetscher organisiert?"

„Aber, wo denken Sie hin, Herr Kuhlmann. Mein Polnisch ist perfekt."

„Stimmt. Jetzt, wo Sie das sagen, fällt mir ein, dass die Fremdsprachen ja zu Ihren besonderen Fähigkeiten zählen. Tut mir leid. Das war mir für einen Moment weggerutscht. Wahrscheinlich der Schreck mit dem Rohrbruch."

„Ach, kein Problem. Kaffee kommt gleich und ansonsten wimmle ich dann mal alle für die nächste Zeit ab."

Wenig später traf die Delegation aus Polen ein und belegte denselben Parkplatz wie zuvor der technische Notdienst. Sie mussten an der nahe gelegenen Kreuzung fast aneinander vorbeigefahren sein.

Ein Weilchen zuvor hatte der Fahrer noch bei Ulla Gabler angerufen und eine leichte Verspätung angekündigt. Ein Stau auf der A2. Das brachte ein wenig Luft, denn die Aufräumarbeiten im Lager, die die Sekretärin zwischendurch immer wieder begutachtete, zogen sich doch länger als geplant hin. Erst auf dem Parkplatz unterschrieb sie den ausgeführten Auftrag, den ihr einer der Handwerker aus dem Fahrzeug reichte.

Als sie sich umwandte, fiel ihr Blick auf das Auto ihres Chefs. Das müsste auch mal durch die Waschanlage. War ja richtig peinlich, wie das aussah. Völlig verdreckt ... und die Reifen erst! Als ob er durch eine Schlammlawine gefahren wäre, ach ja, er joggte ja immer irgendwo im Moor. Aber für solche Gedanken war jetzt keine Zeit, schalt sich Ulla Gabler.

Um Haaresbreite hätte das schiefgehen können, fuhr es Ulla durch den Kopf, als sie erleichtert die Gäste am Eingang in Empfang nahm.

„Dzień dobry!", begrüßte sie die drei Männer, die aus dem Mercedes ausgestiegen waren, sich rekelten, die Jacketts anzogen, die zuvor auf Bügeln gehangen hatten, und nach wenigen Schritten direkt vor ihr standen. Der erste, offensichtlich der Chef, gab ihr einen Handkuss. Ach, was hatte ihr diese charmante Geste gefehlt! Ulla konnte ein Seufzen nur schwach unterdrücken und überdeckte es mit einem Räuspern.

Sie führte die Herren in den Besprechungsraum, den sie schon hergerichtet hatte. Tee, Kaffee, Mineralwasser, O-Saft und Gebäck befanden sich auf dem Tisch. Später war ein gemeinsames Essen geplant, inklusive Kulturprogramm. Darauf legte sie immer großen Wert und es kam bei den wichtigen Partnern stets gut an. Natürlich suchte sie sich dafür ihre absoluten Lieblingsorte aus.

Für den heutigen Abend war das GOP Varieté-Theater in Bad Oeynhausen vorgesehen. Im Kaiserpalais hatte sie zuvor Plätze im Restaurant „Palmengarten" reserviert. Dort konnte man sich besser unterhalten. Und im Anschluss war dann die Show mit Akrobaten und Comedians dran. Ach ja, und dabei in so reizender Begleitung. Das würde bestimmt ein toller Abend werden, dessen war sich Ulla Gabler sicher.

„Wussten Sie eigentlich, dass das Große Torfmoor das einzige Hochmoor von Nordrhein-Westfalen ist?“, stellte Walther Siekmeyer eine Frage, um gleich selbst fortzufahren: „Außerdem ist es in unserem Bundesland das größte noch verbliebene Moorgebiet, gesegnet mit einer einmaligen Artenvielfalt. Und Rana alvaris, der Moorfrosch, lebt hier. Steht übrigens auf der Roten Liste!“

„Aha“, warf Wolfhard ein und wollte wieder zum eigentlichen Anliegen kommen, weshalb man hier in der Dienststelle zusammensaß, aber es gelang ihm nicht. Walther Siekmeyer war schneller.

„Überwintert wird vergraben im Schlamm, tief unter Pflanzen. Wenn die Gewässer eisfrei sind, beginnt die Fortpflanzung. Die Männchen stellen sich vor den Weibchen an den Laichgewässern ein. Und wenn Ende März die Paarungszeit ansteht, dann sind die Herren der Schöpfung unverkennbar wahrzunehmen. Zum einen durch ihre glucksenden, blubbernden Geräusche, die mit weiteren Männchen vereint einen fulminanten Chor ergeben; und zum anderen durch ihre glänzend blaue Farbe am ganzen Körper in dieser besonderen Zeit. Moorfrösche haben ja was gegen saure Gewässer des Hochmoores, deshalb findet man sie eher in den feuchten Randbereichen. Bis zu zweitausend Eier befinden sich in den Laichballen, die das Weibchen legt …“

Wenn die alle was werden würden, dann könnte man wohl sein eigenes Wort nicht mehr verstehen, wenn sie in der nächsten Saison auf Brautschau gehen, ging es Alexander durch den Kopf. Ein Lächeln huschte über sein Gesicht, aber er nahm sich zusammen und setzte gleich wieder eine ernste Miene auf.

„Besten Dank, Herr Siekmeyer. Sie haben uns sehr geholfen. Zunächst natürlich mit Ihrem Fund und dann mit all den detaillierten Angaben."

Walther Siekmeyer strahlte über das ganze Gesicht.

„Nicht wahr, das ist alles hochinteressant! Ich könnte Ihnen noch viel mehr erzählen, das war erst der Anfang ..."

Wolfhard erhob sich.

„Ich bringe Sie dann noch zum Ausgang."

An der Tür wandte er sich noch einmal zu Alexander um und zog eine Grimasse.

„Auf Wiedersehen, Herr Siekmeyer", verabschiedete sich Alexander, der beiden gefolgt war. „Ich muss dann auch wieder in mein Büro. Kommst du im Anschluss noch einmal zu mir, Wolfhard?"

„Geht klar", entgegnete Wolfhard und er lief mit Walther Siekmeyer den Flur entlang, während der Mann schon wieder zu einem Vortrag ansetzte.

Alexander war an seinen Schreibtisch zurückgekehrt. Er sichtete die jüngsten Zeugenbefragungen und grübelte, ob ihm da auch niemand durch die Lappen gegangen war. Noch einmal überflog er die Aussage von Sarah Zehner. Ein Motiv lag bei ihr nicht vor. Das hatten sie überprüft. Alle Ansätze negativ. Aber was stand da? Alexander las sich fest. Warum war ihm das nicht eher aufgefallen. Es hätte vor einer Weile einen Anruf aus der Prager Botschaft gegeben. Darüber hätte sie sich gewundert. Und er erinnerte sich an das Gespräch mit der Frau des Toten.

„Ich weiß es noch, als wäre es heute“, sagte Sarah Zehner. „Er hat sich wie ein Schuljunge gefreut und sich die Hände gerieben. Das hat mich schon merkwürdig berührt.“

„Und haben Sie sich nach dem Grund der Freude erkundigt?“, wollte Alexander wissen.

„Natürlich. Es war zu offensichtlich und er konnte oder wollte es auch nicht vor mir verbergen.“

„Ja, was denn?“

„Es war ein Anruf von einem Dr. Spekker, wenn ich mich recht an den Namen erinnere, Vertreter der deutschen Botschaft in Prag. Oswald musste quasi für seinen Geschäftspartner Lukas Rüter bürgen. Der war festgesetzt worden, weil er sich im Strichermilieu aufgehalten hatte. Kaum zu glauben.“

„Ihnen kam das nicht geheuer vor?“, setzte Wolfhard ein.

„Ja. Denn schließlich führt Lukas ein phänomenales Leben. Alles ist perfekt. Die Familie, die Arbeit, der Freundeskreis. So eine richtige Vorzeigetruppe. Da kann man direkt neidisch werden.“

„Sie haben das also nicht wirklich geglaubt?“, wollte Alexander wissen.

„Nein“, sagte Sarah Zehner. „Ich habe es auf ein Missverständnis geschoben. Man hört ja so allerlei, was einem im Ausland widerfahren kann. Aber ich bin schon misstrauisch geworden und habe Lukas daraufhin genauer beobachtet.“

„Und?“

Alexander hatte es eher gefragt, um der Erzählung endlich ein Ende zu bereiten. Das führte für seinen Geschmack einfach zu weit.

„Er hat sich merkwürdig verhalten. Genau so, wie man es von Schwulen so hört und sieht. Ich meine, da im Fernsehen zum Beispiel.“

„Aha."

Mehr wollte Alex nicht kommentieren. Er schaute auf seine Armbanduhr.

„Lukas tritt immer überaus gepflegt auf. Zu gepflegt, wenn Sie mich fragen. Echte Männer leisten sich ansonsten schon mal die eine oder andere Nachlässigkeit."

Alexander verkniff sich eine Bemerkung und Wolfhard verdrehte die Augen.

„Jedenfalls spreizt Lukas immer den kleinen Finger so komisch ab, sehen Sie, so ..."

Sarah führte die Bewegung vor.

„Wenn er eine Kaffeetasse ergreift, so wie Sie jetzt, dann stets mit dem abgespreizten Finger. Ist doch eher eine feminine Art! Und dann habe ich beobachtet, dass er seine Frau überhaupt nicht anrührt. Keine freundliche Geste. Kein In-den-Arm-Nehmen. Absolut distanziert. Schließlich die Wortwahl und sein gelegentliches Lachen. Irgendwann wurde es für mich eindeutig: Lukas ist homosexuell."

„Hatte Ihr Mann vielleicht Feinde?", wechselte Alexander das Thema. Er hasste diese Tiraden gegen Menschen, die einfach aus dem klassischen Rahmen fielen.

„Also, richtige Feinde? Ich weiß nicht. Mit dem einen Unternehmen gab es wohl mal Probleme, speziell mit dem Chef. Kuhlmann oder so ähnlich. Jedenfalls habe ich da mal eine Auseinandersetzung am Telefon mitbekommen. Das war schon nicht mehr feierlich."

„Wieso?", wollte Alex wissen.

„Also, es machte mir den Eindruck, als ob der andere den bereits ausgehandelten Preis korrigieren wollte, natürlich zu seinen Gunsten, aber so was ging ja bei meinem Mann gar nicht. Oswald hat sich da fürchterlich aufgeregt. Ich sehe ihn noch vor mir ..."

Sarah war unter Schluchzen zum Ende gekommen und die Beamten hatten sich schon bei den letzten Sätzen erhoben.

„Wir müssten dann weiter, Frau Zehner. Vielen Dank für Ihre Auskünfte", hatte Alexander noch zum Schluss gesagt.

Alexander kehrte aus der Erinnerung zurück. Das waren Ansätze. Bestimmt. So konnte sich doch ein Motiv entwickeln. Aber er wollte erst noch ein wenig allein ermitteln, ehe er Wolfhard oder das Team einbezog. Er wollte sich nicht blamieren und auf keinen Fall diesen Lukas Rüter in Verruf bringen. Ein Gerücht hakte sich schnell fest. Und bei dem Kuhlmann sollte man noch einmal das Alibi überprüfen.

Er stand auf und holte sich einen Becher Kaffee. Schwarz, wie immer.

Wenig später öffnete sich die Tür und Wolfhard trat ein.

„Also weißt du, nichts gegen so ein Engagement, aber der hat mich ja eben dermaßen zugetextet. Ich komme mir selbst schon wie ein Moorfrosch vor."

Alexander musste lachen.

„Magst du auch einen Kaffee? Ich habe mir gerade einen geholt und wollte mit dir ein paar Sachen bereden."

„Nein, ich hole mir lieber einen Tee. Meine Kaffeeration habe ich für heute schon weg. Und wenn du mich fragst, du bestimmt auch."

Wolfhard verließ noch einmal den Raum, um sich ein Getränk zu holen. Alexander zog die Stirn kraus. Seit wann mischte sich sein Mitarbeiter in so etwas ein? Aber es sollte noch heftiger kommen.

„Weißt du, mein Lieber ...", zog Wolfhard seinen Stuhl an den Tisch und schüttete sich zwei Zuckertütchen in den Tee. Dann rührte er gründlich um.

„... es ist ja nicht so, dass ich deine Kaffeeliebhaberei verkehrt finde. In Maßen ist immer alles in Ordnung. Aber ich habe jetzt mal mitgezählt. Du bist schon ein echter Junkie."

Alexander stutzte.

„Was hast du, bitte?"

„Mitgezählt. Wie viele Tassen Kaffee du so am Tag konsumierst. Und da habe ich bestimmt nicht alle mitbekommen. Aber acht bis zehn sind es hier im Dienst locker."

„Du scherzt?!"

„Nicht, dass ich wüsste."

„Kaffee ist nun mal das Lieblingsgetränk der Deutschen. Da reihe ich mich einfach ein. Schließlich mag ich die anregende Wirkung, und so ein Tässchen erhöht auch den Spiegel von Serotonin im Gehirn."

„Ja, ich weiß, das Glückshormon. Aber das Getränk ist in Mengen trotzdem gesundheitsgefährdend."

„Blödsinn. Da gibt es inzwischen ganz andere Untersuchungen. Das darin enthaltene Koffein soll sogar Ablagerungen an den Nervenzellen verhindern und damit vor Alzheimer schützen! Hat ein Forscherteam jetzt herausgefunden. Mal ganz abgesehen davon, dass die Leistungsfähigkeit und die Konzentration erhöht werden, die Leber geschützt wird und das Risiko, an Typ-2-Diabetes zu erkranken, wirklich deutlich sinkt."

„Da kann ich dir aber auch andere Forschungsergebnisse entgegenhalten", warf Wolfhard ein. „Da wird nämlich in dem Zusammenhang von Nervengift gesprochen und dass dein heißgeliebtes Getränk die Leber schädigt und Herzinfarkte auslösen kann."

„Na, da streiten sich dann wohl die Geister."

Alexander nahm genüsslich einen großen Schluck von seinem Kaffee.

„Ich lasse mir den von dir jedenfalls nicht vermiesen."

„Ach, Alex. So war das doch nicht gemeint. Ich bin nur ein wenig besorgt um deine Gesundheit. Vier Tassen über den Tag verteilt wären in Ordnung, sonst steigt auch das Rheumarisiko."

„Ich glaube, du wirst wirklich langsam alt, Wolfhard. Solche Themen passen doch eher in die Seniorenschublade."

„Na, das will ich mal lieber nicht gehört haben, junger Freund."

Die Stimmung knisterte. Doch dann lenkte Wolfhard, um Frieden bemüht, ein: „Ich weiß, ich bin nicht deine Mutter und muss dir gar keine Vorschriften machen …"

„Genau!"

Jetzt lachte Wolfhard.

„Höre ich da irgendwelche unguten Erinnerungen heraus?"

„Wenn du schon fragst: Meine Mutter hat mir tatsächlich genau diese Vorhaltungen wegen meinem Kaffeegenuss gemacht. Ich hörte bei dir eben den einen oder anderen absolut identischen Ton heraus. Und ehrlich gesagt, kann ich das einfach nicht ausstehen."

„Gut, dass wir drüber geredet haben", grinste Wolfhard. „Es geht doch nichts über eine gepflegte Konversation."

„Eben. Wir sollten dann mal wieder zum Kern der Sache kommen. Hier. Die Zeugenaussagen."

Alexander schob eine Akte zu Wolfhard hinüber.

„Was meinst du? Ich habe mir schon zum wiederholten Male die Aussage der Ehefrau von Lukas Rüter durchgelesen. Irgendwas stimmt da nicht."

Wolfhard griff nach der Mappe und zog sie zu sich herüber.

„Und was meinst du genau?"

„Natürlich die Sache mit dem Alibi. Wir hatten sie ja mehrfach befragt und ich finde, sie verstrickt sich da in Widersprüche. Nicht sehr grobe, aber immerhin. Sie behauptet ja, ihr Mann wäre zur fraglichen Zeit daheim gewesen. Und sie wären sehr zeitig zu Bett gegangen, während die Kinder bei einem Cousin übernachtet hätten."

„Wobei das sowieso kein sonderlich überzeugendes Alibi ist. Wenn meine Rita einmal schläft, dann könntest du Kanonen neben ihr abfeuern. Die legt sich hin, gibt mir noch einen Gutenachtkuss und husch ist sie weg in Morpheus Armen."

„Die Glückliche."

„Ja, das denke ich auch immer, wenn mir dann die Fälle nicht aus dem Kopf gehen wollen und ich einfach nur wieder und wieder am Schafezählen bin."

„Dann hat deine Frau eben ein ruhiges Gewissen."

„Ach ja, und das ist ein sanftes Ruhekissen. Solche Sprüche von dir, mein Lieber!"

„Auf jeden Fall macht mich die Sache jetzt stutzig. Vor allem auch, weil wir bei den anderen Dingen nicht wirklich vorankommen."

„Du meinst, wir sollten sie noch einmal zu uns in die Dienststelle bestellen?"

„Ja, entweder das oder wir fahren zu ihr nach Hause. Es spricht immer etwas für das jeweilige Umfeld. Bei uns hier sind die Leute ohnehin eher zum Reden bereit, aber in ihrer gewohnten Umgebung sagen sie vielleicht etwas, was ihnen sonst nicht herausrutschen würde."

„Dann sage ich Janine, dass sie uns ankündigen soll."

„Mach das, Wolfhard. Ich will mich jetzt auch noch ein wenig um den einen Abschlussbericht kümmern. Walther Siekmeyer können wir ja als Täter definitiv ausschließen. Wenngleich man ihn zunächst auch schon ins Auge fassen musste. Aber der kann bestimmt keiner Fliege was zuleide tun. Dann kann die Akte auch zu Eduard. Ist ausermittelt."

Wolfhard erhob sich und verließ das Büro. Im Flur schüttelte er den Kopf. Warum hatte ihn denn Alexander damit beauftragt, Janine etwas mitzuteilen? Hing etwa der Haussegen bei den beiden schief?

„Na, das wollen wir mal nicht hoffen", murmelte Wolfhard vor sich hin und war schon bei Janine angelangt.

„Stör ich?", hielt er den Kopf in die geöffnete Tür.

Janine lachte.

„Du doch nicht, lieber Wolfhard. Was hast du denn auf dem Herzen?"

„Könntest du uns, also Alex und mir, mal auf die Schnelle einen Termin bei Steffi Rüter ausmachen? Bitte morgen gleich früh, wenn das passt, zur Not auch zum Nachmittag hin, falls sie arbeiten muss. Wir wollen ihre Gepflogenheiten nicht durcheinanderbringen. Es soll eher beiläufig klingen, so als ob wir nur der guten Ordnung halber noch einmal nachhaken wollten …"

„Warum wollt ihr denn noch einmal zu ihr? Ich dachte, sie hätte ihrem Mann schon ein hieb- und stichfestes Alibi gegeben?"

„Das ist es ja. Inzwischen zweifeln wir daran. Du weißt schließlich auch, wie das ist, wenn Partner einander etwas bestätigen …"

„Hm, stimmt schon. Dann kümmere ich mich gleich drum und informiere euch beide anschließend."

Wolfhard schloss die Tür wieder und hing seinen Gedanken nach. Nein, Janine machte einen völlig entspannten Eindruck. Keine Spur von Beziehungsproblemen. Er sah wohl schon Gespenster.

„Die Herrschaften von der Polizei hier wollen dich sprechen“, sagte Clarissa und hatte einen außerordentlich ernsten Gesichtsausdruck aufgesetzt. Hinter ihr standen Bernd Langer und Dagmar Scholz.

Durch Ricardo Kuhlmanns Kopf zuckten Gedankenblitze. War er zu schnell gefahren, bei Rot über eine Ampel, gab es Probleme in der Firma? Nicht mit allen Partnern gingen die Geschäfte ganz legal über die Bühne! Manches war eher eine Gratwanderung. Er war aschfahl im Gesicht geworden und erhob sich von seinem Bürostuhl. Bis eben hatte er noch am Schreibtisch in seinem Arbeitszimmer gesessen und die Steuerunterlagen sortiert. War das vielleicht das Stichwort: Steuerfahndung? Er schluckte.

Die beiden Polizisten stellten sich vor.

„Wir würden Sie gern allein sprechen“, schlug Dagmar diplomatisch vor, als sie die knisternde Spannung zwischen den Eheleuten bemerkte. Bernd schaute sie zwar von der Seite her skeptisch an, bemerkte aber nichts dazu.

„Wenn Sie meinen“, entgegnete Clarissa schnippisch und machte auf dem Absatz kehrt. Eben noch hatte sie etwas anbieten wollen. Das verkniff sie sich jetzt. Sie schloss die Tür zum Arbeitszimmer, begab sich aber in den daneben gelegenen Schlafraum, von dem aus man das Geschehen sehr gut verfolgen konnte.

Die Wände waren nicht so schalldicht wie ursprünglich geplant. Deshalb hatten sie sich auch dagegen entschieden, ein Kinderzimmer an dieser Stelle zu platzieren. Dann hätten sie nämlich immer mit dem

Lauschen der Kleinen rechnen müssen. So lag das Zimmer für den Sohn, der sich als einziger Nachwuchs eingestellt hatte, erst im Erdgeschoss und inzwischen, auf seinen Wunsch hin, im Souterrain. Dort konnte er seine Musik aufdrehen, so laut er nur wollte. Man störte sich nicht gegenseitig.

Clarissa hockte sich auf die Bettkante und spannte alle Sinne an. Sie musste sich intensiv konzentrieren, um alles zu verstehen. Nebenan wurde nicht sonderlich laut gesprochen. Worum es eigentlich ging, das hatte sie nicht hören können. Doch dann drang jeder Satz zu ihr durch.

„Wo waren Sie am vorigen Freitag?", erkundigte sich Dagmar Scholz.

Ricardo dachte nach und sofort fiel ihm die Havarie in der Firma ein. Zum Glück hatte seine Sekretärin Ulla Gabler alles rasch in den Griff bekommen. Also, die Antwort war glasklar und absolut solide.

„Ich hatte ein technisches Problem in meinem Unternehmen. Einen Wasserrohrbruch. Das kann Ihnen meine Sekretärin bestätigen."

„Und wo waren Sie vor der, beziehungsweise im Anschluss an die Arbeit?", hakte Bernd nach.

Ricardo dachte kurz nach. Das Joggen im Moor war doch völlig unverfänglich. Also warum sollte er das nicht zugeben.

„Ich jogge immer im Hiller Moor. Ganz regelmäßig."

„Aha", leuchteten die Augen von Dagmar Scholz ein klein wenig auf und sie ergänzte: „Dürfen wir uns mal bei Ihnen ein wenig umschauen?"

Ricardo zuckte mit den Schultern.

„Warum nicht? Das werde ich Ihnen bestimmt nicht verwehren wollen. Sie machen ja auch nur Ihre Arbeit."

Dagmar nickte dankbar. Bei solchen Verdachtsmomenten, wie sie jetzt in ihr aufstiegen, war ein Durchsuchungsbeschluss gar keine Frage. Aber das hätte weiteren Aufwand und Zeitverzug bedeutet. Wenn dieser Mann sich jetzt freiwillig dazu bereit erklärte, dann umso besser.

Die Kollegen schauten sich kurz verständigend an, erhoben sich und gingen zur Tür. Bernd drückte die Klinke herunter.

„Dann wollen wir mal", sagte er.

Im selben Moment war Clarissa aus dem Schlafraum entwischt und die Treppe hinuntergeeilt. Etwas atemlos stand sie in der Küche und befüllte die Kaffeemaschine, als die drei nun ebenfalls die Treppe hinunterkamen. Jetzt entschied sie sich doch zu einem Angebot: „Mögen Sie vielleicht eine Tasse Kaffee, ich koche gerade welchen."

„Gern", antwortete Dagmar, stellte sich zu der Frau und gab ihrem Kollegen mit einem Kopfnicken zu verstehen, er möge schon beginnen.

„Schön haben Sie es hier", setzte die Polizistin zu einem unverfänglichen Gespräch an. „Leben Sie schon lange hier?"

Clarissa schaute auf: „Seit wir das Haus fertiggestellt haben. Gleich danach kam unser Jörg zur Welt und der wird jetzt siebzehn. Also, so lange ist das schon her. Ach, wie die Zeit vergeht ..."

Dagmar nickte: „Das kenne ich. Auch ich frage mich manchmal, wo die Jahre geblieben sind. An den Kindern merkt man das am ehesten. Eben noch ein Baby, dann schon die Einschulung und plötzlich in der Pubertät."

Bei diesem Stichwort lächelte Clarissa: „Davon könnte ich Sachen erzählen ..."

„Und ich erst", setzte Dagmar nach. „Meine Große ist jetzt vierzehn und ich verstehe sie manchmal überhaupt nicht mehr."

„Na, bei Jungs kommt das zum Glück etwas später. Aber unser Jörg lebt momentan auch auf einem anderen Stern. Das soll sich ja mit zunehmendem Alter wieder geben, sagt man … Hoffen wir mal."

„Genau!"

Dagmar nahm die angebotene Kaffeetasse und trank einen Schluck.

„Danke", sagte sie dann.

Bernd Langer war in der Zwischenzeit durch die Kellerräume des Hauses gestreift, immer auf der Suche nach etwas Augenfälligem. Aber eigentlich suchte er nur die Sportschuhe. Schließlich wurde er unter der Treppe in einem Regal fündig.

„Bingo", flüsterte Bernd Langer und hockte sich davor.

Er zog sich Handschuhe über und griff nach den Turnschuhen. In einer Hand hielt er die Fotos der Abdrücke aus dem Moor. Er betrachtete die Sohlen. Für eines der Bilder hatte er sich schließlich entschieden.

„Wenn das nicht passt, dann wechsle ich den Beruf …", flüsterte er. Dann ließ er die Turnschuhe in einem Plastikbeutel verschwinden.

In dem Moment trat Ricardo zu ihm, der sich bislang im Werkstattkeller aufgehalten hatte, um in der Nähe des Polizisten zu bleiben, den er immer mit einem Auge im Blick hatte.

„Können Sie mir das jetzt erklären?", fragte er und deutete auf den gefüllten Beutel, den Bernd in der Hand hielt.

„Wir nehmen die Schuhe hier mal zur Klärung eines Sachverhaltes mit", erläuterte der Polizist neutral.

„Tja, daran werde ich dann wohl nichts ändern können." Ricardo versuchte ruhig zu bleiben.

„Halten Sie sich bitte zu unserer Verfügung. Von der Dienststelle wird sich in Kürze jemand bei Ihnen melden."

Ricardo nickte. Er war sprachlos.

Als Dagmar und Bernd in ihrem Auto saßen, schauten sie einander an.

„Ich glaube, das ist eine ganz heiße Spur", brach Bernd das anfängliche Schweigen.

„Das sehe ich ebenso. Ich werde mal gleich Alex anrufen", sagte Dagmar und stellte den telefonischen Kontakt her.

„Hallo Alex, hier ist Dagmar. Wir waren eben bei Ricardo Kuhlmann."

„Und? Was wolltet ihr da? Du musst mir schon ein bisschen auf die Sprünge helfen."

„Mann, sei doch nicht immer gleich so bissig. Typisch Berliner."

„Tschuldigung, Dagmar. War jetzt nicht so gemeint. Also: Ricardo Kuhlmann. Dessen Autokennzeichen in Moornähe gesichtet wurde, in etwa zur Tatzeit ..."

„Genau."

Alexander spürte richtig, wie Dagmar jetzt strahlte. Er hielt inne.

„Also, wir sind gerade wegen einer anderen Angelegenheit durch die Straße gefahren und wollten euch ein bisschen Arbeit abnehmen, ihn einfach mal nach seinem Alibi für die Tatzeit fragen. Er war joggen im Hiller Moor, hat er behauptet. Und wir haben gleich mal die Turnschuhe mitgenommen. Die Idee stammte von Bernd, nachdem er eine Übereinstimmung mit den Abdrücken vor Ort festgestellt hatte. Prima, nicht wahr? Wobei mir da gerade einfällt, dass ihr ja einen einzelnen Turnschuh im Moor bei dem Toten gefunden habt. Und bei dem Kuhlmann hier stand das komplette Paar. Ist schon merkwürdig! Da gibt es vielleicht doch noch andere, die die Finger im Spiel hatten ..."

Alexander verdrehte die Augen. Das waren wieder die lieben, übereifrigen Kollegen. Er konnte sich nicht entsinnen, Dagmar und Bernd damit beauftragt zu haben. Sicherlich gehörten sie zur Ermittlungskommission, aber ihre Aufgaben waren deutlich untergeordneter Natur. Die pure Amtsanmaßung, ärgerte sich Alex. Wenn Ricardo Kuhlmann tatsächlich der Täter war, dann hatte er jetzt noch genügend Zeit, um weitere Hinweise verschwinden zu lassen oder sich ein Alibi zu organisieren.

„Warum sagst du denn nichts, Alex?"

„Ach, schon in Ordnung. Kommt mal einfach mit den Beweismitteln her. Dann kann sich Heike darum kümmern, ob Schuhe und Abdrücke wirklich zueinander passen."

„Bis gleich."

„Tschüss."

Alexander ließ den rechten Arm auf den Tisch sinken und legte das Telefon ab. Immer wieder dasselbe. Solche Situationen waren ihm in Berlin häufiger passiert. Die Kollegen, die auf Streife unterwegs waren, spielten gern Kripo. Und sie mussten hinterher für Schadensbegrenzung sorgen. Er griff noch einmal zum Telefon und tippte die Nummer von Wolfhard ein.

„Ja, mein Lieber, was liegt an?"

Alexander machte sich Luft und berichtete von der Geschichte.

„Immer mit der Ruhe, Alex. Das kriegen wir schon hin. Da machen wir uns eben jetzt sofort auf den Weg zu diesem Herrn Kuhlmann. Wird ja noch nicht zu spät sein. Der rechnet garantiert nicht damit, dass die Polizei gleich wieder auftaucht."

„Na, wenn du meinst! Dann treffen wir uns umgehend unten am Auto."

„Ja. Sofort, Chef."

Eine halbe Stunde später stand das Fahrzeug mit Alexander und Wolfhard vor dem Anwesen der Familie Kuhlmann.

„Tolle Wohngegend hier. Das hat bestimmt eine Stange Geld gekostet", sagte Wolfhard. „Man fragt sich ja immer, woher die Leute das haben."

„Umsonst ist der Tod", konterte Alex und ergänzte: „Ach, der eigentlich auch nicht. Dann lass uns mal zur Attacke reiten."

Sie klingelten an der Haustür und Clarissa Kuhlmann öffnete sie nur einen Spalt.

„Sie wünschen?"

„Kripo Minden", sagte Alexander und stellte sich und Wolfhard vor.

Clarissa öffnete entsetzt die Tür ganz weit.

„Was wollen Sie denn von uns?"

„Genau genommen wollen wir zu Ihrem Mann."

„Aber es waren doch gerade, vor nicht mal einer Stunde, zwei Polizisten hier und haben das Haus auf den Kopf gestellt und uns befragt."

„Ich glaube, die Kollegen haben sich nur ein wenig umgeschaut", lenkte Alexander ein.

„Von wegen nur umgeschaut! Die Schränke durchwühlt haben sie, vor allem der Polizist, und dann auch noch die Turnschuhe von meinem Mann mitgenommen", regte sich Clarissa auf. Sie bekam Hektikflecken im Gesicht.

„So was ist doch gar nicht statthaft!“

„In Ausnahmesituationen ist allerlei möglich. Und ein Tötungsdelikt berechtigt uns schon zu striktem Vorgehen“, nahm Alexander die Polizisten in Schutz.

„Dürfen wir dann reinkommen? Ist Ihr Mann noch zu Hause?“, wollte Wolfhard wissen. „Es ist vielleicht nicht so günstig, wenn wir hier an der Tür debattieren.“

Clarissa schaute nach rechts und links die Dorfstraße entlang. Sie glaubte, da und dort die Bewegung von Gardinen zu sehen.

„Ja, mein Mann sitzt wieder am Schreibtisch und kümmert sich um die Steuer. Kommen Sie einfach herein. Sie machen mir hier ja tatsächlich noch die gesamte Nachbarschaft aufmerksam.“

In der Zwischenzeit war Ricardo Kuhlmann aus seinem Arbeitszimmer gekommen und stand oberhalb der Treppe am Geländer.

„Was ist denn nun schon wieder?“, fragte er. „Kann man denn nicht einmal in Ruhe arbeiten?“

„Herr Kuhlmann?“, erkundigte sich Alexander.

„Der bin ich.“

„Dann würden wir gern mit Ihnen sprechen. Wir kommen mal hoch.“

Die beiden ließen Clarissa stehen und stiegen die Stufen nach oben. Kaum hatten sie die Tür zum Arbeitszimmer geschlossen, schlich sich die Frau die Treppe nach oben und verschwand wieder auf ihrem Horchposten im Schlafraum. Diesmal vernahm sie gleich die ersten Sätze, als sie ihren Kopf erneut an die Wand drückte.

„Vorhin waren die Kollegen hier und hatten Sie schon einmal kurz befragt. Es handelt sich ja um einen Toten, den wir im Hiller Moor gefunden haben. Und Ihre Schuhabdrücke befanden sich am Fundort.“

Alexander kam direkt zur Sache. Es war ihm jetzt auch egal, ob der Punkt mit den Abdrücken schon erwiesen war. Manchmal war es eben notwendig, direkt zu sein und nicht lange um den heißen Brei herumzureden.

Ricardo japste nach Luft. Wolfhard und Alexander schauten ihn aufmerksam an und warteten ein wenig ab.

„Ich, ich drehe da nur meine Joggingrunden. Nichts weiter."

„Und wann immer tun Sie das?", fragte Wolfhard.

„Je nach Bedarf und je nach Zeit. Wer ist denn dieser Tote überhaupt? ... Und als ich da lang bin, ist mir überhaupt nichts aufgefallen ..."

„Es war auch nicht nur Ihre Spur an diesem Ort. Wir haben weitere, deutlich kleinere Abdrücke gefunden. Kann es sein, dass Sie dort nicht allein waren?"

Die Antwort auf die Frage nach dem Toten ließ Wolfhard mit Absicht unbeantwortet. Das hatten sie vorab im Auto so ausgemacht. In dieser Phase noch nichts zur Identität.

Ricardo stieg das Blut ins Gesicht. Wohin entwickelte sich diese Situation hier? Er hatte doch überhaupt nichts getan. Wenn man mal von ein paar Mogeleien im Steuerbereich absah, aber das war ja inzwischen gesellschaftsfähig und wurde als Sport betrachtet. Ricardo überlegte angestrengt. Mit der Wahrheit kam er vielleicht doch weiter.

„Gelegentlich treffe ich mich mit einer Bekannten, die dort auch Sport treibt. Dann laufen wir miteinander."

„Aha", sagte Alexander und zog die Stirn kraus.

„Das ist völlig normal. Es macht ja auch viel mehr Spaß, wenn man so etwas gemeinsam betreibt."

Clarissa im Nebenraum erstarrte. Ihr gegenüber hatte doch Ricardo immer behauptet, er würde die Einsamkeit im Moor lieben, den Lauf durch die Stille, nur unterbrochen vom Gezwitscher der Vögel und dem Gequake der Frösche. Das jetzt klang doch aber ganz anders. Sie wollte ihn nachher unbedingt zur Rede stellen.

„Würden Sie uns dann bitte noch den Namen und die Anschrift der Dame nennen?", bat Wolfhard.

Clarissa strengte sich an, hatte immer noch ein Ohr fest an die Wand gedrückt, aber sie verstand diesmal trotz aller Mühe nichts.

„Dann sehen wir uns morgen erneut in der Dienststelle. Sie müssen Ihre Aussage noch einmal zu Protokoll geben. Hier ist meine Karte. Kommen Sie bitte pünktlich um acht Uhr dorthin."

Alexander schob seine Visitenkarte zu Ricardo hinüber, der nur stumm nickte.

Als Alexander und Wolfhard wieder im Auto saßen, besprachen sie kurz die Lage.

„Dann wollen wir mal versuchen, ob wir diese Sonja Säger, seine Lauffreundin, auch gleich noch erwischen, ehe uns Dagmar und Bernd in ihrer Diensteifrigkeit da erneut zuvorkommen", meinte Alexander und startete den Wagen. Die Sonne ließ das Wiehengebirge erstrahlen.

„Hast du eigentlich von den merkwürdigen Todesfällen in Herford gehört?", erkundigte sich Wolfhard beiläufig.

„Nee. Fällt mir momentan nichts zu ein", entgegnete Alex.

„Dann muss ich dir das mal erzählen. Echt kurios. Große Feier in einer Firma. Hoch die Tassen und anschließend lädt der Chef noch in die Sauna ein."

„Ach so", setzte Alexander gelangweilt dazwischen und hielt an einer Ampel.

„Warte, gleich kommt es doch. Die Jungs müssen sich ordentlich die Kante gegeben haben und einige genossen dann ganz mutig die heißen Räume. Vielleicht auch mehr … Man weiß ja nie, was Chefs so alles auffahren, um ihre Mitarbeiter zu verwöhnen."

Alexander schaute zweifelnd zu seinem Kollegen hinüber: „Woher weißt du denn so was?"

„Ach, na ja, man hört gelegentlich so allerlei."

„Und weiter?"

„Jedenfalls tobte die Party bis in die Morgenstunden. Drei der Herren hatten es sich schließlich in der Sauna gemütlich gemacht und … wurden dann um die Mittagszeit als Leichen aufgefunden."

„Wirklich?"

„Wenn ich dir das sage. Sie lagen in sich zusammengesunken auf den Saunabänken und hatten ihren Geist aufgegeben. Sind wahrscheinlich eingeschlafen und dann einem Herz-Kreislauf-Versagen erlegen. Zu viel Hochprozentiges auf jeden Fall. Weit mehr als zwei Promille wurden gemessen. Es könnten auch weitere Drogen im Spiel gewesen sein, die toxikologischen Untersuchungen werden noch fortgesetzt. Auf jeden Fall ließ sich die Tür zum Saunaraum problemlos öffnen und Fremdverschulden wird momentan ausgeschlossen. Es gab übrigens keinerlei äußere Verletzungen."

Wolfhard hatte seine irrwitzige Geschichte beendet und grinste breit.

„Und was lerne ich daraus? Keinen Fusel, wenn ich in die Sauna vom Pivittskrug gehe", schloss Alexander den Dialog ab und machte ein ernstes Gesicht.

Wenig später parkten die beiden Beamten vor der Doppelhaushälfte. Sonja Kuhlmann schaute reglos durch die dichte Gardine aus dem Fenster und hielt noch das Telefon am Ohr. „Ja, Ricardo, kein Problem. Ich weiß Bescheid. Alles ganz neutral ... Wie du meinst! Zum Glück ist Lars gerade auf einer Baustelle und kommt hoffentlich nicht allzu bald nach Hause. Sorry, ich muss mich jetzt mal konzentrieren. Der angekündigte Besuch scheint angekommen zu sein. Ich rufe dich hinterher noch an ... Was meinst du? Besser nicht? Na, du bist lustig ..."

Dann beendete sie das Gespräch mit einem Tastendruck und steckte das Handy in die Hosentasche. Im selben Augenblick klingelte es an der Haustür. Die Frau atmete tief durch, warf einen kurzen Blick in den Flurspiegel, fuhr sich mit beiden Händen ordnend durch die mittelblonden kurzen Haare und öffnete dann.

„Guten Tag", grüßte Alexander höflich und ergänzte die nötigen Angaben. Als Sonja die beiden hineinbat, schien sie erstaunlich gelassen. Alexander und Wolfhard tauschten vielsagende Blicke. Wenn irgendwo die Kripo auftauchte, dann pflegten unvorbereitete Leute meist recht aufgeregt zu sein. Schließlich war das kein alltäglicher Besuch.

Im Wohnzimmer nahmen die beiden Platz, einer auf dem Sofa, der andere auf einem Sessel. Sonja hatte sich so platziert, dass sie die Sonne im Rücken hatte und nicht geblendet wurde.

Ziemlich geschickt, fiel es Alexander auf, der gegen das Licht blinzelte. Dann kam er zu ihrem eigentlichen Anliegen. Sie bräuchten sachdienliche Hinweise in einem Fall. Ob sie regelmäßig joggen würde, erkundigte er sich.

Sonja nickte: „Ja, natürlich. Das bietet sich ja in dieser zauberhaften Gegend an. Am liebsten mache ich das im Hiller Moor. Da gibt der Boden so schön nach. Man kann gut abfedern und belastet die Wirbelsäule nicht so sehr. Also ideal für den Rücken."

„Und joggen Sie da allein?", wollte Wolfhard wissen.

„Nicht immer. Man trifft sich da schon gelegentlich mit Sportsfreunden, die auf gleicher Wellenlänge senden."

„Gibt es einen speziellen Sportsfreund, mit dem Sie des Öfteren unterwegs sind?"

„Doch, schon. Ricardo ist ab und zu an meiner Seite."

„Ricardo Kuhlmann?"

„Ach, Sie kennen ihn schon?"

Das war jetzt bestimmt zu dick aufgetragen, fiel Sonja im selben Augenblick auf, kaum dass der Satz gesagt war. Aber sie konnte nicht mehr einlenken.

Wolfhard verzog auch ein wenig das Gesicht, während man Alexander nichts anmerkte.

„Verbindet Sie beide mehr als der Sport?", wollte Alexander jetzt wissen.

„Ich glaube nicht, dass Sie das etwas angeht", entfuhr es Sonja recht unwirsch.

„Oh doch", entgegnete Wolfhard. „Wir ermitteln hier in einem Todesfall und da können auch solche Details eine Rolle spielen. Also?"

Sonja biss die Lippen aufeinander. Dann sagte sie: „Ja."

„Mit anderen Worten: Sie haben ein Verhältnis?"

Wolfhard sah sie konzentriert an.

„Wenn Sie es denn unbedingt wissen müssen. Ja. Aber mein Mann darf davon überhaupt nichts erfahren und die Frau von Ricardo natürlich auch nicht. Ich baue da auf Ihre absolute Diskretion."

„Das können wir nicht garantieren", entgegnete Alexander schroff.

In dem Moment hörte man, dass die Haustür aufgeschlossen wurde.

„Das ist mein Mann. Bitte, verraten Sie nichts."

Es klang flehentlich und die beiden ließen sich erweichen.

„Hallo", sagte Lars Säger, als er das Wohnzimmer betrat. Er war etwa einen Kopf kleiner als seine Frau, die er zur Begrüßung in den Arm nahm.

„Nanu, Liebchen, du hast Herrenbesuch? Muss ich mir etwa Gedanken machen?"

Er lachte unbefangen.

Alexander und Wolfhard stellten sich kurz vor, während sie sich erhoben.

„Wir wollten auch gerade gehen", meinte Alexander und zu Sonja Säger gewandt: „Dann erwarten wir Sie morgen noch einmal auf unserer Dienststelle zu einem Protokoll."

Lars schaute verblüfft von einem zum anderen und grinste. „Hat mein Schmuckstück was auf dem Kerbholz? Das wird mir meine Frau ja sicher alles gleich erklären können, nicht wahr, Liebchen?"

Sonja nickte und die Beamten verließen das Haus.

„Na, in ihrer Haut möchte ich jetzt auch nicht stecken", kommentierte Wolfhard im Auto.

„Wieso? Sie ist doch selbst schuld. Warum betrügt sie ihren Mann? Da muss sie sich doch zwangsläufig in so ein Lügengewirr verstricken."

„He, Alex. Nun sei doch nicht gleich so aggressiv. So was kommt doch in den besten Familien mal vor ..."

„Ach, nee! Bei dir etwa? Bei deiner Rita?"

„Das ist doch was ganz anderes."

„Siehst du, das ist es, was ich meine. Jeder geht davon aus, dass bei ihm so eine Situation nicht eintreten kann. Und wenn, dann ist es die pure Katastrophe."

„Schon gut, mein Lieber", besänftigte Wolfhard. „Wir fahren jetzt mal in die Dienststelle und erledigen die nötigen Dinge. Ich glaube, ich habe den Namen von der Firma dieses Ricardo Kuhlmann im Zusammenhang mit dem Unternehmen des Toten gelesen. Da sollten wir uns mal für den morgigen Tag gründlich vorbereiten."

„Bittest du dann gleich Janine darum, die entsprechenden Eckdaten zu liefern?"

„Mache ich sofort. Aber warum willst du das nicht tun?"

Von Alexander kam keine Antwort auf diese letzte Frage. Er war mit seinen Gedanken schon woanders.

Ricardo Kuhlmann war nervös. Ein Gefühl, das ihm sonst fremd war. Aber er hatte auch in seinem bisherigen Leben noch nie mit der Polizei zu tun gehabt, nicht einmal im Straßenverkehr war er angehalten worden. Und dann jetzt diese Aktion. Clarissa hatte ihm gestern eine heftige Szene gemacht, nachdem die Polizei wieder verschwunden war. Er hatte ihr zwar im gleichen Atemzug vorgehalten, dass er es für einen Vertrauensbruch hielt, wenn sie an der Wand lauschte, was Clarissa offen zugegeben hatte.

„Sonst wüsste ich ja immer noch nichts von deinen Eskapaden!", hatte sie geschrien und mit den Türen geknallt.

Es kostete ihn außerordentliche Mühe, sie zu beruhigen und die ganze Angelegenheit mit dem Joggen herunterzuspielen – eben auf den rein sportlichen Grund. Ob es ihm wirklich gelungen war, darüber war er sich nicht im Klaren. Eines war aber sicher. Sie mussten fortan unendlich viel vorsichtiger sein, wenn sie sich trafen!

Jetzt stand Ricardo Kuhlmann vor der Polizeibehörde in der Marienstraße. Das Gebäude hatte er sonst nicht wirklich wahrgenommen, wenn er daran vorbeigefahren war. Vielleicht die auffälligen Polizeiautos, aber nicht mehr. Wozu auch? Bislang hatte ihn dieser Ort von Minden nicht betroffen. Er atmete tief durch, streckte sich und redete sich Mut zu. Du schaffst das, du hast nichts verkehrt gemacht. Bleib einfach bei der Wahrheit, dann bist du auf der sicheren Seite. Als er den Eingangsbereich betrat, fühlte er sich schon entschieden lockerer.

„Guten Tag. Ich habe hier einen Termin bei Kriminalhauptkommissar Rosenbaum“, meldete sich Ricardo an.

„Einen Moment bitte“, kam die Antwort von einer brünetten Dame, die sich nebenbei ihrem Computerbildschirm widmete und dann wieder aufblickte.

„Sie werden gleich abgeholt.“

Und es dauerte auch nicht lange, bis Alexander erschien.

„Hallo Herr Kuhlmann. Dann wollen wir mal. Folgen Sie mir einfach.“

Ricardo nickte und lief hinter Alexander her.

„Kollege Schmidt wird bei unserer Unterredung dabei sein“, erklärte Alexander. „Sie haben sich ja gestern schon kennengelernt.“

Wolfhard erwartete die beiden bereits und war mit Elsa in ein Gespräch vertieft. Sie unterbrachen es, kaum dass sich die Tür geöffnet hatte und Alexander mit Ricardo Kuhlmann den Raum betrat.

„Nehmen Sie bitte Platz", forderte Alexander Ricardo auf und wies ihm einen Stuhl zu. Nachdem der sich gesetzt hatte, folgten die Fragen, die er am Tag zuvor schon beantwortet hatte: nach seinen Jogginggewohnheiten im Hiller Moor und nach dem Verhältnis zu Sonja Säger.

„Sie haben eine Geschäftsbeziehung zu Medtech?", erkundigte sich Alexander, nachdem alle Einzelheiten vom Vortag noch einmal angesprochen worden waren.

„Ja", sagte Ricardo frei heraus. Das war endlich ein Terrain, auf dem er sich sicher bewegen konnte.

„Seit vielen Jahren schon. Sehr bewährt. Mit Lukas Rüter und Oswald Zehner verbindet mich inzwischen fast schon mehr als das rein Geschäftliche."

„Oswald Zehner ist tot", fuhr Alexander dazwischen.

„Nein", entsetzte sich Ricardo und sprang von seinem Stuhl hoch. „Das ist jetzt nicht wahr. Eine absolute Katastrophe! Ich habe doch gerade eben ..., ja, wann war das noch gleich ... vor Kurzem hatten wir ein Treffen, wegen einer Absprache zu der jüngsten Aktion in Kirgistan."

Ricardo schaute von einem zum anderen.

„Dann ist doch nicht etwa jener Tote im Moor ... mein Geschäftspartner?!"

„Doch", antwortete Alexander und beobachtete Ricardo ganz genau. Das Entsetzen schien echt zu sein. Er kannte sich aus. Nur ganz gewiefte Täter konnten überzeugend so tun, als hätten sie absolut keine Ahnung.

Ricardo sah jetzt richtig verzweifelt aus: „Wenn Oswald Zehner nicht mehr lebt, dann bricht doch Medtech zusammen. Er war doch der große Stratege im

Unternehmen. Der Rüter schafft das nie, der ist viel zu weich."

Heike Langenkämpfer saß an ihrem Schreibtisch. Vorhin hatte Dagmar ihr den Beutel mit dem Turnschuhpaar abgeliefert. Sie sah auf den ersten Blick, dass die zu den Abdrücken passten, die sie im Moor gesichert hatte. Sie griff zum Telefon.

„Hallo Alex. Sag mal, war das mit dir abgestimmt, dass Dagmar und Bernd gleich die Turnschuhe von diesem Ricardo Kuhlmann mitnehmen? Der muss doch sofort hellhörig geworden sein, wenn er denn Dreck am Stecken hat."

Alexander seufzte am anderen Ende tief auf, wollte aber lieber nichts sagen.

„Kein Kommentar deinerseits?"

„Ach Heike, den verkneife ich mir lieber. Sie haben es ja gut gemeint."

„Na ja, gut gemeint ist nicht unbedingt gut. Eher das Gegenteil davon."

„Stimmt. Und wie sieht es aus? Hast du eine Übereinstimmung feststellen können?"

„Volltreffer."

„Wirklich?"

„Tja, der Schuh passt perfekt zum Profil eines hinterlassenen Eindrucks. Ich habe auch mal das Material untersucht, das sich in der Sohle verfangen hatte. Alles eindeutig von diesem morastigen Untergrund. Da hat er sich nicht mal die Mühe gemacht, sie gründlich zu säubern."

„Was eigentlich wieder dafür spricht, dass er nicht der Täter ist. Sonst hätte er bestimmt versucht, alles zu beseitigen", ergänzte Alexander.

„Finde ich auch. Außerdem irritiert mich die zweite Spur mit dem kleineren Abdruck. Könnte eher von einer Frau stammen. Ist Größe siebenunddreißig. Nicht gerade eine Männergröße und dann war der Abdruck auch nicht so tief, also muss diejenige entschieden leichter gewesen sein."

„Hm. Was hältst du von einem Kaffee nachher in meinem Büro?"

Heike starrte auf das Telefon und brauchte einen Moment.

„Aber sehr gern doch."

„Bring mir dann bitte gleich mal alle Unterlagen zum Fall mit."

„Natürlich", erwiderte Heike mit einem leicht enttäuschten Unterton.

„Passt dir fünfzehn Uhr?", fragte Alexander.

„Perfekt. Bis dahin."

Heike legte das Telefon beiseite und schaute aus dem Fenster. Der Wind zauste die Baumwipfel. Ein paar Vögel klammerten sich an die Zweige. Blöde Kuh, schalt sie sich innerlich. Machst dir immer noch Hoffnungen. Dabei ist Alex doch längst in festen Händen …

Sie wandte sich wieder ihrem Computer zu und beendete den Bericht, den sie später mitnehmen wollte. Arbeit ist immer noch die beste Ablenkung, dachte sie.

Heike war seit ein paar Wochen wieder solo. Die Verbindung mit dem neuen Kollegen hatte sich als nicht haltbar erwiesen. Ihre Interessen waren doch grundverschieden. Nach einer Zeit der Erprobung hatten beide es für das Beste gehalten, die Beziehung in eine Freundschaft umzuwandeln. Gelegentlich unternahmen sie etwas miteinander. Aber ansonsten fuhr sie wieder mit ihrer Mädelsclique in den Urlaub. Demnächst war eine Tour nach Sansibar geplant und sie freute sich riesig darauf. Dafür stand am Abend wieder Kellnern auf dem Plan. Der Nebenverdienst füllte die Urlaubskasse auf.

Punkt fünfzehn Uhr klopfte sie mit ihrem Bericht an die Tür von Alexanders Büro.

„Herein“, tönte es von drinnen.

Er erhob sich und ging auf Heike zu, um ihr die Hand zu geben.

„Ich hab schon mal zwei Kaffee besorgt. Deinen mit Milch und Zucker …“

„Du hast ein blendendes Gedächtnis, lieber Alex.“

„Das Kompliment kann ich nur erwidern, Heike. Dir entgeht ja auch nichts.“

Heike strahlte ihn an und legte ihm den Bericht auf den Schreibtisch.

„Steht alles drin. Aber ich kann es dir auch so noch einmal bestätigen. Was den Abdruck angeht, so ist das eindeutig einer von diesem Turnschuhpaar, das Dagmar und Bernd angeschleppt haben.“

Alexander zog die Stirn kraus, sagte aber kein Wort dazu.

„Auch das Material, dass sich in der Sohle verfangen hat, ist absolut identisch mit dem Moorstück. Ich habe das noch einmal im Labor testen lassen.“

„Prima. Ein Beweis, dass Ricardo Kuhlmann an diesem Ort war. Aber für unseren Fall eben nur ein Indiz. Er hat es ja auch gar nicht generell geleugnet.“

„Schade, dass bei meinen Spuren keine Uhrzeit dransteht“, grinste Heike. „Vielleicht kommen wir da ja eines Tages noch hin.“

„Das wär's“, meinte Alex und grinste ebenfalls. „Würde die Ermittlungen ungemein erleichtern.“

Beide griffen zu den Kaffeetassen und tranken einen Schluck.

„Wie stellst du dir denn den Ablauf des Geschehens vor, Heike? Du hast dir doch bestimmt schon so deine Gedanken gemacht. So in Profiler-Art!"

„Klar doch. Wenn du mich fragst, dann war der Jogger später vor Ort, als Oswald Zehner schon im Untergrund versunken war. Die Spuren nämlich, die auf einen Kampf hindeuten und darauf, dass er in den Sumpf gezogen wurde, liegen tiefer. Der Schuhabdruck folgte erst später. Er ist völlig unbeschädigt, lediglich an einigen Stellen von Walther Siekmeyers Tritten überlagert. Stellt sich für mich nur die Frage, ob der Kuhlmann den Toten gesehen hat? Vielleicht war der Zehner auch noch gar nicht tot, sondern hätte noch gerettet werden können ..."

Hier unterbrach Alexander die Darstellung von Heike.

„Nee, tot war er auf jeden Fall. Das hat auch Professor Engelbrecht bestätigt. Aber normalerweise hätte der Kuhlmann die Hand sehen müssen, so dicht, wie er daneben gestanden hat."

„Ganz meine Meinung", ergänzte Heike. „Es sei denn, er war mit seinen Gedanken absolut woanders. Das soll ja gelegentlich im Leben vorkommen."

„Ja, wäre denkbar."

„Da gibt es noch andere Schuhabdrücke. Die von Oswald Zehner konnte ich halbwegs zuordnen. Der Walther Siekmeyer hat einiges zertreten ... Übrigens ist der kleinere Abdruck auch einer, der über dem offensichtlichen Tatgeschehen liegt."

„Du meinst ...?"

Alexander blickte Heike offen an. Sie nickte.

„Ich meine, dieses Pärchen war nur im Liebestaumel und hat die Welt um sich herum vergessen. Sie wollten ja nicht gesehen werden und hielten sich deshalb etwas abseits von den vorgeschriebenen Pfaden auf."

„Kann man denn so blind sein?", wunderte sich Alex.

„Kann man!", fiel Heike darauf nur spontan ein und sie biss sich auf die Lippen. Hoffentlich bekam er ihre Andeutung nicht in den falschen Hals.

„Wie geht es eigentlich deinen Töchtern?", erkundigte sie sich, um Neutralität bemüht. Wobei, diese Frage war natürlich auch wieder nicht so ganz gelungen. Heike schalt sich im Stillen.

„Läuft so einigermaßen."

Zu mehr war Alex nicht zu bewegen.

„Und was ist mit deiner Frau? Geht es ihr besser?"

Alexander schüttelte den Kopf.

„Ich merke schon. Das ist kein gutes Thema. Lass mal. Wenn du reden willst, dann sage mir Bescheid. Ich höre dir zu, wenn es nötig sein sollte."

„Danke", sagte Alexander und atmete erleichtert auf.

„Warum hast du eigentlich noch keine Kinder?", schloss er eine Frage an, die er ihr schon immer einmal hatte stellen wollen.

Heike errötete deutlich und stotterte etwas von mangelnder Gelegenheit, denn sie würde Kinder schon sehr lieben. Daraufhin strahlte Alex sie an: „Wirklich? Ich finde auch, dass sie etwas Einmaliges im Leben sind."

Heike nickte nur und Alexander wechselte das Thema.

„Also, wenn uns Sonja Säger das alles bestätigt, was Ricardo Kuhlmann schon erzählt hat, dann können wir diese Akte schließen. Die Richtung dürfte dann zu Ende ermittelt sein. Kann unser Aktenführer Eduard dann entsprechend als erledigt ablegen."

„Denke ich auch“, sagte Heike. „Wann wollt ihr mit ihr noch einmal reden?“

„Wolfhard wollte den Termin ausmachen. Müsste morgen gleich früh sein. Ich habe ein gutes Gefühl, dass wir auf dem richtigen Dampfer sind.“

Heike nickte: „Was ich ja überhaupt nicht ertrage, sind Ermittlungen, die - wie es so schön heißt - vorerst abgeschlossen sind. Alle Spuren erfasst, sämtliche nötigen Telefonate erledigt, die Untersuchung des Tatortes akribisch erfolgt, alle Zeugenbefragungen ausgeführt ... Und kein wirklicher Erfolg. Alle Unterlagen ruhen beim Staatsanwalt. Aber in uns rumort das Geschehen ja weiter!“

„Und nicht nur in uns. Mir gehen immer die Angehörigen nicht aus dem Kopf. Aber zum Glück gibt es ja für Mord keine Verjährungsfrist. Sobald es neue Erkenntnisse gibt, bessere technische Möglichkeiten oder vielleicht Zeugen auftauchen, können wir immerhin die Ermittlungen wieder aufnehmen.“

„Genau“, bestätigte Heike. „Ist zwar mühselig, wenn ich zum Beispiel an die Massen-Gentests denke. Aber ich finde es grandios, wenn sich endlich die Fäden entwirren. Und ich bin ein absoluter Fan von den neuen Methoden in der Forensik, oder wenn es darum geht, DNA-Spuren auszuwerten! Jahrzehnte nach einer Tat bringt das heute plötzlich Erfolg. Das ist schon faszinierend. Da hat sich so mancher Täter in absoluter Sicherheit gewogen und vielleicht noch mit einem nächsten Verbrechen nachgelegt ...“

Heike erhob sich.

„Hast du übrigens von der Sache mit dem Vermisstenfall im Tageblatt gelesen?“

„Bei uns in der Region? Schon wieder einer?“

„Nein, in South Dakota. Da haben sie doch jetzt, nach mehr als vierzig Jahren, die Leichen von zwei jungen Mädchen gefunden, die damals auf dem Weg zu einer Party spurlos verschwunden waren. Im Nachhinein hat sich herausgestellt, dass es sich bei den im vorigen Jahr in einem Fluss gefundenen Toten um die beiden Teenager handelt."

„Und, war da mal wieder Kommissar Zufall im Spiel?"

„Wie man es nimmt. Bei der Trockenheit im vergangenen September ist der Wasserspiegel so weit abgesunken, dass der Wagen aufgetaucht ist, in dem sich beide befanden."

„Ist ja irre."

„Genau. Man geht davon aus, dass ein Reifen geplatzt ist, die beiden in den Fluss gestürzt sind und in ihrem Auto ertranken."

„Keine Anzeichen eines Verbrechens? Ich denke gerade an unseren Toten im Mittellandkanal. Da wollte man ja auch die Wasserfluten verbergend über Mann und Wagen gelegt wissen, was bekanntlich nicht geklappt hat! Das Wasser gibt seine Opfer immer wieder frei."

„Nein. Den Fall haben sie abgeschlossen. Kein Verdacht auf Fremdeinwirkung."

Heike stand noch zögernd in der Tür.

„So, dann will ich auch mal wieder. Dein Kaffee war übrigens prima und der Plausch hat gutgetan. Danke."

„Gern geschehen", antwortete Alex. „Tschüss dann erst mal."

Heike lief aus dem Büro und schloss die Tür hinter sich. Sie spürte ihren Herzschlag überdeutlich.

Alexander lehnte sich in seinem Stuhl zurück. Er war mit seinen Gedanken schon beim nächsten Termin: einem Gespräch mit den Mitarbeitern vom Weißen Ring Minden-Lübbecke, der sich vor allem um die Opfer kümmerte, die oft monatelang traumatisiert waren. Der Pressesprecher und ein paar Kollegen würden auch mit dabei sein. Es ging um die zahlreichen bewaffneten Überfälle in der letzten Zeit. Da wurden Opfer mit Messern oder mit Pistolen bedroht, Tankstellen und ein Lebensmittelmarkt wurden überfallen, außerdem ein Rentnerehepaar. Selbst Bäckereifilialen und Pizzaboten gehörten dazu, dabei war dort relativ wenig zu holen.

Entscheidend waren genaue Täterbeschreibungen oder auch gute Videoüberwachungen. Manchmal konnte man daraufhin optimal vorgehen, zum Beispiel vom Landeskriminalamt ein Phantombild anfertigen lassen, wenn die Merkmale wirklich konkret waren und die Opfer sich exakt erinnerten. Viele aber verdrängten die Gefahrensituation sofort aus ihrem Bewusstsein und lieferten nur nebulöse Anhaltspunkte.

Es war wieder einmal an der Zeit, in die Öffentlichkeit zu gehen und Ratschläge zu geben, wie man sich in solchen Situationen verhalten sollte. Der Bundesverband der Tankstellen bot schon Seminare an, in denen den Mitarbeitern geraten wurde, ihr Leben nicht zu gefährden und keinen Widerstand zu leisten.

Alexander griff sich seinen Block mit den Stichpunkten: Täter nicht reizen, auf die Forderungen eingehen, nicht Held spielen, selbst Kleinigkeiten, und davon möglichst viele, präzise einprägen. Auf keinen Fall sollte man riskieren, angegriffen oder gar getötet zu werden. Er wusste natürlich, wie man sich verhalten sollte. Allerdings war er sich nicht sicher, wie er in einer Gefahrensituation tatsächlich handeln würde …

Zum Feierabend schwang er sich auf sein Fahrrad, mit dem er heute gekommen war. Alexander schaute in den Himmel. Ein paar Wölkchen zogen dahin, ansonsten herrschte ein faszinierendes Blau vor. Ideales Wetter für eine kleine Tour. Verpflichtungen hatte er heute nicht, also beschloss er einen größeren Umweg nach Hause zu nehmen. Er entschied sich für einen Abstecher ins Wiehengebirge.

Von seiner Dienststelle in der Marienstraße aus fuhr er zunächst Richtung Innenstadt, um dann auf den Grimpenwall abzubiegen. Mit dem Gedanken, Richtung Bahnhof zu radeln, spielte er nur kurz. Er folgte lieber dem Klausenwall und dann der Portastraße, auf der er auch über die „Birne" hinweg blieb. Wie konnte man einen Kreisverkehr nur Birne nennen, ging ihm dabei durch den Kopf. Aber dann dachte er daran, dass die Streckenführung auf der Landkarte tatsächlich eine gewisse Ähnlichkeit mit diesem Obst hatte. Auto an Auto überholte ihn. In Barkhausen bekam er einen Hustenanfall und stieg kurz vom Rad. Nanu, doch keine so gute Luft, wie er immer glaubte? Alexander zog einen Eukalyptusbonbon aus seiner Hosentasche, wickelte ihn aus und steckte ihn in den Mund. Das musste sich ja gleich wieder beruhigen.

Augenblicke später schwang er sich erneut auf sein Fahrrad und fuhr von der Porta- rechts in die Kaiserstraße ab. Die Autos wurden weniger, der Weg hingegen steiler. Das war die Herausforderung, die er gesucht hatte. An einer Gabelung entschied er sich für den Burgweg, der nach Königsberg führte. Weitblick pur zwischendurch. Alexander atmete tief ein und aus. Der Hustenreiz war vergessen. Schließlich fädelte er sich auf der Straße Unterm Berge ein, die irgendwann in einen Waldweg mündete. Dann war er schon in

Bergkirchen und sah weit übers Land. Abwärts nahm er die Abzweigung in die Heidestraße.

Am Pivittskrug hielt er an, überlegte kurz und stellte sein Rad an das schilfgedeckte Häuschen neben dem Parkplatz. Für ein alkoholfreies Bier sollte die Zeit reichen. Alexander blickte auf seine Armbanduhr. Warum nicht?! Er lief in den Eingang, die innere Tür öffnete sich automatisch und am Tresen wurde er schon freundlich begrüßt.

„Nanu, heute ohne Saunazeug?“, erkundigte sich die Bedienung.

„Ach, ich wollte nur eine Biege fahren, um mich etwas durchlüften zu lassen.“

„Gute Idee. Und was darf es sein?“

„Ein alkoholfreies Bier. Ich muss ja noch fahren.“

Dann setzte sich Alexander auf einen der hohen Stühle am Tresen und ließ sich in den Feierabend fallen. Schräg gegenüber saßen ein paar von den Männern, die er immer hier antraf, wenn er seinen Wellnessabend hatte. Jeder ein Bier vor sich und im Austausch über Alltagsfragen in bestem Plattdeutsch. So kann man auch leben, sinnierte Alex. Mal eben den lieben Gott einen guten Mann sein lassen und alles genießen. Ich glaube, ich mache mir einfach um alles zu viele Gedanken.

Die Bedienung stellte ihm das Bier hin und er nahm einen großen Schluck, nachdem er sich mit den Herren von schräg gegenüber zugeprostet hatte. Nach einer Viertelstunde erhob er sich, bezahlte und machte sich auf den Heimweg.

Er beschloss, die letzten Meter direkt an der Bastau entlang zu radeln. Dafür musste er nur die vielbefahrene Lübbecker Straße überqueren. Der Rest ging dann über Feldwege, direkt bis nach Hause. Als er vor seinem Anwesen bremste, fühlte er sich gestärkt. Kater Albert kam aus den Büschen schnurstracks auf ihn zu und umkreiste seine Beine. Alexander kraulte ihm den Nacken.

„Na, Kumpel, wie war dein Tag?"

Der Vierbeiner miaute lautstark und Alexander musste lachen.

„Blöde Frage. Du bist natürlich wie immer am Verhungern. Also sollte ich mich mal flugs darum kümmern. Aber halt." Alexander ging in die Knie und schob mit zwei Fingern das Fell auseinander.

„Nicht schon wieder! Eine Zecke, und schon richtig vollgesaugt. Wo sammelst du die eigentlich immer alle ein? Allerdings bist du mit deinem weiß gescheckten Fell auch eine echte Leuchtboje."

Der Kater schaute ihn mit großen Augen an. Alex erhob sich.

„Folge mir! Wir schreiten zur Operation."

Beide liefen zur Haustür. Der Kater flitzte rasch an Alexander vorbei ins Haus und inspizierte seine noch leeren Futternäpfe.

„Moment mal! Erst die Arbeit, dann das Vergnügen."

Alexander griff sich eine Zeckenzange, drückte Albert mit einer Hand auf den Boden und war währenddessen auf der Suche nach dem Blutsauger. Er setzte die Zange vorsichtig an und drehte sie herum. Da hing der kleine, aufgeblasene Krabbler! Alexander betrachtete das braune Tier genau und streichelte seinen Kater dabei. Dann legte er die Zange mitsamt Zecke auf die Spüle und holte erst einmal die Sprühsahnedose aus dem Kühlschrank. Vor einiger Zeit hatte er sich für die fettreduzierte Variante entschieden. Die schien Albert ebenso zu schmecken. Noch war der weiße Sahneberg nicht im Futternapf gelandet, da hatte sich der Kater schon mit lautem Schmatzen darüber hergemacht. Auf dem Fensterbrett stand eine Orchidee von Janine, immer noch in voller Blüte. In bester Gesellschaft von weiteren blühenden Artgenossen.

„So. Das war's. Nun wird dieses Mistvieh noch entsorgt."

Alexander griff sich die Zange mit der Zecke und lief ins Bad. Ich bin sonst kein Killer und liebe jedes Tier, aber bei euch mache ich eine Ausnahme, dachte er und betätigte die Toilettenspülung.

Frank Richter stand mit den Kollegen, darunter Arzu, vor der Wohnungstür von Mirco Strunz. Der war noch bei seinen Eltern polizeilich gemeldet und würde sich dort wohl auch aufhalten. So viel hatte die Recherche ergeben. Mirco war vorbestraft, wegen Körperverletzung, Diebstahl und Rowdytum. Ein Großteil seiner Bewährungsstrafe war schon abgelaufen.

Arzu Özkan hatte den Jungen auf den Überwachungsfilmen von den Kameras, die auf der U-Bahn-Station installiert sind, wiedererkannt. Sie hatte ein außerordentliches Personen- und Namensgedächtnis. Bei seiner letzten Tat, die zu der Verurteilung führte, hatte sie ihn, als sie mit einem Kollegen auf Streife war, erwischt. Er war nicht nur handgreiflich, sondern ausgesprochen frech geworden, und hatte gegen die Ausländer gehetzt, die den Deutschen die Arbeitsplätze wegnehmen würden. So, als ob er nun ausgerechnet einen Job bei der Polizei hätte haben wollen. Frank Richter erinnerte sich noch, wie sehr sich Arzu aufgeregt hatte. Wie ein Spatz hatte sie sich aufgeplustert, die Arme in die Hüften gestemmt und geflucht, mit hochrotem Kopf, als sie ihm davon berichtete, immer schneller und schneller im Erzählen. Innerlich musste er grinsen, aber äußerlich ließ er sich natürlich nichts anmerken und nahm sie in Schutz, von wegen, das müsse sie sich natürlich nicht bieten lassen.

Jetzt sah sie zu ihm hinüber und er nickte. Fluchtgefahr in eine andere Richtung bestand höchstens über den Balkon, denn die Wohnung befand sich ganz oben in dem Block. Deshalb hatten sie jeweils einen Beamten in die Nachbarwohnungen geschickt. Dann betätigte Arzu den Klingelknopf.

Es dauerte eine Weile, ehe unartikuliertes Gebrüll einsetzte, das sich schließlich zu Sätzen formte.

„Scheiße, wer stört denn da. Kann man nicht mal ausschlafen."

Mircos Mutter öffnete die Tür, mit zerzausten Haaren. Sie roch streng. Und schon wurde sie beiseite geschoben.

„Wir haben einen Haftbefehl für Ihren Sohn", sagte Frank Richter, nachdem er sich kurz vorgestellt hatte.

„Wat hat der Bengel denn nun schon wieda anjestellt. Immer nur Ärger mit de Blagen. Da müht man sich über Jahre mit de Erziehung und dann so wat."

Die Polizisten ließen die Frau reden und sicherten die einzelnen Zimmer der Wohnung, bis sie sich auf das Wohnzimmer konzentrierten. Daran grenzte der Balkon an. Und tatsächlich war Mirco schon dabei, sich über das Geländer davonzustehlen. Ein Polizist hielt ihn von hinten, der nächste nahm ihn vom anderen Balkon aus in Empfang. Kurz durchzuckte den Jungen der Gedanke, sich fallen zu lassen. Aber ein Blick in die Tiefe hielt ihn davon ab.

„Mann, lasst das. Ihr tut mir weh. Ich komm ja schon."

Mirco versuchte, sich aus der Umklammerung zu lösen. Aber die Griffe der Männer saßen perfekt. Auch sie hatten einen Sprung in den Abgrund einkalkuliert. Das hätte nur Ärger bedeutet, wenn der Beschuldigte bei der Festnahme zu Tode gekommen wäre. Ein gefundenes Fressen für die Boulevardpresse. Gerade hier in diesem Randbezirk der Stadt.

Arzu hatte inzwischen die Handschellen um die Handgelenke von Mirco befestigt. Es schien ihr irgendwie sogar ein wenig Vergnügen zu bereiten, denn sie legte ein grimmiges Grinsen auf. Mirco erkannte sie nicht. Für ihn sahen alle Ausländer gleich aus. Ein Asiate war ein Asiate und ein Afrikaner ein Afrikaner, nur mal mit anders geformten Augen und von etwas unterschiedlichem Hautton.

Arzu drückte Mirco auf das Sofa im Wohnzimmer. Auf dem Tisch standen leere Bierdosen, eine Wodkaflasche lag daneben. Der Aschenbecher quoll über. Als der Junge auf die Flasche sah, fiel ihm noch auf, dass das seine Spende von der Nacht zuvor an die Eltern war.

„Es besteht dringender Tatverdacht, dass Sie ...“, fing Frank Richter an und berichtete von den Aufnahmen auf der U-Bahn-Station. Er hatte sich das Rauchen fast abgewöhnt, griff nur noch ganz selten zu einer Zigarette, und beim Anblick dieses Aschenbechers würgte es ihn. Nein, besser doch keine mehr anzünden. Ist ja widerlich, dachte er.

„Na, wenn ihr schon die Filme habt, dann ist doch alles eindeutig, wie meine Leute und ich locker vom Hocker aus dem Zug ausgestiegen sind und den Bahnhof verlassen haben. Mehr nicht! Dann muss ich doch gar nichts anderes zugeben“, sagte Mirco lässig und fügte hinzu: „Kann ich den Spot vom Bahnsteig mal sehen? Würde mich brennend interessieren ... Oder habt ihr inzwischen auch in den Zügen eure Überwachungskameras installiert? Scheiß Spionagestaat!“

Arzu, die hinter Mirco stand, schüttelte den Kopf. Aber Frank rührte sich nicht weiter und kommentierte die Frage nicht.

„Sie kommen jetzt mit uns. Zunächst in Untersuchungshaft“, sagte er nach einer kleinen Weile.

Mirco wurde blass.

„Aber ich werde doch Vater."

Daraufhin mischten sich die Eltern ein, die bis zu diesem Moment relativ ruhig geblieben waren.

„Hast du dämlichet Arschloch denn noch nüscht von Verhütung jehört?", brüllte der Vater. Der Jähzorn stand ihm ins Gesicht geschrieben und er legte noch nach.

„Dich hätte man auch lieber verhüten sollen, du Missjeburt."

Mirco zuckte zusammen.

„Wir kümmern uns jedenfalls nicht darum. Da kannste Gift drauf nehmen", schleuderte seine Mutter böse in den Raum. „Icke und Großmutter. Da bin ick ja noch vülle zu jung für."

Frank Richter verdrehte die Augen. Die Frau war bestimmt noch keine vierzig, konnte aber gut und gern auch für sechzig durchgehen. So schlampig und verwahrlost, wie sie aussah. Und in so einem Milieu wurden Kinder in die Welt gesetzt.

Als er später Mirco in den Polizeiwagen schob, verspürte Frank Richter fast ein wenig Mitleid mit ihm. Die Bemerkung des Vaters, man hätte besser verhüten sollen, war aber auch wirklich heftig. Wie konnte man bei solchen Eltern überhaupt zu einem vernünftigen Menschen heranwachsen?

Während der Fahrt zur Dienststelle fiel kein weiteres Wort. Mirco hüllte sich in Schweigen und auch die Polizisten verspürten kein Bedürfnis, miteinander zu reden.

Im Eingangsbereich herrschte reges Treiben. Die kleine Gruppe lief durch das Gebäude bis zu den Gewahrsamszellen. Vor einer Zelle nahm ein Beamter Mirco alles ab, was für einen Suizid hilfreich sein konnte. Man wusste ja nie und es war generelle Vorschrift.

Als Frank Richter wieder an seinem Schreibtisch saß, griff er zum Telefon und wählte die Nummer von Alexander.

„Frank hier, hallo Alex."

„Grüß dich. Was macht die Hauptstadt? Hast du Sehnsucht nach einem alten Kollegen."

„Ja und nein. Einerseits fehlst du hier schon, andererseits kommt man bei dem alltäglichen Stress gar nicht dazu nachzudenken. Aber ich rufe aus einem anderen Grund an: Wir haben ihn!"

Kein Wort kam als Entgegnung.

„Du hast mich schon verstanden, Alex?"

„Doch. Aber ich muss erst mal durchatmen. Erzähle."

„Also, der jugendliche mutmaßliche Täter heißt Mirco Strunz. Wir haben ihn gerade bei seinen Eltern in der Wohnung festgenommen. Er ist wegen einiger Delikte vorbestraft und steckt momentan mitten in der Bewährungszeit. Das war's ja nun dann. Er muss nur noch gestehen. Aber wir haben schließlich außerdem noch die Zeugen: den Südafrikaner, deine Frau, das junge Pärchen. Möglicherweise plaudern auch ein paar von seinen Freunden, wenn wir sie ordentlich in die Zange nehmen ..."

Alexander verspürte Beklommenheit. Was waren das für Zeugen? Er fragte sich, wie glaubhaft dieser Teko Masenamela letztlich war. Der stand doch auch unter extremem Stress. Und wenn er sich recht entsann, dann war das junge Pärchen erst nach der Tat eingestiegen. Schließlich Olga als Zeugin? Sie lag aber immer noch im Koma. Er wollte das alles jetzt nicht bereden und entschied sich für eine relativ neutrale Frage.

„Und wie habt ihr ihn gefunden?"

„Na, die Aufnahmen von der U-Bahn-Station waren in diesem Fall echt hilfreich. Die Bande war klar und deutlich zu erkennen. Es hatte sich ja auch keiner die Mühe gemacht, wegzuschauen. Das schien so, als wollten sie sich mit dieser Tat im Nachhinein brüsten. Richtige Siegerposen hatten die drauf. Von Arzu gab es dann den entscheidenden Hinweis. Sie hatte ihn früher schon mal festgenommen …"

„Scheint eine clevere junge Kollegin zu sein."

„Ja, wirklich. Das ist eine, die für diesen Beruf geboren wurde. Ich bin immer ganz begeistert von ihr."

„Mehr aber auch nicht?", erkundigte sich Alex.

„Wo denkst du hin. Ich könnte ihr Vater sein. Das geht ja gar nicht. Ich betrachte mich einfach mal als Mentor. Das ist eine tolle Rolle, finde ich."

„Und was kannst du mir zu dem Festgenommenen noch sagen?"

„Der ist noch nicht einmal volljährig. Und dann wird er auch noch Vater, wie er bei der Festnahme erklärt hat."

„Das entschuldigt jetzt aber nichts."

„Nein, Alex, so meinte ich das auch nicht", betonte Frank.

„Außerdem muss ja auch noch geklärt werden, ob er wirklich derjenige war, der Olga so schwer verletzt hat. Bislang habt ihr doch, wenn ich mich recht entsinne, nur die Aussage von diesem …", Alex wollte den Namen nicht nennen, aber er konnte sich mit seinen Einwänden auch nicht mehr zurückhalten.

„Teko Masenamela", warf Frank ein. „Dessen Aussage ist schon recht zuverlässig. Das junge Pärchen im Zug will sich bis jetzt an nichts erinnern. Da müssen wir noch einmal nachhaken. Und dann natürlich die einzelnen Mitglieder dieser Gang befragen. Hier fehlen uns momentan ein paar Namen."

„Ist natürlich die Frage, ob dieser Mirco seine Leute verpfeift, beziehungsweise sie ihn. Du kennst ja diesen schwachsinnigen Ehrenkodex. Sonst keine Ehre im Leib, aber dann auf keinen Fall jemanden verraten ..."

„Am besten wäre natürlich, wenn deine Frau eine Aussage machen könnte", sagte Frank und erkundigte sich: „Wie geht es ihr denn überhaupt?"

„Keine Besserung in Sicht. Sie liegt immer noch im Koma. Insofern musst du einfach sehen, was du bei den Jugendlichen herausbekommst. Das darf einfach nicht ungesühnt bleiben." Alexander schluckte.

„Keine Frage, Alex. Kannst dich auf mich verlassen. Oder habe ich dich schon jemals enttäuscht?"

„Nein, du nicht ..."

Frank beendete das Gespräch und atmete schwer durch. Dann schaute er auf die beiden Aktenstapel auf seinem Schreibtisch. Erst wollte er noch die zwei Kleinigkeiten erledigen, die sich auf den Fall mit dem zwölfjährigen Jungen bezogen. Er griff nach dem rechten Packen. Zwischen Papestraße und Priesterweg war das Kind am Tag zuvor tot aufgefunden worden. Ein Zugführer hatte den leblosen Körper neben den Gleisen entdeckt und die Polizei alarmiert. Sicher wieder eine dieser dämlichen Mutproben, dachte Frank. Aber zunächst war es ein ungeklärter Todesfall in der Öffentlichkeit und selbst Mord oder Totschlag waren nie auszuschließen. Oder vielleicht sogar Selbstmord? Jetzt lag es an ihnen herauszufinden, ob der Junge allein unterwegs war oder nicht. Dabei waren das die schlimmsten Fälle, wenn sich Halbwüchsige etwas antaten. Frank versuchte dann möglichst wenig an Arzu herankommen zu lassen. Bei ihrem ersten Einsatz zu einem Selbstmord, den einer Dreizehnjährigen, war sie in dem Zimmer des Mädchens in Tränen ausgebrochen. Die Kleine hatte sich am Gitter des Bettes stranguliert.

Frank vertiefte sich in die Akte des Jungen, dessen Identität rasch geklärt worden war. Auf einem Schulheft in seiner Anoraktasche stand feinsäuberlich der Name, darunter die Klasse und die Schule. Frank blätterte und entdeckte ein paar Gedichte. Wilde Fantasien, aber doch auch wieder mit einer tollen Wortwahl. Ob der Kleine die wohl selbst verfasst hatte? So viel Gefühl, in dem Alter?

Frank fielen die jüngsten Aktionen beim abenteuerlichen Sprühen von Graffiti oder beim S-Bahn-Surfen ein. Da ist es mir wahrhaftig lieber, wenn die Kids beständig durchs Internet surfen, dachte Frank und zog die Stirn kraus. Kann zwar auch was passieren, aber doch nicht gleich Tödliches. Er hielt die Fotos von dem Achtzehnjährigen in der Hand, der mit drei Kumpels im gleichen Alter auf das Dach eines fahrenden Zuges gestiegen war. Bei einer Tunneldurchfahrt hatte er den Halt verloren, war abgestürzt und hatte sich dabei tödliche Verletzungen zugezogen. Die anderen kamen mit dem Schrecken davon. Einer seiner Freunde hatte die Polizei gerufen, war bei ihm geblieben und aschfahl, als er vernommen wurde.

Darunter lag der Vorgang mit dem Jungen am Berliner Güterbahnhof. Der war auf einen Kesselwagen geklettert. Und ein Stromschlag aus der Oberleitung tötete ihn …

Frank lehnte sich zurück und sah sich im Einsatz, wie sie der alleinerziehenden Mutter vor wenigen Stunden die Nachricht vom Tode ihres Zwölfjährigen überbracht hatten. Und wie sie das Kind noch identifizieren musste. Er spürte Übelkeit in sich hochkommen. Es gab früher Zeiten, da wurden die Überbringer übler Nachrichten hingerichtet. Er war schon Hunderte Tode gestorben.

Alexander zog die Orchidee auf seinem Schreibtisch zu sich heran. Eben hatte Heike die Tür hinter sich geschlossen. Ein Geschenk von ihr, einfach so. Ein Mitbringsel aus dem jüngsten Urlaub. So ein wunderbares Exemplar hatte er noch gar nicht in seiner Sammlung. Er hatte sich auch die Frage verkniffen, ob die Pflanze denn legal über die Grenzen gekommen war. Er schaute mit strahlenden Augen auf dieses Prachtexemplar mit seinem wunderbar verzweigten Blütenstand. Wohl ein Oncidium, fiel ihm spontan ein, aber er wollte zu Hause noch einmal in seiner Fachliteratur stöbern. Unzählige kleine Knospen befanden sich in Warteposition. Daran würde er lange seine Freude haben. Das gute Stück würde einen Ehrenplatz bekommen. Auf der Fensterbank in der Küche. Dann etwas beengter, aber in guter Gesellschaft.

Alexander lächelte und freute sich schon darauf, den neuen Mitbewohner zu platzieren. Vorsichtig stellte er die Pflanze zur Seite, damit sie keinen Zug bekam. Nachher würde er sie zur Sicherheit in etwas Papier hüllen und behutsam mit nach Hause nehmen.

Er griff zum Telefon. Für den übernächsten Tag konnte er endlich einen Abstecher nach Berlin einrichten. Er wollte sich lediglich mit Frank abstimmen, damit auch alle seine Vorhaben in die Tat umgesetzt werden konnten.

„Hallo Frank, hier ist Alex."

„Schön, deine Stimme zu hören. Wie geht es?"

„Die Frage meinst du doch nicht wirklich ernst. Ist eine ewige Floskel."

„Sorry. Ich weiß. Die Sache mit deiner Frau belastet dich ungemein und deshalb kann es dir natürlich nicht gut gehen."

„Genau. Aber ich möchte nach Berlin kommen, um mich sowohl mit diesem Mirco Strunz als auch mit dem Südafrikaner zu unterhalten."

„Teko Masenamela", warf Frank ein. „Aber du weißt schon, dass das nicht in deinen Zuständigkeitsbereich fällt."

„Logisch. Aus alter Freundschaft wirst du doch mal eine Ausnahme machen können."

Frank überlegte.

„Bist du noch dran?", erkundigte sich Alex.

„Ja, klar. Aber ich muss mir schon was einfallen lassen, was deine Anwesenheit hier erklärt und vor allem deine Gespräche mit Zeugen, beziehungsweise mit einem Tatverdächtigen."

„Meinst du, du kriegst das hin?", wollte Alexander schon etwas entmutigt wissen.

„Nun lass mal den Kopf nicht hängen. Ist schließlich eine besondere Situation. Und wenn mir einer danach den Marsch bläst, dann kann ich das eben auch nicht ändern. Nehme ich auf mich. Keine Frage."

„Klasse. Ich danke dir."

„Sag mal, warst du eigentlich schon bei deiner Frau?", fragte Frank.

„Nein, bislang hat es einfach nicht mit dem Dienstplan geklappt", kam es zögerlich.

„War wirklich nur der Dienstplan schuld? Dein Chef hätte dir doch in dieser besonderen Situation bestimmt frei gegeben."

„Ach, Frank. Ich schiebe das jetzt schon die ganze Zeit vor mir her. Wahrscheinlich bin ich einfach zu feige. Alle bisherigen Kontakte sind über meinen Schwiegervater gelaufen."

„Wann kannst du hier sein?", erkundigte sich Frank und hielt sich mit einer Bemerkung zurück. Wenn es um seine Frau gegangen wäre, dann hätte er alle Hebel in Bewegung gesetzt und sich sofort auf den Weg gemacht.

Alexander schaute in seinen Terminplan und gab Frank die Daten durch, der sie bestätigte. Beide verabschiedeten sich.

Die Tour auf der A2 nach Berlin schien sich mal wieder unsäglich in die Länge zu ziehen. Alexander fingerte nervös am Lenkrad herum. Zwischendurch wechselte er mehrfach den Radiosender, fand aber keine passable Ablenkung. Dann machte er das Radio aus und nach einer Weile doch wieder einen Nachrichtensender an. Schließlich wollte er eventuelle Staumeldungen nicht verpassen und sich gegebenenfalls eine Umfahrung einfallen lassen. Wenn die überhaupt Sinn machte.

Janine war für ein paar Tage bei ihren Eltern im Sauerland. Alex hatte sich frühzeitig den Wecker gestellt und befand sich schon um sieben Uhr auf der Autobahn. Unterwegs rief er sie an. Bislang hatte er ihr noch gar nicht von seinem Vorhaben berichtet. Sie hätte es ihm bestimmt ausreden wollen.

„Hallo Janine."

„Ja, Alex …"

Es klang verschlafen.

„Oh, habe ich dich aus dem Bett geholt? Tut mir leid. Aber ich dachte, deine Eltern sind doch solche Frühaufsteher."

„Genau. Das ist ja das Schreckliche. Mein Vater rumort schon seit einer halben Stunde draußen rum und ich ziehe mir immer wieder die Decke über den Kopf. Aber meine Mutter wird ohnehin gleich klopfen, um mitzuteilen, dass das Frühstück fertig ist."

„Dann komme ich ja doch richtig."

„Du immer", kicherte Janine.

Auch Alexander stahl sich ein Lächeln ins Gesicht. Aber er wurde gleich wieder ernst: „Ich bin auf dem Weg nach Berlin."

„Nanu, davon hattest du noch gar nichts gesagt. Willst du ins Krankenhaus zu deiner Frau?"

„Eigentlich ja, aber nicht nur das. Ich dachte, du würdest es generell nicht so gut finden."

„Du kannst doch machen, was du willst. Schließlich bist du alt genug."

„Ja, schon klar. Aber der Grund meiner Reise wird dich bestimmt aufregen."

„Wieso?"

„Ich habe mit Frank telefoniert und er hat mir zwei Gesprächstermine organisiert. Nachher treffe ich mich mit dem Südafrikaner, dem meine Frau helfen wollte, und später noch mit dem jugendlichen Täter. Jedenfalls sprechen alle Indizien und die Aussage des anderen Opfers dafür, dass er es war. Letztlich könnte es nur Olga bestätigen. Oder die Typen aus der Gang, aber von denen kann man es wohl nicht erwarten …"

Am anderen Ende herrschte Funkstille.

„Hallo, Janine, hallo?"

„Ja, ich bin noch dran. Aber ich musste erst mal Luft holen. Bist du sicher, dass das die richtige Entscheidung ist? Und dann hast du doch in Berlin keinerlei Befugnisse."

„Du redest wie Frank. Aber der wollte für mich eine Lösung finden. Nimmt er dann auf seine Kappe, falls es Ärger geben sollte."

„Na, dann hoffe ich mal, es gibt keinen. Behalte einfach starke Nerven, Liebster. Ich wäre gern in deiner Nähe."

„Allerdings könntest du mir da auch nicht wirklich helfen."

„Stimmt ... Sorry. Es klopft gerade an der Tür. Meine Mutter. Das Frühstück wartet. Melde dich einfach, wenn dir wieder danach ist."

„Ich umarme dich", sagte Alexander.

„Ich dich auch", entgegnete Janine und beide tauschten per Funk noch Küsse aus.

Eine Weile später parkte Alexander vor dem Polizeirevier, in dem Frank arbeitete. Beide hatten sich kurz zuvor telefonisch verabredet und Frank wartete schon vor der Tür. Alexander öffnete die Beifahrerseite.

„Hallo Alex, geht alles klar. Wir nehmen dein Auto und fahren erst mal zu Mirco Strunz. Der befindet sich ja noch in Untersuchungshaft."

Alexander umarmte wortlos seinen Kollegen, als der neben ihm saß.

„Dann gib mal Gas", sagte Frank. „Wir müssen uns sputen. Ich habe alles arrangiert. Aber wir sollten vor dem Schichtwechsel eintreffen, damit auch alles so klappt, wie ich mir das vorgestellt habe."

Frank berichtete, dass er einen der Beamten in der Haftanstalt eingeweiht habe und der würde dann dafür sorgen, dass sie problemlos hineinkamen.

„Und der war einfach so bereit dazu?", erkundigte sich Alex.

„Ach, na ja, ich hatte in einer anderen Angelegenheit noch was gut bei ihm. Außerdem haben wir mal ein Weilchen zusammen die Schulbank gedrückt, bei einem Fortbildungskurs."

„Das verbindet natürlich", entgegnete Alexander und wollte sich gar nicht danach erkundigen, um was für eine Angelegenheit es sich gehandelt hatte, die zu einem solchen Freundschaftsdienst führte. Was ich nicht weiß, macht mich nicht heiß, ging ihm durch den Kopf.

„Da kannst du parken“, wies Frank in eine Einfahrt und Alexander folgte der Aufforderung.

Im Eingangsbereich lief alles glatt. Der Kollege hatte noch Dienst und nickte beide durch. Wenig später betraten sie einen Vernehmungsraum, in dem schon Mirco Strunz lässig auf einem Stuhl saß. In einer Ecke stand ein Uniformierter.

„Sie können uns dann solange allein lassen. Ich übernehme das hier“, befahl Frank und ließ damit keinen Widerspruch zu. Aber der Bewacher schien schon seinen Auftrag bekommen zu haben und verschwand wortlos.

Frank zog sich einen Stuhl an den Tisch und setzte sich Mirco gegenüber. Alexander blieb stehen und lehnte sich an die Wand. Er hatte weiche Knie und glaubte, seine Kräfte würden ihn gerade verlassen. Dieses Bürschchen hier hatte seine Frau Olga so brutal zusammengeschlagen, dass sie nun im Koma lag. Einfach nicht zu verstehen.

„Schildern Sie mir doch noch einmal den Tathergang von jenem Abend in der U-Bahn.“

„Wieso Tat?“, empörte sich Mirco. „Da war doch gar nichts. Können Sie meine Freunde fragen.“

„Ach ja, höchstens eine verbale Auseinandersetzung, was? Und weshalb haben Sie die Frau krankenhausreif geschlagen?“

Frank wurde lauter.

„Dann muss sie unglücklich gestürzt sein, als ich sie darum bat, sich aus der Angelegenheit zwischen mir und dem Neger rauszuhalten.“

Alexander spürte eine enorme Wut in sich aufsteigen. Aber er wusste, dass er sich bremsen musste.

„Wir haben reichlich Zeugenaussagen, die Ihre Täterschaft zum Inhalt haben", fuhr Frank jetzt fort und behauptete: „Da ist ja nicht nur der Südafrikaner, der Sie eindeutig der Tat bezichtigt, sondern auch die Frau kann sich an alles erinnern. Dazu noch das Pärchen, das sich in der Bahn befand. Von Ihren sogenannten Freunden will ich mal gar nicht reden. Die sind inzwischen auch schwach geworden."

Mirco rutschte unruhig auf dem Stuhl hin und her.

„Ich weiß gar nicht, was Sie von mir wollen. Demnächst werde ich Familienvater und Sie sperren mich hier ein. Das ist das Letzte!"

Alexander spürte eine Übelkeit in sich hochkommen. Er stand hinter dem Rücken von Mirco und machte jetzt Frank Zeichen, dass er zum Ende kommen sollte.

„Warum haben Sie sich denn Verstärkung mitgebracht? Können Sie mir nicht allein Fragen stellen? Und warum schweigt der Typ die ganze Zeit. Normalerweise machen Sie doch immer einen auf böser Bulle/guter Bulle!"

Mirco drehte seinen Oberkörper von Frank zu Alexander.

Der konnte sich nicht mehr beherrschen und packte Mirco am Halsausschnitt, mit einem derben, einschnürenden Griff. Der junge Mann lief knallrot an und fing an zu winseln.

„He, lass das, du tust mir weh!"

Frank machte keinerlei Anstalten einzugreifen, auch nicht, als Alexander Mirco in die Höhe gehoben hatte und abrupt wieder fallen ließ.

„An dir mache ich mir doch die Finger nicht schmutzig", zischte Alexander zwischen den Zähnen hindurch.

Als wäre nichts geschehen, erhob sich jetzt Frank: „So, dann können wir auch zum Schluss kommen. Überlegen Sie sich noch einmal die Sache mit einem Geständnis. Damit würden Sie deutlich besser fahren. Vor allem auch, weil man Ihnen Ihre aktuelle Familiengründung vor Gericht zugute halten würde."

Alexander schaute jetzt böse zu Frank, aber der ließ sich nicht beeindrucken.

„Wir sollten dann", sagte Frank, lief zur Tür und ließ den Uniformierten wieder herein.

„Sie können Herrn Strunz jetzt wieder auf seine Zelle bringen. Wir benötigen ihn nicht mehr."

Der Angestellte nickte, Mirco erhob sich und folgte ihm.

Alexander und Frank verließen unbehelligt die Haftanstalt und erst als beide im Auto saßen, griff Alex das Gespräch wieder auf: „Die Nummer eben war aber nicht dein Ernst?"

„Wieso? Was meinst du denn?"

Alexander startete den Wagen.

„Na, die Sache mit der Familiengründung. Willst du diesem Idioten auch noch Hoffnungen machen, dass er einigermaßen ungeschoren davonkommt, wenn er nur geständig ist?"

„Ach, du weißt doch, wie das so mit den Phrasen ist. Man sagt das so dahin …"

„Ich weiß nicht. In dem konkreten Fall?"

„Nun sei nicht sauer, Alex. Du musst die Angelegenheit auch mal sachlich betrachten!"

„Muss ich das?"

„Ja. Da wird dir wohl nichts anderes übrigbleiben. Der Bursche ist noch nicht einmal volljährig. Die Gang hat ihn wahrscheinlich angestachelt oder er fühlte sich dazu genötigt, extrem auf den Putz zu hauen."

„Der Putz war meine Frau!"

„Nun leg doch nicht jedes Wort auf die Goldwaage. Vielleicht kommt er jetzt mit einem Baby und seiner jungen Freundin doch noch auf den rechten Weg. Ist eben bei vielen Männern in dem Alter so eine Sturm- und Drangzeit."

„Du kannst doch nicht alles mit dem Alter entschuldigen. Es gibt schließlich auch Grenzen."

Alex hielt bei Rot an einer Kreuzung und schaute zu Frank hinüber, der sich entschuldigte.

„Es tut mir leid. Ich wollte dich nicht verletzen. Ich weiß, du hast es momentan besonders schwer."

„Schon gut, alter Junge", lenkte Alexander ein. „Und jetzt fahren wir zu dem Südafrikaner?"

„Genau. Teko Masenamela ist aufgrund des Vorfalls noch krankgeschrieben. Seine Frau hat gerade Urlaub. Wir treffen also beide zu Hause an. Ich habe ihnen reinen Wein eingeschenkt, dass du sie aus ganz persönlichen Gründen sprechen möchtest und sie haben nichts dagegen gehabt."

Alex fuhr in eine Parklücke. Der Himmel über Berlin war wolkenverhangen. Ein paar feine Regentropfen berührten sanft den Boden.

„Da drüben ist das Wohnhaus. Die Nummer dreiundsiebzig. Na ja, keine noble Ecke."

Frank suchte auf dem Klingelschild und drückte bei Masenamela.

„Hallo. Wer ist da?", knarrte es aus dem Gerät.

„Richter und Rosenbaum, Kripo. Wir sind verabredet."

Statt einer Antwort ertönte ein Summen und die Tür gab auf den Druck von Franks Hand nach.

„Es sind nur drei Treppen, lass uns laufen“, schlug Frank vor. Der Fahrstuhl war mit Graffiti versehen. „Auslender raus“, stand da, neben einem Hakenkreuz, das jemand unkenntlich zu machen versucht hatte. Vergeblich, denn es schien überdeutlich durch. Alexander registrierte es im Vorübergehen.

Auf den Etagen standen Mülltüten neben den Abtretern. Es roch nach unterschiedlichstem Essen und dem Abfall im Treppenhaus. Im dritten Stock war eine Tür schon geöffnet.

„Sie sind die Herren von der Kripo?“, erkundigte sich Sandra Masenamela, die die beiden ernst anschaute.

Alexander nickte und Frank übernahm noch einmal die Vorstellung.

„Ich hatte ja noch nicht die Gelegenheit, Sie kennenzulernen. Dann kommen Sie bitte herein. Mein Mann wartet im Wohnzimmer.“

Die Frau trat einen Schritt beiseite und ließ die Beamten herein. Durch den Flur sausten jetzt zwei kleine Mädchen, die Fangen spielten. Ihre Haare in mehreren Rattenschwänzchen gebunden und an deren Enden bunte Perlen.

„Sagt guten Tag“, forderte die Mutter sie auf.

Beide stellten sich artig vor Alexander und Frank hin, kicherten, machten einen Knicks und streckten ihre rechten Hände vor.

Die Männer beugten sich hinunter und griffen zu.

„Hallo, ich bin die Melina“, strahlte die Größere. „Und das ist meine kleine Schwester.“

„Ich heiße Aline“, lehnte sich die Kleine an Melina.

„Ihr geht dann mal in euer Zimmer und spielt da schön. Wir müssen was mit dem Papa bereden“, erklärte ihre Mutter, strich beiden Mädchen über die Haare und schob sie sanft durch den Flur. Folgsam hüpften sie ins Kinderzimmer.

„Die Kinder werden nicht stören."

„Da haben Sie die Kleinen aber gut im Griff", erstaunte sich Alexander. „Bei meinen muss man immer erst ewig Überzeugungsarbeit leisten."

„Ach, Sie haben auch Kinder?", lächelte Sandra jetzt und wies mit der Hand in Richtung der geöffneten Wohnzimmertür.

„Ja, ebenfalls zwei Mädchen, allerdings etwas älter als Ihre beiden."

Teko saß am Wohnzimmertisch und hatte den Kopf auf die Hände gestützt. Er hob sein Gesicht und sah den Hereinkommenden entgegen.

„Ich habe uns Kaffee gemacht und etwas Gebäck vorbereitet", lud Sandra die Beamten zum Platznehmen ein.

„Kaffee ist eine prima Idee", sagte Alexander und Frank bestätigte das nickend.

Sandra schenkte allen aus der Kanne ein und reichte die Schale mit dem üppig verzierten Gebäck herum.

„Da sind Macadamianüsse enthalten. Ich hoffe, Sie reagieren nicht allergisch darauf?!"

„Keineswegs", sagte Alexander und griff zu. Frank tat es ihm gleich. Beide schoben sich die handlichen Stücke in den Mund.

„Hm, das ist aber lecker!", entfuhr es Alexander unwillkürlich und er griff noch einmal zu.

Sandra wirkte für einen Moment richtig glücklich und strich sich über den rundlichen Bauch.

„Sie sind also noch krankgeschrieben", fing Frank jetzt das dienstliche Gespräch an.

Teko nickte. Er sah fahl im Gesicht aus. Alexander musterte das Ehepaar eindringlich. Sandra, hochgewachsen, von kräftiger Gestalt, offensichtlich naturblond und mit ebenmäßigen Zügen. Sie war außerordentlich schön. Kein Püppchen, eher eine Frau, die mitten im Leben stand und wusste, was sie wollte. Wie diesen Mann, der jetzt neben ihr saß und bestimmt schon bessere Zeiten gesehen hatte. Er wirkte gebrochen und ängstlich. Die Finger kamen nicht zur Ruhe. Und auch seine Augen irrten umher. Hoffentlich ist er in guter Behandlung, dachte Alexander.

„Wir bitten Sie dringlichst darum, diese Angelegenheit heute mit Stillschweigen zu behandeln. Offiziell dürfte Hauptkommissar Rosenbaum gar nicht dabei sein. Aber er ist, wie ich Ihnen das schon am Telefon sagte, der Ehemann der verletzten Frau. Und er braucht Aufklärung, für sich ganz persönlich. Das können Sie sicherlich verstehen?"

Teko sah auf: „Ja, natürlich!"

Und an Alexander gewandt: „Ich muss mich bei Ihnen vielmals bedanken. Ihre Frau hat mir bestimmt das Leben gerettet. Wer weiß, was mit mir geschehen wäre, wenn sie nicht eingegriffen hätte. Und ich konnte mich bis heute noch nicht einmal bei ihr bedanken. Wenn Sie ihr das freundlicherweise ausrichten wollten …? Was wollen Sie denn wissen?"

Teko saß jetzt gerade aufgerichtet im Sessel und sah Alexander direkt in die Augen.

„Das will ich meiner Frau gern sagen, wenn es wieder möglich ist", entgegnete Alexander. „Momentan liegt sie ja noch im Koma."

„Ich weiß, und ich bete jeden Tag für sie", sagte Teko.

Jetzt übernahm Frank die Initiative.

„Vielleicht berichten Sie noch einmal vom Tathergang."

„Wenn Ihnen das hilft", antwortete Teko und erzählte noch einmal, wie er in die U-Bahn eingestiegen war, vertieft in seine Arbeit und wie sich dann die Situation mit der jugendlichen Gruppe zugespitzt hatte.

„Wissen Sie, ich sehe und, vor allem, höre immer noch, wie der Junge auf Ihre Frau einschlägt. Die Knochen schienen zu bersten und ich war vollkommen hilflos, wie unter einer Hypnose. Es war ein Alptraum, und ist es immer noch!"

Teko Masenamela war mit seinem Bericht am Ende angelangt. Er sackte wieder in sich zusammen und die Finger nestelten nervös am Saum der Tischdecke.

„Ich danke Ihnen für die ehrlichen Worte", entrang es sich Alexander nach einer Weile.

„Verzeihen Sie mir bitte meine Unfähigkeit!"

„Sie müssen mich nicht um Verzeihung bitten. Es war ja nicht Ihre Schuld. Wenn, dann sollten solche Worte von dem Täter kommen. Aber von dem ist das wohl nicht zu erwarten. Und ehrlich gesagt, weiß ich auch nicht, wie ich an Ihrer Stelle in so einer Situation reagiert hätte. In unserer Fantasie spielen wir immer den Helden, aber in der Praxis gelingt das eben leider selten."

Teko rieb sich den Nasenrücken und schob dabei seine Brille hoch und runter.

„Vielleicht ist es auch einfach wichtig, dass Sie einmal darüber geredet haben", warf Sandra ein und bot noch einen Kaffee an, den jetzt niemand mehr wollte.

„Ja, da ist bestimmt etwas dran", versicherte Alexander. „Ich weiß jetzt, wofür meine Frau ihr Leben eingesetzt hat. Sie war schon immer so engagiert, das schätze ich gerade an ihr …"

Jetzt standen die Beamten auf.

„Wir müssen dann auch weiter, zum nächsten Termin", sagte Frank. „Danke, dass Sie sich die Zeit für uns genommen haben. Und wenn ich Sie noch einmal bitten dürfte, unser heutiges Gespräch für sich zu behalten?"

„Keine Frage", antwortete Sandra. „Sie waren eben gar nicht hier."

„Ja, das sehe ich auch so", setzte Teko nach. „Gute Besserung für Ihre Frau! Möge Gott mit ihr sein."

Sandra brachte Frank und Alexander noch zur Tür und verabschiedete sich.

„Vielleicht hat das heute sogar meinem Mann ein wenig geholfen. Er ist seit jenem Tag ein anderer."

Aus dem Kinderzimmer drang Gelächter.

Auf der Straße stiegen sie wieder in ihr Auto und fuhren eine Weile stumm durch die Stadt.

„Und", fragte Frank erst nach geraumer Zeit, „hat dir diese Begegnung nun etwas gebracht?"

Alexander schien nachzudenken und zögerte einen Moment mit der Antwort.

„Doch, ich bin sicher, dass Olga das Richtige getan hat. Sie konnte eben nicht aus ihrer Haut. Hoffentlich kommt der Mann seelisch wieder auf die Beine. Seine Familie braucht ihn schließlich. Momentan macht er mir einen ziemlich desolaten Eindruck."

Frank schüttelte den Kopf.

„Du bist gut. Deine Frau liegt im Koma und du machst dir um den Auslöser der ganzen Aktion Gedanken."

„Ich weiß, aber menschlich tut er mir trotzdem leid. Doch er hat eine starke Frau an seiner Seite. Die wird ihn bestimmt wieder aufrichten. Und die süßen Mädels."

„Ja, die waren wirklich goldig."

Sie steckten wieder im dichten Stadtverkehr und kamen nur mühsam voran.

„Soll ich dich noch ins Krankenhaus zu deiner Frau begleiten?", bot Frank an und blickte dabei auf seine Uhr.

„Ach, lass mal. Ich muss da sowieso allein durch", lehnte Alexander ab.

Wenig später setzte Alexander Frank wieder vor der Dienststelle ab und machte sich auf den Weg ins Krankenhaus. Er begab sich auf die Station und schlich durch die Flure. Nur kein Aufsehen erregen, dachte er. Die Schwiegereltern waren nicht zu sehen, weder Josef noch Edwina. Vor dem Zimmer packte ihn die blanke Angst. Er stand nur eine kurze Weile dort und betrachtete Olga durch die Glasscheibe. Dann machte er auf dem Absatz kehrt und rannte fast durch die Gänge. Atemlos schlug er in seinem Auto die Tür wieder hinter sich zu und startete.

„Was hat die Überprüfung der Telefonverbindungen ergeben?", wollte Alexander wissen, als das Ermittlerteam zu einem nächsten Austausch zusammensaß. „Stichwort Ricardo Kuhlmann?"

Falk sah auf seine Notizen: „Relativ unauffällig beziehungsweise bestätigend. Häufige Telefonate mit den verschiedensten Geschäftspartnern, darunter auch Medtech. Dann regelmäßig Kontakt mit Sonja Säger, seiner Geliebten. Allerdings nur von Ricardo Kuhlmanns Handy aus. Das muss er vor seiner Gattin gut verborgen gehalten haben, wenn ich mir die Bemerkung erlauben darf. Sonst hätte sie ihm ganz einfach auf die Schliche kommen können ..."

„Habt ihr bei Sonja Säger auch nachgeforscht?", unterbrach Alexander und ging auf den Kommentar von Falk nicht weiter ein.

„Na klar, Chef. Aber da gibt es keinerlei Querverbindungen. Nur den häufigen heißen Draht zu Ricardo Kuhlmann."

„Gut. Und Familie Zehner?"

„Nicht die geringsten Auffälligkeiten", meldete sich Otto zu Wort. „Häufige Fernverbindungen in die ehemaligen Sowjetrepubliken, mit denen das Unternehmen in Geschäftsbeziehungen steht."

„Hatte ich auch nicht anders erwartet", warf Alexander ein.

Schließlich gingen sie noch die Übersichten zum weiteren Umfeld durch, ohne einen Ansatzpunkt zu finden.

Dann wandte er sich der Assistentin zu. Janine hatte den E-Mail-Verkehr des Toten gesichtet.

„Bist du fündig geworden, Janine?"

„Ich denke schon", meinte sie mit Stolz in der Stimme.

Die Blicke aller konzentrierten sich auf sie.

„Also, da gibt es einen zum Teil ganz merkwürdigen Schriftwechsel zwischen Oswald Zehner und Lukas Rüter."

Sie hielt einen Augenblick inne, um das Gefühl auszukosten, im Mittelpunkt zu stehen.

„Sag schon", drängte Alex. „Was verstehst du denn unter merkwürdig?"

„Ich habe mal die Kernaussagen zusammengetragen und einige Stellen markiert. Hier. Dann wisst ihr alle, wovon ich rede." Janine stand auf und schob ein paar Kopien über den Tisch, sodass jeder ein Blatt mit deutlichen Hervorhebungen von Textmarkern vor sich hielt. „Seht ihr? Da gibt es sehr harsche Anweisungen von Zehner an Rüter. Und wenn die beiden auf gleicher Hierarchieebene standen, dann halte ich das schon für ungewöhnlich. Gerade auch, wie Rüter schließlich darauf reagiert hat. So, als wollte er den Schwanz einkneifen."

Die letzte Bemerkung war Janine herausgerutscht und sie erntete natürlich Gelächter von den Männern. Eine deutliche Röte legte sich ihr aufs Gesicht. Sie schluckte sichtbar.

„Was vermutest du denn?", lenkte Alexander wieder auf das Kernthema zurück.

„Also, für mich ergeben sich hier ein paar Ansatzpunkte, dass es im Getriebe der Firma geknirscht hat. Die beiden Chefs waren sich offensichtlich nicht einig und es ging darum, wie ein paar Anweisungen deutlich werden lassen, Rüter zu degradieren."

„Klingt interessant", sagte Alexander.

„Ja, ihr habt doch vor Ort und bei den Gesprächen mit ihm mehr zu seiner Persönlichkeit herausbekommen. Was meint ihr? Wäre er zu so einer Tat fähig? Ein Motiv hätte er für meinen Geschmack schon."

„Ach, Mädchen, nur, weil innerhalb eines Unternehmens auf der Leitungsebene umstrukturiert wird, heißt das doch noch lange nicht, dass gleich Mord und Totschlag an der Tagesordnung sind."

Wolfhard hatte sich Luft gemacht und schüttelte den Kopf.

„Da müssten wir ja laufend mit solchen Fällen zu tun haben. Ich teile deine Ansicht überhaupt nicht. Vielleicht ist er einem seiner Geschäftspartner auf die Füße getreten. In anderen Ländern geht man da ja nicht sonderlich zimperlich vor, wenn ich mich recht entsinne."

„Nichtsdestotrotz sollten wir dem Hinweis nachgehen", nahm Alexander Janine in Schutz, die jetzt wortlos auf ihrem Stuhl saß. „Ich finde schon, das hat eine gewisse Berechtigung. Und was die Firmenkontakte angeht, so hat sich da bislang nichts ergeben, was irgendwo ein Motiv zutage gefördert hätte. Außerdem ist das auch alles verdammt weit weg, wenn ich mal Kirgistan nehme ..."

„Was aber noch niemanden gehindert hat, auch andernorts jemanden umzubringen. Im Gegenteil. Das verwischt die Spuren ganz prima", konterte Wolfhard.

„Apropos Spuren", mischte sich Heike jetzt ein. „Ihr könnt ja hier herumdeuteln, so viel ihr wollt. Aber meine Spuren sind immer noch eine ziemlich eindeutige Angelegenheit. Ich möchte nur noch mal auf meine Untersuchungsergebnisse hinweisen. Die liegen euch allen vor. Dazu muss ich hier gar nichts mehr ausführen."

Die beiden Frauen tauschten Blicke und Janine wirkte dankbar.

Alexander überlegte kurz, ob er sich dazu noch einmal äußern sollte. Aber schließlich entschied er sich dagegen. Man musste auch mal etwas einstecken können, dachte er, immerhin hatte Wolfhard das nicht böse gemeint. Eine sachliche Bemerkung und seine Meinung. Zu der konnte jeder stehen. Bei einem Blick auf die Uhr entdeckte Alex, wie fortgeschritten die Zeit schon war. Er beschloss, das Thema zu wechseln und zum Ende zu kommen.

„Ihr schaut euch dann bei Ulla Gabler um. Das ist die Sekretärin von Ricardo Kuhlmann." Alexander blickte zu Falk und Otto hinüber, die einhellig nickten.

„Geht klar, Chef", sagte Falk.

Die Teilnehmer der Besprechungsrunde erhoben sich. Jeder aus dem Ermittlungsteam „Morast" hatte seine exakten Aufgaben, die zu erledigen waren.

Janine vereinbarte umgehend einen Termin mit Ulla Gabler und die beiden Ermittler machten sich daraufhin auf den Weg.

„Darf ich Ihnen einen Kaffee anbieten oder grenzt das schon an Beamtenbestechung?", lächelte Ulla Gabler Falk und Otto an, nachdem sich beide vorgestellt hatten.

„Keineswegs. Wir würden sogar einen Keks dazu nehmen", sagte Otto und Falk stieß ihn in die Seite.

„Lassen Sie mal. Kaffee reicht völlig aus", warf Falk schnell ein.

„Ach, das macht doch aber gar keine Umstände. Wir haben hier so herrliches Gebäck, gerade frisch vom Café Lenz."

Nun glänzten selbst die Augen von Falk.

„Da wollen wir dann mal eine Ausnahme machen. Die haben ja so leckere Konditorwaren … Kann man einfach nicht widerstehen."

„Sie sagen es, junger Mann", entgegnete Ulla Gabler und bat die Herren ein Stück weiter in das Gebäude hinein. Sie führte die beiden in ihr Sekretariat und bot ihnen an, Platz zu nehmen.

„Ist Ihr Chef heute auch da?", wollte Otto wissen.

„Wollten Sie denn mit ihm ebenfalls reden? Das hat Ihre Kollegin bei der Terminvereinbarung leider nicht gesagt. Er ist zu einem Außer-Haus-Termin. Müsste aber in zwei Stunden wieder da sein, wenn Ihnen das noch reicht?"

„Nein, so war das nicht gemeint", sagte Otto. „Wir wollten nur sichergehen, dass wir einigermaßen ungestört reden können. Schließlich sind Sie als Chefsekretärin ja sicherlich immer stark beansprucht, vor allem dann, wenn der Vorgesetzte vor Ort ist."

Ulla richtete sich noch gerader auf, als sie es ohnehin schon war. Sie nestelte am Kragen ihrer Seidenbluse.

„Das haben Sie nett gesagt. Danke. Sonst wissen die meisten Leute gar nicht, wie viel Arbeit speziell auf diesem Bereich lastet."

„Doch, das können wir uns sehr gut vorstellen, liebe Frau Gabler. Aber nun erzählen Sie doch mal, was für ein Mensch Herr Kuhlmann so ist", wollte jetzt Falk wissen.

„Spielt das denn bei Ihren Ermittlungen auch eine Rolle?" Ulla Gabler schaute ein wenig verdutzt.

„Alles kann dazu beitragen, einen Mordfall zu lösen. Momentan gehen wir ja davon aus, dass es sich um einen solchen handelt", erklärte Otto und Falk nickte bestätigend, wobei er nach einem nächsten Keks angelte.

„Greifen Sie ruhig zu“, bestärkte ihn Ulla. „Ich habe noch mehr davon in Reserve.“

„Danke. Das wird schon reichen.“

Falk wirkte etwas verlegen.

„Also“, fuhr Otto fort, „Ihr Chef. Was ist das für einer? Wie steht es um sein Umfeld?“

„Ich kann mich im Grunde nur zu den dienstlichen Dingen äußern“, sagte Ulla Gabler ernst. „Ricardo Kuhlmann ist ein außerordentlich kompetenter Vorgesetzter. Außerdem höflich und sehr, sehr engagiert.“

„Das klingt schon mal sehr positiv. Wie steht es denn um die geschäftlichen Verbindungen. Was ist da gerade aktuell und mit wem haben Sie als Unternehmen besonders enge Kontakte?“

Jetzt hatte Otto das Wort ergriffen.

„Wir sind im Grunde ein Zulieferer für die unterschiedlichsten Firmen. Ohne unsere kleinen, aber feinen Teile könnte zum Beispiel so eine Krankenstation in Kirgistan gar nicht funktionieren“, erläuterte Ulla und Stolz lag in ihrem Gesicht. „Wenn Sie mögen, dann führe ich Sie einmal kurz durch unsere Produktion. Dann erklärt sich das von selbst.“

Die beiden Beamten nickten und erhoben sich, nachdem Ulla schon aufgestanden war.

„Ich gehe dann mal vor.“

Es war nicht weit bis zur Produktionshalle. Zehn Arbeitsplätze befanden sich dort, der Geräuschpegel war erträglich. Ulla Gabler lief mit Falk und Otto von einem Platz zum anderen und erklärte selbst oder ließ die Kollegen reden. Nach einer Viertelstunde waren sie wieder im Büro angelangt. Auf dem Weg dahin fragte Falk scheinbar nebenher: „Würden Sie Ihrem Chef einen Mord zutrauen?“

„Na, hören Sie mal. Das doch nicht! Herr Kuhlmann ist der charmanteste Mensch, den ich kenne. Und absolut integer."

Ulla stemmte empört die geballten Fäuste in die Hüften. Bei dieser Frage gelang es ihr nicht mehr, ihre sonstige Contenance zu wahren.

„Ich wollte Sie nicht verletzen." Falk legte ihr eine Hand behutsam auf den Arm. „Das ist nur eine unserer Standardfragen."

„Na, dann!"

Ulla zog die Augenbrauen hoch und umrundete ihren Schreibtisch.

„Nun, alles eindeutig, was unsere Produktion angeht, oder gibt es diesbezüglich noch Fragen Ihrerseits?"

Sie lud die Herren erneut ein, Platz zu nehmen.

„Sie sprachen vorhin von Kirgistan. Wo liegt das denn?"

Falk schaute interessiert.

„Das ist eine ehemalige Sowjetrepublik, in der Nähe von China und Usbekistan. Ganz kleines Land, aber bestimmt noch mit einer großen Zukunft und sehr entwicklungsbedürftig. Davon haben wir wieder unseren Nutzen."

„Und wer ist dabei Ihr Partner, wenn Sie ja nur einzelne Teile zuliefern?", wollte Otto wissen.

„Medtech. Die koordinieren alles und haben ebenfalls hier in der Region ihren Firmensitz. So gestaltet sich die Zusammenarbeit wunderbar, quasi auf Zuruf."

Beim Stichwort Medtech hatte Falk ein klein wenig die Stirn gerunzelt und zu Otto hinübergesehen, der kaum merklich nickte.

„Da haben Sie ja sicherlich zu der dortigen Chefsekretärin den allerbesten Draht?"

Otto schob seinen Notizblock auf dem Tisch ein wenig hin und her.

„Genau!“ Ulla Gabler lächelte. „Sigrid Kappel. Mit ihr verbindet mich fast schon eine Freundschaft. Wie das eben so ist nach jahrelangem, überaus konstruktivem Miteinander.“

Wieder tauschten die beiden Beamten ganz kurz verständigende Blicke. Der Name Sigrid Kappel stand als Nächstes auf ihrer Liste. Direkt im Anschluss an diese Befragung wollten sie zu ihr. Aber keiner von beiden erwähnte das.

„Kommen wir noch einmal auf die Persönlichkeit Ihres Chefs zurück. In der Arbeit läuft also alles optimal. Und privat?“ Otto schaute die Frau direkt an.

„Ich glaube nicht, dass ich befugt bin, Ihnen darüber Auskunft zu geben.“

Ulla Gabler hatte den Ton gewechselt und klang fast ein wenig unfreundlich.

„Doch“, legte Falk nach, „wir ermitteln schließlich in einem Tötungsdelikt und da spielt - wie wir anfangs schon sagten - alles, aber auch jedes kleinste Detail eventuell eine Rolle. Ihre Loyalität ist äußerst schätzenswert, aber hierbei nicht gefragt. Also: Was ist mit dem Privatleben? Alles so, wie es sein sollte?“

„Im Prinzip schon.“

Ulla Gabler fühlte sich sichtlich unwohl und hatte einen leichten Schweißfilm auf der Stirn.

„Was heißt das genauer?“, hakte Falk nach.

„Also, ich vermute, er hat da eine Liaison.“

„Aha, Sie vermuten!“

Falks Augen strahlten.

„Sie sind aber auch hartnäckig.“

Ulla seufzte.

„Geben Sie sich doch einfach einen Ruck", meinte nun Otto.

„Aber es muss unter uns bleiben. Das heißt, von mir haben Sie das nicht! Schließlich habe ich ein außerordentlich gutes Verhältnis zu meinem Chef. Das will ich nicht aufs Spiel setzen."

Ulla Gabler wollte Sicherheiten.

„So ganz unter uns kann es natürlich nicht bleiben. Aber wir tun, was in unseren Kräften steht, damit Ihr Name da rausgehalten wird. Das kann ich Ihnen schon versprechen", lenkte Otto ein

Ulla sah die beiden dankbar an.

„Also es handelt sich um Sonja Säger. Die beiden treffen sich unter anderem zum Joggen im Moor. Und wie ich aus den Telefonaten weiß, die ich ja hier immer so am Rande mitbekomme, handelt es sich nicht nur um eine sportliche Verbindung. Außerdem gab es gelegentlich schon mal Bitten von Herrn Kuhlmann, seiner Frau gegenüber dienstliche Verpflichtungen anzuführen, wenn sie in seiner Abwesenheit anrief ..."

Jetzt war es gesagt. Aber zu mehr wollte sich Ulla Gabler nun auf keinen Fall hinreißen lassen.

„Sie haben uns sehr geholfen, Frau Gabler. Besten Dank noch einmal."

Falk stand auf, Otto erhob sich ebenfalls.

„Und danke auch für die nette Bewirtung."

„Dafür nicht", sagte Ulla und führte die beiden wieder zum Ausgang.

Als sie zurück zu ihrem Büro lief, klopfte ihr Herz. Hoffentlich hatte sie da nichts Falsches gesagt, etwas, was ihrem Chef schaden könnte. Ricardo Kuhlmann als Mörder zu verdächtigen, das war ja wirklich die Höhe. Ulla Gabler zog ein Zellstofftaschentuch aus der untersten Schublade ihres Schreibtischs und tupfte sich die Stirn ab. Dann atmete sie tief durch, sah nebenbei, dass die Zeit schon arg vorangeschritten war, und widmete sich wieder der Statistik, die ihr Chef bei der Heimkehr erwarten würde.

„Klasse Frau", sagte Falk, als die beiden wieder in ihrem Dienstwagen saßen.

Otto blickte spöttisch: „Aber wohl nicht dein Kaliber."

„Wie meinst du das denn?"

„Na, erstens vom Typ her und dann könnte sie doch fast deine Mutter sein."

„Na und? Reife Frauen sollen durchaus ihre gewissen Vorzüge haben! Und die war ja nun wahrhaftig ein scharfer Feger."

„Jetzt mach mal halblang."

„Gut. Schon erledigt. Ich wollte dich nur mal testen", antwortete Falk. „Fahren wir jetzt zu Sigrid Kappel?"

„Klar, was sonst. Die Zeit drängt ja schon."

Der Wagen wechselte gerade von der Grille auf die Viktoriastraße. Wenig später parkten sie vor dem Firmengebäude von Medtech. Sie stiegen aus und liefen quer über den Parkplatz zum Eingang.

Auch Sigrid Kappel hatte sie schon erwartet.

„Sie sind zu spät, meine Herren", begrüßte sie Falk und Otto mit kritischem Blick. „Ich hatte mich zu elf Uhr für Sie freigehalten. Jetzt geht es schon auf zwölf Uhr zu. Gleich muss ich noch zur Bank zu einer Absprache!"

„Wir sind aus dienstlichen Gründen etwas aufgehalten worden", entschuldigte sich Falk, „tut uns leid."

Otto zog die Stirn kraus, verkniff sich aber eine Bemerkung. Seit wann entschuldigte sich die Polizei, wenn sie zu einem Termin etwas zu spät kam ... Darüber wollte er später mit Falk unter vier Augen reden. So was ging ja gar nicht!

„Dann sollten wir jetzt rasch die Fragen klären, die Sie auf dem Herzen haben."

Sigrid Kappel wirkte schon wieder versöhnlicher.

„Wir haben noch ein paar Fragen zu Ihrem toten Chef", kam Falk auf das eigentliche Thema zu sprechen.

Jetzt sackte Sigrid Kappel in sich zusammen, Tränen traten in ihre Augen und sie schluchzte.

„Entschuldigung", schnaubte sie in ein Taschentuch, „aber sobald der Name fällt, kann ich mich nicht mehr halten. Es fordert momentan hier so unendlich viel Kraft. Das ist alles so eine Tragödie. Herr Rüter ist ja auch völlig mit den Nerven runter."

„Wie läuft es denn gerade in Ihrem Unternehmen? Schreiben Sie schwarze Zahlen?", erkundigte sich Otto.

„Ich denke, Sie wollten etwas zu Herrn Zehner wissen?" Sigrid beruhigte sich langsam und ihr Schluchzen verebbte.

„Ja, und die Lage innerhalb Ihrer Firma spielt dabei durchaus eine Rolle. Also?"

Otto sah sie ernst an.

„Sie wissen ja, wie die Zeiten sind. Es ist als mittelständisches Unternehmen nicht einfach, am Markt zu überleben. Aber wir haben eine gute Nische gefunden, die wir optimal ausfüllen. Die Medizintechnik ist offensichtlich eine Branche, die gerade jetzt gebraucht wird und vor allem in den Regionen, in denen wir besonders aktiv sind."

„Die wären?", wollte Falk wissen.

„Einige der ehemaligen Sowjetrepubliken. Wir richten dort mobile Krankenstationen ein."

„Zum Beispiel in Kirgistan", warf Otto ein.

„Oh, Sie kennen sich ja doch schon mit der Materie aus."

Auf das Gesicht von Sigrid Kappel legte sich ein Hauch von einem Lächeln.

„Das gehört zu unserem Beruf. Wir müssen uns ja stets vor solchen Gesprächen, wie jetzt mit Ihnen, sachkundig machen. Dazu gehören eben einige Recherchen", erläuterte Otto.

Sigrid Kappel bot den beiden etwas zu trinken an, was sie dankend ablehnten.

„Unsere Jahresumsätze bewegen sich im mehrstelligen Millionenbereich. Und was den Gewinn angeht, so befinden wir uns durchaus in den von Ihnen angefragten schwarzen Zahlen."

„Wie ist denn die Aufteilung unter den beiden Geschäftsführern gewesen und waren die beiden sich stets einig?", wollte Falk wissen.

„Das hat immer sehr gut geklappt. Herr Zehner war für die Kontaktanbahnungen und Umsetzungen vor Ort zuständig und deshalb außerordentlich häufig auf Reisen. Herr Rüter war und ist natürlich ebenfalls unterwegs, aber eher beispielsweise in Tschechien, wo Partner von uns ansässig sind. Sein Part ist ansonsten der kaufmännische Bereich."

„Und die Chemie zwischen den beiden?", fragte Falk nach.

„Chemie? Also, ich weiß nicht, ich halte das für eine unpassende Formulierung. Die beiden kannten sich seit ewigen Zeiten. Ich glaube, schon seit dem Studium. Bielefeld, wenn ich mich recht entsinne. Es sind, ähm, waren, die gleichen beruflichen Ziele, die beide offensichtlich verbanden. Der Geschäftserfolg hat es ja auch bestätigt."

„Und Streit? Gab es den nie?"
Falk sah Sigrid Kappel aufmerksam an.
„Ach, wissen Sie, der kommt ja in den besten Familien vor. Und Herr Zehner ist, ach nein, war ein wenig cholerisch, wenn ich das mal so formulieren darf. Recht rasch aufbrausend, aber dann hat sich das auch ziemlich schnell wieder erledigt. Und was meinen Bereich anging, so war er nie nachtragend."
„Bei Herrn Rüter aber doch?"
Falk bohrte weiter.
„Nein, nicht wirklich. Beziehungsweise hatten die beiden natürlich untereinander ein anderes Verhältnis."
„Gab es jüngst Veränderungen? Irgendetwas, was Ihnen vielleicht aufgefallen ist?"
Otto schaute zwischendurch auf die Uhr. Das zog sich aber auch mal wieder wie Kaugummi in die Länge. Die Frau schien wirklich nicht besonders auskunftsfreudig zu sein.
„Na ja, an den Zuständigkeiten sollte etwas geändert werden." Sigrid Kappel hatte für einen Moment mit sich gerungen, ob das hier eine Rolle spielte. Aber die Herren hatten ja davon gesprochen, dass jeder Hinweis von Belang sein könnte. Einerseits wollte sie Lukas Rüter nicht bloßstellen, andererseits würde es die Polizei sowieso herausbekommen. Vielleicht wussten sie es sogar schon, denn ein paar Tage zuvor waren die Computer im Unternehmen kontrolliert worden und darunter auch der E-Mail-Verkehr zwischen Oswald Zehner und seinen jeweiligen Partnern. Da gab es ein paar entsprechende Schriftsätze …
„Aha, könnten Sie das bitte etwas genauer beschreiben?" Falk drehte seinen Stift zwischen den Fingern.

„Also, künftig sollte Oswald Zehner der alleinige Geschäftsführer sein und Lukas Rüter vorrangig den internen kaufmännischen Part betreuen. Aber das haben die Herren natürlich zuvor untereinander geklärt. Da bin ich mir absolut sicher. Nicht bei jedem Gespräch dieser Art wurde ich einbezogen."

„Und Herrn Rüter hätte das nichts ausgemacht, in die zweite Reihe abzusteigen?"

Otto beugte sich ein wenig über den Tisch.

„Wieso? Es wäre ja finanziell alles so geblieben. Dazu gab es für mich schon eine entsprechende Anweisung."

„Dann ist also jetzt, nach dem Tode von Herrn Zehner, Herr Rüter der alleinige Geschäftsführer?", wollte Falk bestätigt wissen.

„Ja, wer denn sonst. Aufgrund dieser tragischen Ereignisse musste er ja einspringen. Mit sehr, sehr viel Engagement, das kann ich Ihnen versichern!"

Erregung klang aus der Stimme von Sigrid Kappel. Sie schaute auf ihre Armbanduhr.

„Bitte verzeihen Sie mir, aber mein Termin bei der Bank drängt. Wenn Sie noch mehr Auskünfte wollen, dann gern zu einem anderen Zeitpunkt. Ich wenigstens will bei meinen Verabredungen pünktlich sein."

Den Hinweis auf die Verspätung der Polizisten konnte sie sich nicht verkneifen. Was wollten die bloß von ihr? Die sollten lieber den Täter jagen, als ihr die kostbare Zeit zu stehlen, dachte Sigrid Kappel.

„Gut, dann wollen wir mal!"

Otto ergriff die Initiative.

„Vielen Dank für Ihre Informationen. Wir melden uns eventuell zu gegebener Zeit noch einmal bei Ihnen. Sie verreisen ja sicherlich nicht in den nächsten Tagen?"

„Nein, und der Herr Rüter auch nicht, falls Sie das noch wissen wollen. Wir beide sind in tiefer Trauer und haben hier so viel zu tun, dass sich irgendwelche Dienstreisen momentan verbieten. Außerdem ist es ja überhaupt die Frage, wie es weitergeht. Herr Zehner hat eine große Lücke hinterlassen, die kein anderer ausfüllen wird."

Damit beendete Sigrid Kappel ihre Ausführungen und schnaubte in ihr Taschentuch.

„Ich bringe Sie noch zur Tür."

„Das ist nicht nötig, wir wollen nicht noch mehr von Ihrer wertvollen Zeit stehlen. Wir finden alleine hinaus."

Otto hatte Schalk im Blick und Falk verkniff sich ein Grinsen. Als beide wenige Minuten später wieder im Auto saßen, meinte Otto: „Das war klasse von dir, die Bemerkung mit der wertvollen Zeit. Was denkt die eigentlich, wer wir sind? Schließlich machen wir unsere Arbeit."

„Genau. Also, die könntest du mir nackt auf den Bauch binden. Da käme nichts, aber auch gar nichts. So eine arrogante Ziege. Da lobe ich mir doch Ulla Gabler, das war mal eine Frau mit Klasse!"

Falk geriet schon wieder ins Schwärmen.

„Kannst sie ja gern bei Gelegenheit noch einmal besuchen, mein Bester", sagte Otto.

Jetzt lachten beide.

„Klappt es mit dem Termin?", erkundigte sich Oswald bei seiner Sekretärin, als sie ihm den Kaffee brachte.

„Aber selbstverständlich, Herr Zehner. Es ist alles so arrangiert, wie Sie das gewünscht haben."

Sigrid Kappel richtete mit einer Hand ihre makellos sitzende Frisur.

„Dann geben Sie bitte Herrn Rüter Bescheid, sobald Dr. Müller eingetroffen ist."

„Natürlich. Wird umgehend erledigt."

Sie wandte ihrem Chef den Rücken zu und verließ das großräumige Büro, in das sich ein paar Sonnenstrahlen verirrt hatten. Oswald lehnte sich in seinem Ledersessel zurück, verschränkte die Arme hinter dem Kopf, legte die Füße auf den Schreibtisch und strahlte breit. Hinter ihm an der Wand prangte eine Landkarte mit kleinen roten Fähnchen, den Orten ihres unternehmerischen Handelns. Das hatte sich alles optimal entwickelt und würde es weiter tun. Er müsste nur am Ball bleiben. Heute, das war wieder ein Meilenstein in der Erfolgsgeschichte des Unternehmens.

Gemeinsam hatten er und Lukas die Firma aufgebaut. Die Sache mit der Medizintechnik rechnete sich über die Jahre hinweg und nahm immer größere Ausmaße an. Inzwischen richteten sie komplette Krankenhäuser in den ehemaligen Sowjetrepubliken ein. Kasachstan, Tadschikistan und Usbekistan gehörten dazu, inzwischen sogar das kleine Kirgistan. Wohlgefüllte Geldköfferchen sorgten im Ausland für die nötigen Genehmigungen. Geschenke wurden immer wieder gern angenommen und erwiesen sich als außerordentlich hilfreich. Sie waren die idealen Türöffner. Das sah niemand sonderlich eng. Im Gegenteil. Es gab eine gewisse Erwartungshaltung.

Als es klopfte, nahm Oswald die Füße vom Tisch, ehe er herein sagte. Sigrid Kappel hatte ein dezentes Lächeln im Gesicht. Normalerweise hätte sie einem Gast angeboten, ihm sein Gepäck abzunehmen. Aber sie kannte den Inhalt des Aktenkoffers und wusste, dass diesen wohl niemand aus der Hand geben würde.

„Herr Dr. Müller ist soeben eingetroffen. Ich habe Herrn Rüter schon verständigt. Bitte schön."

Sie trat einladend einen Schritt zurück und gab den Weg in den Raum frei.

Dr. Müller, in einem tiefschwarzen Maßanzug, mit reinweißem Oberhemd und einer kaum wahrnehmbar gemusterten Krawatte in Blau, trat auf Oswald zu, der sich erhoben hatte.

„Mein lieber Herr Dr. Müller. Es ist so wunderbar, dass sie das heute kurzfristig einrichten konnten. Sie wissen ja, wie unsere Termine in den Geschäften immer drängen."

„Ich weiß, ich weiß und deshalb machen auch wir für unsere Kunden immer alles möglich, was in unsren Kräften steht. Uns allen liegt ja am Vorankommen der Wirtschaft."

Die beiden Herren befanden sich jetzt direkt gegenüber und schüttelten sich kräftig die Hände. Beider Eaux de Toilette stießen aufeinander. In dem Moment öffnete sich die Tür zum Sekretariat und Lukas Rüter kam herein.

„Einen schönen guten Tag auch", sagte er.

„Dann wären wir ja alle versammelt", begrüßte ihn Oswald beiläufig, als Lukas die Tür hinter sich schloss.

Alle drei nahmen in der wuchtigen Sitzecke Platz. Dr. Müller stellte seinen Aktenkoffer ganz nah an seinen Sessel, sodass er ihn noch mit einem Bein berührte. Die Fenster reichten dort fast bis zum Boden und erlaubten einen großzügigen Blick auf die Marienstraße. Sigrid Kappel hatte vorsorglich Kaffee, Mineralwasser und Gebäck auf den Tisch gestellt, um nicht noch einmal stören zu müssen. Man wolle sich selbst bedienen, hatte ihr Oswald Zehner zuvor zu verstehen gegeben.

Kurz tauschten sich die Herren zu den jüngsten Handballergebnissen aus, wobei sie alle eine Mannschaft favorisierten, um dann zum Kern der Sache zu kommen.

„Ich habe Ihnen die gewünschte Summe in der entsprechenden Stückelung zusammenstellen lassen“, sagte Dr. Müller, legte seinen Aktenkoffer auf den Tisch und öffnete ihn. Oswald blickte wohlwollend hinüber und auch auf das Gesicht von Lukas stahl sich ein Lächeln.

„Hervorragend. Wo sollen wir unterschreiben?“, fragte Oswald und rieb sich die Hände.

„Wollen Sie nicht noch einmal nachzählen?“, erkundigte sich Dr. Müller der Form halber.

Oswald lachte tief und jovial, als habe der Banker einen guten Witz gemacht.

„Ach was, ich vertraue Ihnen doch vollkommen. Wir haben schon so viele, so außerordentlich gute Geschäfte miteinander in die Wege geleitet.“

„Tja.“ Dr. Müller blickte auf seine Armbanduhr, nachdem Oswald und Lukas das vorbereitete Schriftstück unterzeichnet hatten. „Ich wünsche Ihnen viel Erfolg und will mich dann auch wieder auf den Weg machen. Die Pflicht ruft.“

„Genau wie bei uns“, antwortete Lukas und alle drei erhoben sich.

„Ich gehe schon einmal voran", ergänzte Lukas noch. Dr. Müller folgte ihm und Oswald wandte sich wieder seinem Schreibtisch zu.

Kaum hatte Lukas die Tür geöffnet und den Gast im Vorzimmer verabschiedet, betrat die Sekretärin das Büro von Oswald und fragte: „War alles zu Ihrer Zufriedenheit? Und darf ich dann abräumen?"

„Aber ja doch, Frau Kappel. Und wenn Sie dann bitte gleich noch zum Diktat bei mir bleiben würden."

Die Frau nickte, holte sich einen Stenoblock und einen Bleistift. Sie wusste, wenn der Chef etwas diktieren wollte, dann musste das immer sofort sein, sonst könnte er den Faden wieder verlieren. Wahrscheinlich wollte er eine Gesprächsnotiz zu dem eben erfolgten Treffen aufsetzen. Sie zog sich einen Stuhl an die andere Seite des Schreibtischs heran und Oswald begann dahinter auf und ab zu laufen.

„So, meine Liebe, es versteht sich natürlich von selbst, dass das alles hier absolut vertraulich ist und nichts, aber auch gar nichts, an die Öffentlichkeit dringen darf. Sie kennen ja unsere Gepflogenheiten."

Sigrid Kappel nickte und setzte den Bleistift an. Oswald begann zu diktieren, während seine Gedanken um Lukas kreisten. Seine Sekretärin bemerkte die Unkonzentriertheit, ließ sich aber nichts anmerken. Er musste etwas finden, womit er Lukas unter Druck setzen oder vielleicht sogar erpressen konnte. Niemand war unfehlbar. Jeder hatte seine schwachen Seiten. Er ahnte in diesem Moment noch nicht, wie nahe er daran war, fündig zu werden. Denn eigentlich lag das Doppelleben, das Lukas führte, auf der Hand.

In der Zwischenzeit war Lukas wieder in sein Büro auf der anderen Seite des Sekretariats gelaufen. Sigrid Kappel befand sich mit ihrem Arbeitsplatz zwischen den beiden Chefs und stand ihnen je nach Bedarf zur Verfügung. Häufig eine Gratwanderung, denn sie musste entscheiden, welcher der beiden Aufträge dringender war. Allerdings neigte Oswald zu cholerischen Anfällen, während Lukas stets ruhig und besonnen auftrat. Insofern wählte sie häufig den Weg des geringsten Widerstandes und erledigte zunächst die Aufgaben von Oswald, um eventuellen stürmischen Ausbrüchen vorzubeugen.

Lukas blickte verloren aus dem Fenster seines Zimmers, während er an seinem Schreibtisch saß. Er rieb sich mit Daumen und Zeigefinger den Nasenrücken. Da hatte sie über Jahre hinweg eine enge Freundschaft verbunden, aber irgendwie war die auf der Strecke geblieben. Das Betriebswirtschaftsstudium absolvierten sie in Bielefeld, nur fing Lukas aufgrund seines Alters ein Jahr später damit an. Was waren sie in ihren Studentenzeiten um die Häuser gezogen! Im Grunde genommen konnten sie sich immer blind aufeinander verlassen. Bis zu welchem Punkt eigentlich? Vielleicht hatten Freundschaften auch so etwas wie Halbwertszeiten im Leben.

Lukas seufzte tief auf. Er zog den Aktenordner aus seiner untersten Schublade. Darin befanden sich die Unterlagen zur Umstrukturierung im Unternehmen. Pläne, die Oswald offensichtlich Sigrid Kappel diktiert hatte. Denn er hatte die Dateien vor Kurzem in ihrem Computer entdeckt, als sie sich wegen einer heftigen Erkältung für ein paar Tage krankgemeldet hatte. Sein Platz würde künftig in der zweiten Reihe sein, ging aus den Notizen hervor. Hätte er vielleicht auch immer so wie Oswald mit der Faust auf den Tisch schlagen sollen?

Ihm lag eher am Vermitteln und an einer guten Atmosphäre im Hause.

Es solle auch sein finanzieller Schaden nicht sein, hatte ihm Oswald vorgestern beteuert, als er ihn zur Rede stellte, was es denn mit diesen Umstrukturierungsmaßnahmen auf sich habe. Aber auch ihm war doch sein Image wichtig, genau wie Oswald. Sie verkehrten beide in der Mindener Hautevolee, hatten ihren Club und die Ehefrauen die dazugehörige Damenabteilung, wo sie sich intensiv engagierten. Die Kinder besuchten allesamt das Gymnasium und die Mütter organisierten gerade die für ein Schuljahr geplanten Auslandsaufenthalte. Die Söhne nahmen Flugstunden in Porta Westfalica, fast jedes Wochenende waren sie in Vennebeck. Für die Mädchen gab es natürlich ein eigenes Pferd. Das wollte doch alles finanziert werden. Lukas zog die Stirn in tiefe Falten.

Alexander und Janine hatten sich das erste Mal gestritten.

„Warum willst du denn unbedingt zu ihr nach Berlin fahren? Nach all dem, was zwischen euch passiert ist! Du kannst doch sowieso nichts tun. Außerdem warst du doch erst neulich da, als du den Täter und den Südafrikaner befragt hast", hatte Janine leise gesagt.

„Willst du mich denn nicht verstehen? Sie ist schließlich immer noch meine Frau. Wir sind nach wie vor verheiratet und haben zwei Kinder. Da muss ich einfach zu ihr hin. Ich halte das für meine Pflicht. Meine Schwiegereltern würden das auch nicht akzeptieren, wenn ich kneife und mich fernhalte. Eben die Arbeit vorschiebe, wie immer..."

Alexander hatte die Stimme nur ein wenig erhoben. Er hatte niemandem erzählt, wie feige er sich bei seinem ersten Besuch auf der Station aus dem Staub gemacht hatte. Nicht einmal an ihrem Bett war er gewesen.

„Dann mach doch, was du willst", hatte Janine gesagt.

„Natürlich", hatte Alexander geantwortet und einen schweren Brocken auf seiner Brust verspürt.

Jetzt saß er in seinem Auto und war auf der A2 unterwegs. Kriminaloberrat Riechmann hatte Alexanders Urlaubsantrag natürlich sofort genehmigt und sich ganz besorgt erkundigt, ob er ansonsten Hilfe brauche. Er schien richtig mit ihm mitzufühlen. Das war sonst gar nicht seine Art, jedenfalls nicht nach außen. Da wirkte er eher gesetzt und unantastbar.

Alexander wäre schon längst viel weiter Richtung Berlin vorangekommen, wenn ihn die Nachbarin nicht aufgehalten hätte, als er sie nur kurz darum bitten wollte, sich um Kater Albert zu kümmern. Sie hatte entgegen ihrer sonstigen Neugier nicht einmal nach den Gründen seiner Fahrt gefragt und er wollte sich auch nicht in Details ergehen. Irgendwann würde sie es schon erfahren.

Hertha Jendritzky hatte vor Wut geschnaubt. Da musste Alex sogar grinsen, wie sie so die Rechte drohend erhob. Wie ein tobender, in die Jahre gekommener Racheengel sah sie aus.

„Sie müssen mir helfen, lieber Nachbar", hatte Hertha Jendritzky betont. „Schließlich sind Sie bei der Polizei."

„Worum handelt es sich denn?", hatte Alexander mit leicht nervösem Unterton gefragt.

„Es ist einfach die Höhe. Da habe ich doch dieser Tage am Martinikirchhof geparkt, weil ich mich mit einer Freundin zum Kaffeeklatsch im Café Lenz verabredet hatte. Ganz ordentlich habe ich das Ticket hinter meine Windschutzscheibe gelegt. Und als ich wieder in meinem Auto saß, entdeckte ich ein Stück Papier unter dem Scheibenwischer. Immer diese Reklame, habe ich da geflucht", erzählte sie und fuhr gleich fort.

„Doch dann war das ein Strafzettel für ‚Parken ohne gültigen Parkschein'! Dabei lag der doch deutlich sichtbar vorn! Und ich hätte sogar noch eine halbe Stunde länger dort stehen können. Dafür hatte ich schließlich bezahlt."

Hertha Jendritzky hatte glühend rote Wangen bekommen.

„Tja, da hat sich wohl jemand geirrt", lenkte Alexander ein und zog die Augenbrauen hoch.

„Sie brauchen das jetzt gar nicht herunterzuspielen", echauffierte sich die Nachbarin und legte ihre Stirn in noch tiefere Falten. „Als ich an dem Freitag dann zu Hause ankam, habe ich gleich in der Verwaltung angerufen."

„Und natürlich niemanden erreicht", ergänzte Alexander.

„Genau. Nur so eine dämliche Ansage, wann da die Bürozeiten wären. Montag habe ich telefoniert, da war mein Fall noch nicht erfasst, Dienstag war kein Durchkommen, selbst die Zentrale hat mich abgewürgt. Und als ich dann endlich die zuständige Dame von der Verkehrsüberwachung erwischt habe, meinte sie, sie wolle das mit den Kollegen vor Ort klären."

„Na, sehen Sie …"

Alexander blickte auf seine Armbanduhr.

„Von wegen. Dann sollte ich vorbeikommen, um das mit dem Parkschein zu beweisen. Ich könnte den Schein allerdings auch faxen. So ein Schwachsinn. Ich habe doch gar kein Faxgerät!"

„Und wie ist die Geschichte nun ausgegangen?", erkundigte sich Alexander gequält.

„Na, ich bin erneut in die Stadt gefahren, habe wiederum einen Parkschein gelöst und bin dann innerhalb der Sprechstunde zum Bereich Bürgerdienste, Sicherheit und Ordnung. Die Sache wäre dann erledigt, hat man mir nur gesagt, als ich meinen Beweis vorlegte. Ohne eine Entschuldigung. So was könne ja mal passieren, das sei menschlich, bekam ich nur zu hören, als ich nach einer Erstattung meiner zusätzlichen Fahrtkosten gefragt habe. Wenn ich gleich zu Beginn anstandslos die zehn Euro bezahlt hätte, wäre mich die ganze Angelegenheit sehr viel billiger gekommen. Ach was, wahrscheinlich schicken die da Sehbehinderte auf Streife …"

„Und wie kann ich Ihnen jetzt helfen?“

Alexander wollte die Sache endlich zu Ende bringen.

„Indem Sie nachhaken, mein Lieber! Das geht doch so nicht!“

Alexander legte seine Hand beruhigend auf die Schulter seiner Nachbarin: „Sobald ich aus Berlin zurück bin, werde ich mal nachfragen. Quasi verwaltungsintern. Wir haben da ja unsere heißen Drähte.“

Jetzt lächelte Hertha Jendritzky wieder charmant-mädchenhaft.

„Ich habe es gewusst! Auf Sie ist Verlass. Ich wollte schon meine Tochter darauf ansetzen. Aber sie hat sich ja eher auf Familienrecht spezialisiert. Und das wäre dann nicht ihre Baustelle. Ich glaube, sie wollte mich sogar abwimmeln …“

„Das kann ich mir jetzt aber überhaupt nicht vorstellen“, entgegnete Alexander und verabschiedete sich. „Ich muss dann auch mal los. Meine Termine drängen.“

„Immer in Eile, Herr Kommissar. Das ist auch nicht gut. Sie sollten gelegentlich mal an sich denken.“

Alexander hatte ihr die Hand zum Abschied gegeben, sie mit der Fürsorge für seinen Kater betraut und war mit einem Winken wieder in sein Fahrzeug eingestiegen.

Ihm fiel eben noch ein, dass er eigentlich mit seiner Nachbarin ein ganz anderes Thema besprechen wollte. Rentner waren in jüngster Zeit häufig Ziel krimineller Übergriffe. Die Haustür von Hertha Jendritzky war tagsüber stets offen. Wie das auf dem Lande eben so üblich sei, hatte sie mal gemeint. Man kenne einander doch. Aber er wollte ihr das ausreden, sie auch darauf hinweisen, dass es nicht jeder Spendensammler ehrlich meine. Er sah sie schon vor sich, wie sie lachend erklären würde, mit ihm als Nachbar könne doch keiner gefährlich werden. Da fühle sie sich sicher.

Vielleicht sollte er sich mit ihrer Tochter absprechen und verbünden. Gemeinsam konnten sie sie vielleicht überzeugen. Er wollte nicht eines Tages in ihrem Haus stehen müssen, vor durchwühlten Schränken und Schubladen, und Hertha Jendritzky leblos auf dem Boden. Heike bei ihrer Arbeit, um Fingerabdrücke zu sichern, Fasern zu finden und DNA-Spuren einzusammeln. Und dann nicht einmal Fenster oder Türen gewaltsam geöffnet, sondern einfach durch den Haupteingang hineinspaziert, arglos und freundschaftlich hereingelassen. Kriminalhauptkommissar Alexander Rosenbaum wollte keine Tötungsdelikte in seiner Nachbarschaft, aber zugleich wollte er auch keine Ängste schüren.

Die einstige innerdeutsche Grenze lag kurz vor ihm. Alexander wechselte den Radiosender und landete bei einer Verkehrsmeldung: „… Totalsperrung der A2 in der Höhe von Magdeburg. Umfahren Sie die Region möglichst weiträumig …"

Alexander seufzte auf. Auch das noch. Er hatte sich diesmal nicht einmal etwas zu Essen eingepackt, nur eine angefangene Flasche Mineralwasser lag neben ihm und ein paar Gummibärchen. Kurz überlegte er, ob und wie die Stelle weiträumig zu umfahren war. Eher ungeeignet, ein solcher Rat, wie er fand. Richtung Norden hätte er bis Stendal fahren müssen und Richtung Süden lag die Stadt selbst, durch die sich dann alle, die dem Hinweis folgen würden, durchschlängelten. Dann blieb er doch lieber auf der Autobahn. Irgendwann würde es wieder vorangehen.

Alexander hing seinen Gedanken nach. Was hatte er falsch gemacht in seinem Leben? Hätte er die Ehe mit Olga retten können? War sie wegen ihm in den Armen seines Nebenbuhlers gelandet? Hätten sie es vielleicht doch noch einmal miteinander versuchen sollen, so richtig von vorn? Zwei gemeinsame Kinder verbanden doch. Halt. Falscher Gedanke. Er wies sich innerlich zurecht. Ein gemeinsames Kind. Mit Tina hatte sie ihm ein Kuckucksei ins Nest gelegt. Aber liebte er die Kleine nicht wie eine eigene Tochter? Mindestens genauso wie die Große?! War das jetzt mit Janine eine echte Alternative oder nur eine Notlösung? Gaukelten die beruflichen Gemeinsamkeiten nicht mehr vor, als da war …?

Fast hätte Alexander vergessen, das Auto zu starten. Hinter ihm hatte schon ein Hupkonzert eingesetzt und rechts und links überholte man ihn. Offensichtlich war die Unfallstelle geräumt und es ging wieder in normalem Tempo weiter. Er musste sich zusammenreißen …

Jetzt klingelte sein Handy und er nahm das Gespräch an.

„Alex, hallo, hier ist Andreas."

Alexander verschlug es die Sprache.

„Hallo, hörst du mich?"

„Doch, Andreas, schon. Aber ich bin völlig perplex. Warum hast du dich denn ewig nicht gemeldet und nicht mal auf meine Mails und SMS geantwortet? Deine Frau hat auch nur komisch reagiert, als ich bei ihr Erkundigungen einholen wollte. Dann habe ich das sein lassen. Ich hatte auch in letzter Zeit so viel privates Zeug um die Ohren."

„Es ging einfach nicht", antwortete Andreas.

„Wieso ging das nicht?", fragte Alexander und seine Stimme bekam einen etwas ungehaltenen Unterton, was er eigentlich nicht gewollt hatte und weshalb er eine lockere Formulierung anschloss.

„Warst du als Undercoveragent unterwegs?"
„Nein, das nicht. Ich hatte einfach nicht die Kraft ..."
„Nicht die Kraft ...?"
„Kannst du überhaupt reden, Alex, oder störe ich gerade?"
„Kein Problem. Ich fahre nach Berlin und habe noch ein paar Kilometer vor mir. Langweilige Autobahn, von der ich jeden Kilometer kenne."
„Oh, schön, sicher zu deiner Familie, dann grüß mal alle recht herzlich ..."
Alexander ging auf diese Bemerkung nicht ein.
„Was ist denn um alles in der Welt passiert?", fügte er seine Frage an. „Meine letzte Info war die von deinem Afghanistaneinsatz. Ich habe dich schon für verschollen gehalten. Mensch Andreas, ein klitzekleines Lebenszeichen wäre doch vielleicht möglich gewesen. Ich habe mir echte Sorgen gemacht."
„Stimmt", entgegnete Andreas. „Ich hätte mich wirklich bei dir melden sollen. Tut mir leid. Aber mir ist dort alles über den Kopf gewachsen."
„War es so schlimm?"
„Noch schlimmer. Aber das muss ich dir in Ruhe erzählen. Können wir uns treffen?"
„Klar, wenn ich wieder zurück in Minden bin. Arbeitest du denn wieder in Hameln?"
„Momentan bin ich krankgeschrieben: posttraumatische Belastungsstörung. Aber natürlich bin ich ansonsten wieder daheim."
„Aha, PTBS. Das sagt mir schon was. So ein Mist aber auch!"
Alexander überlegte einen Augenblick.
„Weißt du was, ich rufe dich zurück, wenn ich absehen kann, wann es mir passt. Ich muss erst mal ein paar persönliche Dinge klären."

„Hoffentlich nichts Ungutes?"

„Ach, Andreas, das ist kein Thema fürs Telefon. Erzähle ich dir alles später. Bis dahin. Ich melde mich."

„Tschüss, Alex."

Die Verbindung war beendet und Alexander konzentrierte sich wieder intensiver auf den dichten Straßenverkehr.

Als Alexander vor dem Krankenhaus hielt, wartete er noch ein Weilchen im Auto. Er hatte weiche Knie und war nicht in der Lage, sich zu erheben. Schließlich fasste er sich ein Herz und öffnete die Tür. Dann schwang er sich aus dem Auto und verschloss es, mit dem gewohnheitsmäßigen nachträglichen Griff an die Fahrertür, ob es auch wirklich verschlossen war.

An der Anmeldung ließ er sich noch einmal die Station und die Zimmernummer sagen, obwohl er sich das eigentlich gemerkt hatte, außerdem hatte er sich alles notiert. Aber in seiner Aufregung konnte er den Zettel nicht finden. Wahrscheinlich lag der noch daheim auf dem Küchentisch. Und nach der Auseinandersetzung mit Janine hatte er einfach nicht mehr darauf geachtet.

Freundlich gab ihm die junge Angestellte hinter dem Tresen Auskunft, wie er zur Intensivstation gelangen könnte. Alexander bedankte sich fahrig. Er verzichtete auf den Fahrstuhl und nahm die Treppen bis in den sechsten Stock. Nicht wegen der Kondition, sondern um die Begegnung mit Olga hinauszuzögern. Bei jedem Schritt kam ihm die Erinnerung an den vorigen Aufenthalt zurück, der wie in Nebelwatte gehüllt gewesen war.

Schließlich stand er vor der Zimmertür, neben ihm eine Schwester von der Station, die ihm einen Kittel gereicht hatte. Hinter der Glasscheibe sah er schon seinen Schwiegervater Josef sitzen. Der winkte ihm zu und machte Zeichen, dass er erst zu ihm nach draußen kommen wolle. Was er auch gleich tat, nachdem er seiner Tochter noch einmal sanft über die Stirn gestreichelt hatte.

„Hast du es endlich geschafft, Junge?"

Josef nahm Alexander in die Arme und beide Männer drückten sich herzlich.

„Es ging nicht eher. Du weißt ja, die Arbeit."

Alexander stockte einen Moment, wollte davon erzählen, dass er schon einmal kurz da gewesen war, aber dann ließ er es bleiben und sagte nur: „Ich hatte auch einfach Angst davor."

„Schon klar. Ich kann dich irgendwie verstehen. Aber da müssen wir jetzt durch. Es gibt momentan einen kleinen Hoffnungsschimmer, hat der Professor gesagt. Da sind ein paar Blutgerinnsel im Gehirn, die man operativ entfernen muss. Aber das macht man wohl öfter und hat deshalb reichlich Erfahrung. Ich habe davon ja keine Ahnung. Edwina wusste gleich Bescheid, aber die schaut auch im Fernsehen alle diese Medizinsendungen und -filme."

„Ist deine Frau bei den Kindern?", fragte Alexander und schalt sich gleich, weil das ja völlig klar war.

Josef antwortete auch etwas konsterniert: „Was denkst du denn? Natürlich. Wo sonst? Meinst du, wir überlassen eure Kinder und unsere Enkel ihrem Schicksal?"

Daraufhin schwiegen beide ein wenig verlegen.

„Ich brauch jetzt mal dringend einen Kaffee. Geh du zu Olga rein. Sie wird sich freuen."

„Aber", sagte Alexander, „ich denke, sie ist im künstlichen Koma. Sie wird doch gar nichts weiter mitbekommen."

„Ach, das würde ich nicht sagen", antwortete Josef. „Es gibt mehr Dinge zwischen Himmel und Erde, als wir uns träumen lassen. Und möglicherweise bekommt sie ganz genau mit, was um sie herum geschieht und kann sich lediglich nicht äußern ..."

„Wie du meinst. Dann hol dir mal den Kaffee und ich gehe zu Olga rein."

Josef wandte sich um und lief langsam den Flur entlang. Alexander blickte ihm prüfend hinterher. Alt war er geworden. Mindestens zehn Jahre älter sah er aus. Alex hatte ihn vom letzten Besuch ganz anders in Erinnerung. Da war er fit und dynamisch. Tobte mit den Kleinen herum, kroch auf dem Fußboden und spielte Pferd. Jetzt lief er krumm und schlich seitlich an der Flurwand entlang. Das war bestimmt die menschliche Tragödie mit seiner Tochter, die ihn so unendlich bedrückte. Alexander schluckte. Er schaute durch die Glasscheibe und hatte nur die unzähligen Apparate im Blick. Mittendrin, verschwindend klein, seine Frau Olga.

Alex betrat das Zimmer und schloss behutsam die Tür hinter sich.

„Hallo Olga, ich bin's, Alex", sagte er und wurde sich seiner eigenartigen Worte bewusst. Sie klangen merkwürdig in diesem Raum, der angefüllt war vom Surren und Ticken der Maschinen, die vom Leben seiner Frau berichteten.

Alexander setzte sich ans Bett, auf den Stuhl, den eben noch Josef belegt hatte und auf dem nachher sicher wieder Edwina sitzen würde. Jeder mit seinem Kummer allein. Wobei seine Schwiegereltern ja aneinander Halt fanden. Aber er? Janine hatte offensichtlich kein Verständnis für seine Sorgen. Er verstand sich ja selbst nicht.

Alexander strich sanft über die Bettdecke, ängstlich. Er wollte ihr nicht wehtun und keinesfalls an einen der Schläuche kommen, die alle lebenswichtig waren. Jetzt schaute er ihr direkt ins Gesicht, was er bislang vermieden hatte. Alex schluckte heftig. Das war nicht zum Aushalten. Er erkannte sie kaum wieder. Alles war sicher zunächst, direkt nach dem Angriff, geschwollen und blutunterlaufen gewesen. Eine deutlich sichtbare Naht lag quer über ihrer Stirn. Jetzt sah sie nur noch ausgemergelt aus. Das mussten unsägliche Schmerzen gewesen sein. Ihm liefen ein paar Tränen die Wangen hinunter, die er verstohlen abwischte. Warum musste sie sich auch immer so intensiv für andere einsetzen? Dafür war sie viel zu impulsiv. Es gab spezielles Antiaggressionstraining. Dort lernten auch sie im Beruf, damit umzugehen, Situationen zu entschärfen. Wahrscheinlich hatte sie irgendeinen lapidaren Fehler begangen, weshalb der Rowdy ausgerastet war.

Alexander legte die Hände aufs Gesicht und stützte die Ellbogen auf die Knie. Wie sollte das hier nur weitergehen? Was hatte sein Schwiegervater vorhin gesagt: Blutgerinnsel im Gehirn und eine Operation? Das konnte doch auch das Ende bedeuten oder vielleicht eine Lähmung für immer.

Er sprang auf. Er musste jetzt aus diesem Zimmer. Er glaubte zu ersticken. Keinen Augenblick länger würde er es hier aushalten.

In dem Moment kam Josef mit zwei Tassen Kaffee an und nickte ihm freundlich durch die Glasscheibe zu. Alexander atmete intensiv durch, strich noch einmal behutsam über die Bettdecke und verließ das Zimmer, ohne ein Geräusch zu verursachen.

„Ich dachte, das wäre auch für dich eine gute Idee“, meinte Josef und hielt ihm eine Tasse hin.

„Für dich schwarz, wie immer."
„Genau. Dass du das behalten hast. Vielen Dank auch. Den brauche ich jetzt."
Alexander nahm den Kaffee und umschloss das Gefäß mit beiden Händen. Es fröstelte ihn, obwohl der Flur des Krankenhauses wohltemperiert und das Zimmer von Olga eher gut geheizt war. Er nahm einen großen Schluck und verbrannte sich die Lippen, zuckte aber nicht zusammen. Was war das schon, im Vergleich zu den Schmerzen, die sie erdulden musste. Und was hatte Frank gesagt? Sie wäre so tapfer gewesen und hätte dem Südafrikaner das Leben gerettet. Er erinnerte sich an die Gespräche neulich. Sein Berliner Kollege hatte das blendend organisiert und ihm zur Seite gestanden. Dem anderen Opfer ging es ja ebenfalls recht elend, aber der Mann war wenigstens wieder bei seiner Familie und fand dort den nötigen Halt. Beim Gedanken an den mutmaßlichen Täter spürte er wieder einen Kloß im Hals. Er sah dieses Großmaul vor sich sitzen, wie Frank die Fragen gestellt hatte und er fast ausgerastet wäre … Diese Tat in der U-Bahn durfte doch nicht ungesühnt bleiben. Er würde sich notfalls noch einmal einschalten und alles versuchen, was in seiner Macht stand, nahm Alex sich vor.
„Wir schaffen das schon", riss ihn Josef aus seinen Gedanken.
Sein Schwiegervater war total grau geworden. Das fiel Alexander erst jetzt auf, wo Josef so dicht neben ihm saß. Er schob seine Hand hinüber und legte sie auf die faltige des alten Mannes.
„Sie ist doch unser einziges Kind", schluchzte der auf.
„Ach, Josef, wenn man so etwas nur ungeschehen machen könnte", entgegnete Alexander.

In dem Moment fing ein rotes Signal an einer Maschine in Olgas Zimmer an zu leuchten und wurde immer intensiver, dazu ertönte ein warnendes Geräusch. Plötzlich setzte ein aufgeregtes Durcheinander auf der Station ein. Schwestern kamen angerannt, zwei Ärzte dazu. Alle mit ernsten Gesichtern. Dann drängten sie sich um ihr Bett, ließen keinen Durchblick mehr zu. Einer gab ihr offensichtlich eine Spritze. Schultern wurden gezuckt. Jemand in der Runde gestikulierte. Anscheinend der Chefarzt.

Josef und Alexander hielten sich an den Händen. Die Neonleuchten im Flur verbreiteten ein kaltes Licht.

Die Abenddämmerung ergriff Besitz von der Landschaft. Stück um Stück würde die Dunkelheit ihr Terrain umarmen. Alexander saß auf dem Sofa im Wohnzimmer und blickte am knorrigen Birnbaum vorbei in die Weite. Er hing seinen Gedanken nach. Mit einem Mal drängte sich ein Rehbock in sein Sichtfeld, der erst aufmerksam in die Gegend äugend unter der Kiefer stand und sich dann gemächlich niederließ. Jetzt flatterte ein Grünspecht heran, landete und stocherte mit seinem Schnabel im wiesigen Untergrund. Rechterhand stolzierte ein Fasanenmännchen an der Hecke entlang.

„Ist das schön", flüsterte Alexander. Das Naturschauspiel hatte ihn aus seinen Grübeleien gerissen wurde. Ein wunderbarer Aufhänger für eine Gutenachtgeschichte für die Mädchen. Aber auch das hatte er seit Monaten schleifen lassen. Im Grunde, seit er mit Janine enger zusammen war. Da kam immer etwas dazwischen, was ihn die rechte Zeit verpassen ließ.

Sie war heute in ihre Wohnung gefahren, um sauberzumachen, und er wollte auch ein paar Dinge erledigen. Aber seitdem er zu Hause angekommen war, fühlte er sich wie gelähmt.

Die Zeit war schon vorangeschritten, doch für Erwachsene durchaus noch telefontauglich. Ich sollte endlich Andreas anrufen und mich mit ihm verabreden, beschloss Alexander. Seit dem Telefonat auf der A2 Richtung Berlin waren schon wieder ein paar Tage vergangen und sein Freund hatte so ganz anders als früher geklungen. Er brauchte bestimmt Hilfe. Vielleicht konnten sie sich gegenseitig Kraft geben. Er griff zu seinem Handy.

„Hallo, Andreas, hier ist Alex. Wie geht's, wie steht's?"

„Schön, dass du anrufst, mein Freund. Ich habe schon drauf gewartet."

Jetzt machte sich Alexander Vorwürfe, dass er nicht eher reagiert hatte.

„Entschuldige bitte, ich hatte so viel um die Ohren."

Einen winzigen Augenblick zögerte er, dann entschied er sich, den wahren Grund zu nennen.

„Meine Frau befindet sich auf der Intensivstation. Sie wurde Opfer einer Schlägerei, als sie einem Südafrikaner in der U-Bahn zu Hilfe gekommen ist."

„Oh, das tut mir leid. Dann beste Genesungswünsche."

„Danke. Allerdings kann ich ihr die nicht direkt übermitteln. Sie liegt im künstlichen Koma."

„Nein. Das ist wirklich heftig."

„Du sagst es. Aber da müssen wir durch. Sie soll jetzt auch operiert werden. Da sind irgendwelche Blutgerinnsel im Kopf, die man entfernen muss."

„Ich drücke euch die Daumen für den Eingriff. Hoffentlich geht das alles gut."

„Aber nun erzähle doch du erst einmal, was passiert ist. Du hattest dich doch so auf deinen Afghanistaneinsatz gefreut."

„Na ja, gefreut ist sicher nicht die richtige Bezeichnung. Ach, weißt du, am Telefon wäre das zu umfänglich. Wir sollten uns treffen."

„Gern. Magst du nach Minden kommen oder wollen wir uns lieber bei dir verabreden?"

„Hameln wäre mir lieber. Erinnerst du dich an unser erstes Treffen nach deiner Versetzung in unsere Gegend, in dem Restaurant an der Fußgängerzone?"

Alexander lachte plötzlich auf.

„Wieso die Heiterkeit?"

„Ach, ich weiß, das passt jetzt nicht wirklich. Aber mir fiel spontan diese Dame mit der üppigen Oberweite, dem tiefen Dekolleté und den geflochtenen Zöpfen ein, die sich aus dem Fenster lehnte und mir so überaus aufmunternd zuzwinkerte, als ich sofort einen freien Parkplatz an eurem Sexshop fand ... Hat bei mir einen bleibenden Eindruck hinterlassen."

„Ja, da parkt man wohl nicht so gern", warf Andreas ganz sachlich und ernst ein.

Alexander schüttelte den Kopf. Er war von seinem Freund sonst eine ganz andere Art gewohnt. Locker, ironisch. Ihr gemeinsamer Wortwechsel war immer von ganz besonderer Art und Qualität gewesen. Da hatten sich beide stets witzelnd hochgeschaukelt. Aber das jetzt? Das war doch nicht Andreas.

„Was hältst du von kommendem Sonnabend?", schlug Alex vor.

„Gute Idee. Das passt. Da wollte Denise ohnehin zu ihren Eltern und ich habe einen guten Grund, nicht dabei sein zu müssen."

„Okay", sagte Alexander. Treffen mit Schwiegereltern fand er auch nicht so attraktiv. Wobei Josef schon ein anderes Kaliber war und er ihn vor allem in der jetzigen Situation bewunderte.

„Dann bin ich gegen vierzehn Uhr in Hameln. Wenn dir das recht ist. Kann ich mich vorher noch um meinen Haushalt kümmern."

Jetzt kam doch ein leichtes Auflachen vom anderen Ende.

„Um den Haushalt kümmern ... Sag, Alex, hast du da noch keine Lösung gefunden? Nimm dir doch eine Putzfrau. Könntest du dir schließlich leisten."

„Ach, ich weiß nicht. Vielleicht später mal. Also, dann bis Sonnabendnachmittag."

„Bis dahin."

„Tschüss."

Alexander blickte auf das Display, in der Hoffnung, Janine hätte angerufen. Aber nichts. Dann legte er das Handy auf den Wohnzimmertisch. Er verspürte wieder diesen dröhnenden Kopfschmerz, der nicht locker lassen wollte und rieb sich mit verkniffenem Gesicht die Schläfen. Aber das würde nicht ausreichen. Tat es nie. Also stand er auf, ging zum Schrank im Flur, öffnete die rechte obere Tür und nahm sich ein Aspirin aus der Schachtel. Dann lief er in die Küche, holte sich ein Glas, warf das Medikament hinein und goss Wasser darauf. Sprudelnd tanzte die Tablette empor, während Alexander sich an die Spüle lehnte und mit beiden Händen rückwärts abstützte. Er wollte irgendetwas tun, was ihn auf andere Gedanken brachte, ehe er ins Bett ging. Sonst würde er sowieso keinen Schlaf finden.

Nach einer kleinen Weile nahm er das Glas, in dem noch kleine Bläschen aufstiegen. Aber das Medikament hatte sich aufgelöst. Er trank alles in einem Zug aus und stellte das Glas gleich direkt in die Spülmaschine. Dann fiel sein Blick auf die Tageszeitung, die noch unberührt auf dem Kühlschrank lag. Er griff sie sich und setzte sich damit ins Wohnzimmer, blätterte sie durch, konnte sich aber nicht richtig konzentrieren. Bei einer Meldung blieb er hängen, unter der Überschrift „Katze lebend angezündet". Da hatte eine Spaziergängerin eine verendete Katze gefunden, deren

Fell rundum verkohlt war. Offensichtlich sei das Tier lebend angezündet worden und hätte sich dann weitergeschleppt, bis es starb. In der Nähe lag eine angekokelte Papiertüte von Brötchen, was die Vermutung zuließ, dass damit das Fell in Brand gesetzt worden war. Was musste sich der Vierbeiner gequält haben … Alexander sah sofort seinen Kater vor sich, wie der arglos draußen herumtollte und dachte an die Aktion mit dem Auge, das er fast verloren hätte. Lange war die tiefe Wunde zu sehen und noch immer lag ein Schleier über dem einen Auge von Albert. Aber zum Glück war er wieder putzmunter, als wäre nie etwas geschehen. Es gab immer wieder Verrückte, die ihren Frust an wehrlosen Wesen ausließen. In dem Fall würde natürlich niemand ermitteln. Alex schüttelte sich und überlegte, wie er jetzt auf andere Gedanken kommen könnte. Albert lag zu seinen Füßen, hatte den Kopf auf die Vorderpfoten gebettet und schnurrte leise.

Computer, dachte Alexander. Ich werde mal eben noch ein wenig googeln. Er erhob sich. Vielleicht nach dem Grünspecht, den ich vorhin gesehen habe. Einfach um eine nächste Geschichte etwas aufzuwerten. Außerdem war das ein völlig neutrales Thema, das ihn – so hoffte er – doch beruhigen würde.

Mit seinen melodischen Startgeräuschen fuhr der Computer hoch und erhellte mit seinem Bildschirm das Arbeitszimmer. Alexander setzte sich davor auf den Schreibtischstuhl und gab das Wort Grünspecht ein. Mal locker über 42.000 Ergebnisse präsentierten sich ihm. Er scrollte ein wenig auf der Startseite entlang und entschied sich für ein Angebot. Vom Vogel des Jahres war da die Rede. Na, so ein Zufall aber auch, dachte Alexander und las sich fest.

Dass der Naturschutzbund seit 1971 mit dieser Aktion auf potenziell gefährdete Vogelarten aufmerksam machen wollte, war zu erfahren. Der Picus viridis war nun in diesem Jahr dran, hieß es da, und man verwies auf aktuell 42.000 Brutpaare. Genau wie die Anzahl der Ergebnisseiten! Schon eine merkwürdige Parallele, dachte Alexander.

Sein markanter Ruf, der einem wiehernden Gelächter nahekäme, habe ihm den Namen „lachender Hans" eingebracht. Er würde trockene Sandböden wie Parkanlagen, Friedhöfe und Obstbaumwiesen lieben. Na klar, fiel es Alex ein, meine Pflaumen-, Kirsch- und Apfelbäume im Garten - der Anziehungspunkt für den Kleinen!

Im Volksmund würde er auch „Erdspecht" genannt, weil er sich häufig am Boden fortbewege und dort seine Lieblingsspeise verzehre: Ameisen und deren Puppen. Dafür nutzte der Grünspecht seine wurmartige, klebrige Zunge, mit der er bis zu zehn Zentimeter tief in die Ameisenbaue gelangen konnte. Alexander ließ seine Zunge im Mund kreisen. Junge, Junge, zehn Zentimeter lang und das bei so einem nicht sonderlich großen Tier … Männchen und Weibchen grün-grau gefärbt, Markenzeichen karminroter Scheitel. Wie kann man die denn da unterscheiden? Alexander las weiter. Aha, da stand es: Bartstreif beim Männchen ebenfalls rot und beim Weibchen schwarz. Da will ich dann mal drauf achten …

Die Kopfschmerzen waren verschwunden. Alexander machte jetzt den Computer aus und erhob sich. Mitternacht. Es war an der Zeit, ins Bett zu gehen.

Am folgenden Sonnabend stieg Alexander um die Mittagszeit in sein Auto und suchte im Navigationssystem die Adresse des Restaurants in Hameln heraus. Doch, da war sie noch. Er drückte auf Start. Eine Weile suchte der Apparat und wartete auf eine bessere Genauigkeit, ehe er die Verbindung herstellte und die Ankunftszeit ankündigte. Kurz vor vierzehn Uhr. Das passte prima.

Janine hatte sich übers Wochenende mit ihrer Schwester im Sauerland verabredet. Da kriselte es wohl in der Ehe und die Schwester brauchte jemanden zum Reden. Nein, da hätte er sowieso nur gestört. Und für eine Fahrt nach Berlin ins Krankenhaus lohnte das Wochenende nicht, er hatte am Sonntag Bereitschaft.

Bei der Ankunft in Hameln fuhr Alex diesmal gleich auf einen der Parkplätze direkt an dem Sexshop. Er hatte damit keinerlei Probleme. Als er das Restaurant betrat, sah er einen Mann am Fenster sitzen, der eine gewisse Ähnlichkeit mit Andreas hatte. Aber total grau und extrem schlank, richtig hager. Alexander stoppte zunächst und schaute sich um, aber an keinem der anderen Tische saß jemand allein. War das doch Andreas? Alex lief langsam auf ihn zu, zögernd, und in dem Moment drehte der andere sich auch schon um. Alexander fuhr der Schreck in die Glieder. Das musste sein Freund sein, aber es hätte auch gut und gern dessen Vater sein können. So zerfurcht, wie das Gesicht aussah.

„Hallo, Alexander. Schön, dass du da bist", begrüßte ihn Andreas mit ausdrucksloser Stimme.

„Mensch Junge, ich habe mich so aufs Wiedersehen gefreut", umarmte Alexander seinen Freund, der sich vom Stuhl erhoben hatte. Er spürte deutlich die hervorstehenden Knochen, versuchte aber, sich nichts anmerken zu lassen. Dennoch war er blass geworden.

„Habe ich dir mit meinem Anblick einen Schrecken eingejagt?", erkundigte sich Andreas.

„Na ja, … man sieht schon, dass es dir nicht wirklich gut ergangen ist."

„Das ist noch geprahlt.“

„So, jetzt lass uns aber erst mal was bestellen und dann berichtest du in Ruhe, was du magst.“

Beide Männer setzten sich gegenüber. Der Ober kam im selben Augenblick heran und brachte für Alexander eine Speisekarte.

„Haben sich die Herrschaften schon für ein Getränk entschieden?“, erkundigte er sich höflich.

„Ein Wasser“, kam es zeitgleich von beiden.

„Wir müssen schließlich wieder mit dem Auto nach Hause“, ergänzte Alexander und Andreas nickte. Als der Ober sich entfernt hatte, fügte Andreas noch hinzu: „Alkohol verträgt sich auch nicht mit meinen Medikamenten.“

„Aha“, erwiderte Alex. „Du hattest ja neulich was von posttraumatischen Belastungsstörungen erzählt. Da bist du also in Behandlung.“

„Und immer noch krankgeschrieben. Jetzt schon ein halbes Jahr.“

„Warum hast du denn nicht eher bei mir angerufen“, erkundigte sich Alexander.

„Weil ich, verdammt noch mal, nicht eher konnte.“

Andreas hatte die Stimme ein klein wenig gehoben.

Der Ober brachte die Getränke und erkundigte sich nach den Speisewünschen.

„Ein Salat wäre nicht schlecht“, antwortete Alexander und suchte noch einmal die Stelle in der Karte.

„Und Sie, mein Herr.“

„Das Gleiche.“

Seit wann denn Salat, lag Alexander auf der Zunge, aber er verbiss sich die Frage.

„Ich hätte mich nie zu diesem Einsatz am Hindukusch melden dürfen“, fing Andreas an, als der Kellner den Tisch verlassen hatte. Alexander wartete darauf, dass sein Freund fortfuhr.

„Wir sind ja zuvor noch gründlich geschult worden. Gar keine Frage. Aber in der Theorie sieht eben alles doch ein wenig anders aus als in der Praxis. So mancher betrachtet den Job in einem Kriegsgebiet vielleicht auch als Abenteuer ... Ich habe das echt getan", endete er flüsternd.

Alexander erkundigte sich einfühlsam nach den Details des Aufenthaltes und Stück um Stück lockerte sich Andreas, fing an zu erzählen und stoppte nur, als der Ober den Salat brachte. Andreas ließ ihn unangerührt und berichtete weiter. Von den Kämpfen, von der Atmosphäre, von der allgegenwärtigen Angst, die sich keiner eingestehen wollte, und dem Tod, der umging.

Sein Ende vor Ort war ein Angriff, bei dem der Soldat neben ihm zerfetzt wurde und er, wie durch ein Wunder, unverletzt blieb. Aber es war das Aus für ihn. Er wurde diesen Anblick nicht los, diese fliegenden Körperteile und überall das Blut. Und dabei war die Fahrt eigentlich die pure Routine gewesen.

„Seitdem sind schon die nächsten Kollegen unten. Es gibt ja schließlich diese ‚German Police Project Teams', auch GPPT abgekürzt. Wir haben damit angefangen, den Polizeiaufbau am Hindukusch weiter zu fördern und ein paar demokratische Strukturen zu vermitteln."

„Ich habe davon gelesen, es allerdings nie mit dir in Verbindung gebracht. Insbesondere geht es doch um die Unterstützung der Polizeiakademie in der Hauptstadt Kabul und um das weiter im Norden liegende Ausbildungszentrum Mazar-e Sharif, wenn ich das jetzt richtig in Erinnerung habe."

„Genau. Eigentlich eine spannende und ganz wichtige Auslandsmission. Eigentlich! Jetzt ist ein anderer dort Stabsleiter geworden …"

Alexander schluckte und hörte weiter aufmerksam zu.

Schließlich kam Andreas darauf zu sprechen, wie die Mediziner, nachdem er wieder in Deutschland war, Angststörungen, Depressionen und ein Alkoholproblem bei ihm diagnostizierten.

„Natürlich habe ich angefangen, diese Bilder mit Schnaps zu verdrängen. Zeitweise hat das geholfen. Aber eben nicht wirklich, umso schrecklicher wurde es, wenn ich wieder nüchtern war. Also habe ich nachgelegt und mich wieder benebelt."

„Wo hat man dich denn behandelt?", fragte Alexander, tief bewegt.

„Im Berliner Bundeswehrkrankenhaus gibt es ein Zentrum für Psychiatrie und Psychotraumatologie. Die beschäftigen sich seit einigen Jahren schwerpunktmäßig mit den Einsatzfolgen. Da war ich, unter anderem."

Jetzt schwieg Andreas und stocherte in seinem Salat herum.

„Mann, das ist aber starker Tobak. Wenn ich dir irgendwie helfen kann?"

Alexander hielt kurz inne.

„Ach, weißt du, Alex, helfen kann ich mir nur allein. Aber es tut schon gut, darüber zu reden. Das Schlimme ist ja, dass man das im Grunde alles in sich hineinfrisst und es damit noch verstärkt."

Alexander nickte.

Als er später auf dem Heimweg war, zuckten Gedankenblitze durch seinen Kopf und er spürte wieder diese quälende Migräne. Alex drückte zwei Finger in kreisenden Bewegungen an eine Schläfe. War das überhaupt alles richtig, was er tat? Sicherlich verursachte es eine gewisse Befriedigung, wenn ein Täter gefasst war. Wurde einer wegen Mordes verurteilt, dann erhielt er als Höchststrafe lebenslange Haft. Was aber nach fünfzehn Jahren zur Bewährung ausgesetzt werden konnte, gute Führung vorausgesetzt. Und natürlich mussten Gutachter prüfen, inwieweit der Antragsteller noch gefährlich war. Es gab aber ganz gewiefte Psychopathen, die alle ringsum zu täuschen vermochten. Alexander schüttelte sich hinter dem Lenkrad und versuchte, sich auf die Straße zu konzentrieren. Es gelang ihm nicht.

Bei einer Ablehnung des Antrags auf Entlassung, konnte der Häftling alle zwei Jahre erneut einen stellen. Das taten etliche von ihnen. Und dann die verminderte Schuldfähigkeit. Wie hieß das so schön in der Fachsprache, wenn Täter aufgrund einer psychischen Störung oder unter Einfluss von Drogen „dem Impuls zu einer Tat erheblich weniger Widerstand entgegensetzen konnten“ als Otto Normalverbraucher es in der Regel tat?!

Schließlich war die Einweisung in die Psychiatrie noch eine Variante. Derjenige musste dann aber bei der Tat nur vermindert oder gar nicht schuldfähig gewesen sein und als weiterhin gefährlich für die Allgemeinheit gelten. Unabhängig von der Höhe der Strafe konnte der Aufenthalt in der Psychiatrie zunächst unbefristet ausfallen. Oder es ging in eine Suchtklinik. Möglich war vieles. Alexander versuchte immer, die einzelnen Fälle in sich und für sich abzuschließen. Informationen zum weiteren Lebensweg der Verurteilten verdrängte er. Aber das Grübeln stellte sich dennoch immer wieder ein.

Besonders schwierig gestaltete sich die Suche nach dem jeweiligen Täter, wenn der aus alleiniger Lust am

Töten gemordet hatte, weil er die Kälte des Todes erleben wollte. Rache oder Eifersucht waren, wenn auch nicht zu akzeptierende, aber immerhin nachvollziehbare Motive. Beim Stichwort Eifersucht errötete Alexander und dachte für einen Moment daran, dass auch er vielleicht nicht mehr Herr seiner selbst gewesen wäre, hätte er Olga und seinen Nebenbuhler Gregor in flagranti erwischt. Dann hätte er sicherlich auch für nichts garantieren können. Oder?

Die malerische Landschaft sauste an ihm vorbei. Er drosselte die Geschwindigkeit. Der Tacho zeigte deutlich überhöhtes Tempo an.

Alexander räumte seinen Schreibtisch auf. Zuletzt hatte er noch die Zeitungsartikel zu dem Fall hinter dem Berg gesichtet, die ihm Wolfhard vorhin mit einer lockeren Bemerkung hingelegt hatte, von wegen: „Wir sind schon wieder im Fernsehen!" Da stand was von der ZDF-Sendereihe „Aktenzeichen XY ungelöst". Er sah sich die ja nie an, ebenso wenig wie Kriminalfilme. Wozu auch. Die hatte er ja Tag für Tag, Woche für Woche, Jahr um Jahr. Vor einiger Zeit hatte ihn Wolfhard mal darauf aufmerksam gemacht, dass sogar sein Dorf, in dem er jetzt zu Hause war, in der Sendung schon eine Rolle gespielt hatte, mit einem ungeklärten Mordfall in direkter Nähe der Wiehengebirgsmolkerei an der B 65. Er hatte gar nicht richtig zugehört.

Aber nun schon wieder. Diesmal im Raum Hüllhorst. Man hoffte, mithilfe der Zuschauer Licht in diesen mysteriösen Vermisstenfall bringen zu können, und man würde von einem Tötungsverbrechen ausgehen. Alexander verzog skeptisch den Mund. Fast fünf Millionen Zuschauer hatten die Sendung gesehen, stand im zweiten Zeitungsbeitrag, und die Suche nach der Leiche hätte oberste Priorität.

Alexander überlegte, in welchem Zusammenhang ihm der Ortsname im Gedächtnis geblieben war. Zuerst kam er auf die Babyklappe. Darüber hatten neulich Heike und Janine geredet und er war dazugekommen, als sie sich lautstark darüber echauffierten, dass im Vorjahr dort drei Neugeborene abgelegt worden seien. Wie man nur könne?! Sie hatten sich höllisch aufgeregt. Ihm war dabei nur eingefallen, dass keine von beiden ein

Kind hatte, also gar nicht mitreden konnte. Aber eine Bemerkung in dieser Richtung verkniff er sich und argumentierte lieber für dieses praktische Hilfsangebot. In Berlin gäbe es schließlich mehrere davon und auch eine anonyme Geburt sei in den Krankenhäusern durchaus möglich und gängig. Immer wieder wären da Schwangere, die mit der Situation und den Folgen total überfordert seien. Da hatten sich beide gegen ihn verbündet und von der Herzlosigkeit der Mütter geredet. Er hatte nur genickt und gemeint, viel schlimmer wäre es doch, wenn die jungen Frauen ihre Babys in ihrer Verzweiflung umbringen würden. Insofern würde er solche Initiativen sehr schätzen, die das verhinderten und neben verschiedensten Beratungen und anderen Hilfen eben auch als letzten Ausweg gewärmte Körbchen in Babyklappen anböten. Außerdem kämen die Kleinen dann ja zu liebevollen Adoptivfamilien. Daraufhin hatten Heike und Janine die Argumente gefehlt und sie waren ihrer Wege gegangen. Keiner von ihnen hatte das Thema danach wieder angerührt.

Aber da war doch noch ein anderer Bezugspunkt! Alexander überlegte weiter. Dann fiel ihm zum Stichwort Hüllhorst noch ein, dass er auf einer Rundtour durchs Land dort mitten im Dorf einmal Station gemacht hatte. Direkt an der kleinen Buchhandlung. Die Inhaberin hatte ihn überaus freundlich beraten, als er sich nach einer Empfehlung für seine Mutter erkundigte und deren Lesegewohnheiten schilderte. Mit dem Buch hatte er später bei ihr dann einen Volltreffer gelandet. Sie hätte sich das doch genau jetzt zulegen wollen, hatte er noch im Ohr.

Und ihm fiel die bezaubernde Sicht aufs Wiehengebirge vom Süden her ein. Egal, von wo man es betrachtete, es krönte die liebliche, malerische Landschaft, die sich ihm inzwischen von all ihren Seiten präsentiert hatte. Kratzbürstig, gewitterumtobt, verhagelt, sonnenüberstrahlt und in dichten, geheimnisvollen Nebel gehüllt.

Alexander lächelte und erhob sich. Alles andere hatte Zeit. Er schaute noch bei Wolfhard vorbei, um sich zu verabschieden.

„Willst du heute gar nicht nach Hause?“, erkundigte sich Alexander.

Wolfhard schüttelte den Kopf: „Ich hab noch was vor!“

„Ja, aber es ist Freitag. Da sollte doch Wochenende angesagt sein, mit deiner Rita.“

„Geht nicht“, brummte Wolfhard.

„Muss ich dir jedes Wort aus der Nase ziehen? Klingst ja wie ein verstockter Täter, der befragt wird.“

Alexander lachte über seinen Witz. Wolfhard stimmte nicht ein.

„Rita ist doch zur Kur und eigentlich wollte ich übers Wochenende zu ihr fahren. Aber da ist die Bereitschaft dazwischen gekommen. Hoffentlich legt sie sich nicht aus lauter Verzweiflung einen Kurschatten zu.“

Wolfhard sah ihn griesgrämig an.

Alexander tröstete: „Sorry, hatte ich glatt verdrängt. Mach dir da mal keine Sorgen. Deine Frau liebt dich doch abgöttisch, wenn ich das mal so sagen darf.“

Wolfhard hob den Kopf, lächelte und seufzte tief auf: „Wenn du meinst! Du kennst sie ja auch gut. Und ich will nämlich noch eine Überraschung für sie besorgen.“

„Erzähl schon weiter“, forderte Alex seinen Kollegen auf.

„Heute beginnt nämlich das WeserLeser Literaturfestival in der Ameise Kulturhügel. Und du errätst nicht mit wem!“

Alexander überlegte kurz, aber in der letzten Zeit hatte er das Tageblatt eher nur durchgeblättert und war bei der Politik hängengeblieben. Der namhafte Fußballpräsident mit Millionen Euro an Steuerschulden, der Jahrestag von Fukushima, das verschwundene Flugzeug der malaysischen Gesellschaft mit den mehr als 200 Reisenden ... Nein, an lokale oder gar kulturelle Nachrichten erinnerte er sich nicht.

„Du wirst es mir sicherlich gleich verraten", setzte Alexander etwas gelangweilt an.

„Mit der Fernsehrichterin! Sie hat ein Buch geschrieben und stellt es zum Auftakt des Festivals vor. Handelt von ihrem Leben und davon, dass sie Anfänge liebt, habe ich gelesen. Und nun will ich meiner Rita natürlich ein Buch mit persönlicher Widmung kaufen."

Alexander sah ihn jetzt aufmerksamer an: „Ist das die mit den roten Haaren, sehr couragiert und in ihrem vorherigen Leben tatsächlich eine Richterin?"

„Genau", bestätigte Wolfhard. „Dann kennst du sie also doch."

„Ich weiß nur, dass meine Mutter immer von ihr geschwärmt hat. Die hat keine Sendung ausgelassen. Irgendwann unter der Woche nachmittags oder am frühen Abend, wenn ich mich recht entsinne. Wenn ich zu der Zeit mal angerufen habe, war sie immer sehr kurz angebunden und hat mich nur abgewimmelt ..."

„Mensch, Alex, dann komm doch mit. Holst dir einfach auch ein Buch und schenkst es deiner Mama. Wäre bestimmt eine geniale Idee."

Jetzt nickte Alexander.

„Ich hatte heute sowieso nichts weiter vor. Dann lass uns da mal zusammen hingehen."

Wenig später trafen die beiden hinter dem Stadttheater an der Einfahrt zur Tiefgarage ein. Ihre Fahrzeuge hatten sie an der Alten Regierung geparkt. Wenn nicht gerade eine Aufführung war, dann bekam man dort meist einen freien Platz. Und selbst wenn. Dann musste man eigentlich nur rechtzeitig aufgebrochen sein. Und man konnte ja im Theatercafé immer noch vorher etwas trinken.

Alexander schätzte die Parksituation in der Stadt. Kein Vergleich mit Berlin. Auch preislich nicht. Hier war man schon mal mit fünfzig Cent oder ein, zwei Euro dabei. Die Gebühren waren zwar kürzlich auch erhöht worden, aber immer noch moderat.

Wolfhard trat in den Eingangsbereich der Ameise und öffnete die Tür. In dem etwas abgeteilten Raum, direkt hinter dem Schaufenster, saß die Autorin schon und signierte.

Wolfhard strahlte und zwinkerte Alexander zu. Er kaufte bei dem netten Buchhändler gleich zwei der Bücher und stellte sich in die kleine Reihe der auf eine Signatur Wartenden. Dann verwickelte er die Frau in ein Gespräch und erzählte von seiner Rita, die ein absoluter Fan der Gerichtsserie gewesen sei und wie schade es sei, dass es die nicht mehr gäbe. Am besten hätten ihr die ersten Folgen mit den zivilrechtlichen Streitigkeiten gefallen. Aber die Sache mit dem Maschendrahtzaun habe wohl doch nicht so viele Zuschauer auf Dauer angelockt, plauderte Wolfhard locker. Er wisse schließlich, wovon er rede …

Währenddessen schrieb die Autorin ein paar persönliche Zeilen in beide Bücher und lächelte Wolfhard außerordentlich freundlich an. Sie erwiderte auch etwas, aber Alexander war mit den Gedanken nicht wirklich bei der Sache. Eben ging ihm Janine wieder durch den Kopf.

„Und? Sie wollen auch eine Widmung, nehme ich mal an“, wurde er angesprochen.

Alexander schob sein Buch hinüber.

„Es wäre schön, wenn Sie hineinschreiben würden, dass es für Hella ist. Meine Mutter", ergänzte er.

„Aber sehr gern doch", erwiderte die Autorin und schrieb den kleinen Text. Dann reichte sie das Buch wieder zurück.

„Viel Lesevergnügen für Ihre Mutter!"

Alexander bedankte sich verhalten und zog sich mit Wolfhard zum Tresen zurück.

„Lass uns mal was trinken", forderte Wolfhard ihn auf.

„Ich muss aber noch fahren und du auch. Also besser keinen Alkohol."

„Habe ich was von Alkohol gesagt?", entrüstete sich Wolfhard.

„Die haben hier einen sehr guten Tee. Der wird dir schmecken. Auch wenn du sonst so der Kaffeetrinker bist. Musst du einfach mal probieren."

„In Ordnung. Und was machen wir dann?", wollte Alexander noch wissen.

„Na, du bist gut. Meinst du, es reicht mir, die Bücher gekauft zu haben? Ich will sie doch auch noch auf der Bühne erleben, um davon später meiner besseren Hälfte berichten zu können."

„Na, dann sollten wir uns vielleicht mal einen guten Platz suchen. Es füllt sich so langsam."

Sie tranken ihren Tee, verließen den Tresen wieder und stiegen die paar Stufen in den Zuschauerraum hinauf. Auf einem Podium waren schon ein Tisch, eine Stehlampe und zwei Stühle arrangiert.

Ach was, dachte Alexander, da will ich das mal ebenso wie Wolfhard machen und mich in den Abend sinken lassen. Dann griff er sich einen Flyer und nahm für seinen Kollegen noch einen zweiten dazu.

„Hier, Wolfhard. Da kannst du dir noch was aussuchen."

„Danke", entgegnete Wolfhard und fing an zu blättern.

„Ist ja wirklich toll", sagte er nach einer kurzen Weile. „Lass uns mal im Anschluss gleich hierbleiben. Da tritt noch Burkhard Hedtmann auf. Ein absoluter Lokalmatador. Hast du von dem schon gehört?"

„Vielleicht hilfst du mir mal auf die Sprünge", setzte Alexander an. „Aktuelle Literatur ist sonst nicht so mein Ding. Einfach eine Frage der Zeit. Ich lese nur meinen Mädchen immer mal was vor oder erzähle ihnen eine Gutenachtgeschichte. Das muss reichen."

„Sehr löblich, die Sache mit den Gutenachtgeschichten. Das mach mal, damit du als Papa in unauslöschlicher Erinnerung bleibst."

Alexander zog die Stirn kraus. Was sollte denn diese Bemerkung? Aber er verkniff sich eine Antwort.

„Also, Stichwort Burkhard Hedtmann. Der hat gerade im vorigen Jahr zur Weihnachtszeit ein neues Buch rausgebracht und alle Einnahmen aus diesem Verkauf sind für die Mindener Tafel gespendet worden. Ich war bei einer Lesung im Kaufhaus Hagemeyer, mit Rita zusammen natürlich, und wir haben gleich fünf Bücher mitgenommen. Super Geschenke fürs Fest. Haben überall für Begeisterung gesorgt."

„Da verzichtet einer auf sein Honorar? Und dann als Spende für so eine Unternehmung! Sehr sympathisch. Wie ungewöhnlich heutzutage."

Eben fiel Alexander wieder die Sache mit den unterschlagenen Steuermillionen ein.

„Ich glaube, wir sollten mal langsam still sein. Da vorn wird gerade eine Glocke geläutet", sagte Wolfhard. „Vielleicht treffen wir uns morgen oder Sonntag noch bei der einen oder anderen Veranstaltung von WeserLeser."

„Prima Idee", flüsterte Alexander und konzentrierte sich jetzt auf den Einstieg in die Lesung. Er kannte viele Richter, auch Frauen. Aber das hier war mal ein ganz anderes Kaliber. Jetzt musste er bei einer ihrer Bemerkungen auflachen. Doch, ehe er das Buch seiner Mutter gab, wollte er es erst einmal selbst lesen. Da war er sich sicher.

Ein paar Stunden später, nachdem die beiden Männer sich auch noch das Improvisationstheater SpekSpek aus Kleinenbremen angeschaut hatten und sich vor Lachen kaum hatten halten können, wie originell die kleine Truppe mit den Vorgaben aus dem Publikum jonglierte, standen sie wieder in der Abendluft auf der Straße.

Ein Taxi wartete hinter dem anderen. Und kurz schauten die Fahrer zu ihnen hinüber, ob es sich um potenzielle Fahrgäste handeln könnte.

„Noch einen Absacker nebenan?", erkundigte sich Wolfhard. „Da spielt heute eine Rockgruppe, zu der mein Nachbar gehört."

„Warum nicht?", entgegnete Alexander. „Was sollten wir sonst mit dem angebrochenen Abend machen? Vielleicht jetzt ein alkoholfreies Bier?"

Beide drängten sich im Markt 15 durch die Menge und steuerten auf eine freie Lederbank am Rande zu. Dann saßen sie nebeneinander und Wolfhard fing sofort an, die Beine im Takt mitzubewegen.

„Meine Lieblingslieder", seufzte er sehnsuchtsvoll.

Und auch Alexander erkannte den einen oder anderen Song. „Ich hole uns mal was zu trinken." Alex erhob sich und schob sich durch den Raum.

Die Stimmung brodelte. Es war gegen ein Uhr in der Nacht. Irgendwann flog ein Barhocker durch die Luft. Alexander blickte diensteifrig auf, aber Wolfhard hielt ihn am Arm. „Lass mal, das kriegen die hier schon allein hin."

Und tatsächlich. Nach einem kleineren Gerangel einigten sich die Streithähne wieder und die Band spielte ihre allerletzte Zugabe.

„Weißt du eigentlich, dass meine Tage in der hiesigen Polizeidirektion gezählt sind?", erkundigte sich Wolfhard, als beide in die sternklare Nacht getreten waren.

Alexander überlegte nicht lange: „Doch, im Grund schon. Aber ich will das lieber verdrängen. Ich habe mich so an dich gewöhnt und kann mir überhaupt nicht vorstellen, dich nicht mehr an meiner Seite zu haben."

Jetzt lächelte Wolfhard.

„Das geht runter wie Öl. Kannst gern noch fortfahren. Aber Spaß beiseite. Irgendwann muss Schluss sein. Ich habe so viele Hobbys und komme gar nicht wirklich dazu. Denen will ich mich dann in aller Ruhe widmen. Meinen innig geliebten Pflanzen zum Beispiel und meiner Rita!"

„Wann genau ist es denn soweit, damit ich alles organisieren kann, was den offiziellen Abschied angeht?", erkundigte sich Alex.

„Das brauchst du doch nicht. Das liegt doch bei unserer Personalchefin Martina in den besten Händen. Übrigens gleich zu Beginn des nächsten Jahres wechsle ich in die Privatsphäre. Bin schon sehr auf die kleine Feierstunde im Kreishaus gespannt. Ist ja üblich, dass unser Landrat und Behördenleiter so etwas übernimmt. Schließlich bin ich schon seit meiner Ausbildung hier bei der Kreispolizeibehörde im Dienst. Durchgehend quasi."

„So lange? Und hast du da nie an einen Wechsel gedacht?"

„Wieso sollte ich? Ich habe mich hier immer wohlgefühlt und die Arbeit war spannend, die Kollegen stets nett. Da konnte ich mich nie beklagen."

„Du Glücklicher. Aber wirklich schade, dass wir nur noch so eine kurze dienstliche Zeit miteinander haben."

„Das ist nun mal so im Leben, mein Lieber", tätschelte Wolfhard Alexanders Oberarm.

„Aber ich bin ja nicht aus der Welt. Wer weiß, was danach kommt? Vielleicht eine viel, viel bessere Zeit als die mit mir."

„Kann gar nicht sein", widersprach Alexander.

„Und meinst du nicht, dass du es dir vielleicht noch einmal überlegst? Die aktuelle Pensionswelle bringt uns doch in echte Personalnot. Ich habe gerade in unserer internen Statistik gesehen, dass wir mit dem Altersdurchschnitt bei fast fünfzig Jahren liegen und damit im Kreis zu den Schlusslichtern gehören."

„Na, da trägst du ja immerhin zum Senken des Durchschnitts bei, du junger Spund." Wolfhard grinste.

„Aber auch nicht mehr lange", lenkte Alexander ein. „Frühschicht, Spätschicht, Nachtschicht und laufend Konflikte lösen. Ich weiß nicht, ob ich das so lange wie du durchhalte. Das schlaucht doch alles unheimlich."

Wolfhard sah seinen Vorgesetzten zweifelnd an.

„Es gibt ja auch die Möglichkeit, kürzer zu treten. Weißt du doch. Ich muss schließlich schon seit zwei Jahren das eine oder andere bei den Einsätzen nicht mehr mitmachen. Wobei das natürlich immer wieder den jungen Kollegen auf die Füße fällt, die die Fehlzeiten der Alten, Kranken und nur eingeschränkt Diensttauglichen auffangen müssen", gab Wolfhard zu bedenken.

„Kürzer treten. Na, du bist gut. Weißt du, was mir unser Kriminaloberrat geantwortet hat, als ich darum gebeten habe, wegen meinen Töchtern mit den Stunden runterzufahren ...?"

„Ich glaube, ich will das lieber nicht wissen", entgegnete Wolfhard. „Er hat es bestimmt nicht jubelnd begrüßt. In deiner Position ist das auch nicht wirklich denkbar."

Alexander wollte sich dazu nicht äußern, sondern schlug eine andere Richtung ein:

„Die Gewerkschaft macht gerade Druck, dass mehr junge Leute für den Polizeidienst gewonnen werden, besonders schon unter den Abiturienten, um der drohenden Überalterung entgegenzuwirken. Dann steht bei den nächsten Vatertagseinsätzen vielleicht auch nicht mehr die uniformierte Altherrenriege den randalierenden Halbstarken gegenüber. Dort sollte es schon mehr auf Augenhöhe, irgendwie ebenbürtig, laufen."

„Na ja, das müssen dann aber welche sein, die auch den ganzen unsäglichen Papierkram mögen. Ist schließlich immer mehr geworden. Wenn ich mal an meine Anfänge denke, wo wir zu einem Fall von häuslicher Gewalt ausgerückt sind. Da wurde das dann gütlich mit ganz viel Zureden geregelt und unter dem Begriff Familienstreit abgehakt. Heute musst du eventuell eine Wohnungsverweisung und auch noch ein Rückkehrverbot aussprechen. Alles per aufwendigen Formularen."

„Und dann müssen unsere Nachfolger mit der zunehmenden Brutalität klarkommen. Mit Worten wird ja kaum noch ein Streit geschlichtet. Da wird geschlagen, getreten, bis es nicht mehr geht. Aus der Gruppe heraus sind sie mutig, meist unterstützt durch Alkohol oder weitere Drogen. Ist schon eine verflixte Zeit. Das gesellschaftliche Umfeld hat sich wahrhaftig dramatisch verändert. Und in dem Zusammenhang fällt mir noch die sogenannte belastungsbezogene Kräfteverteilung in NRW ein, nach der die Polizisten auf die einzelnen Kreispolizeibehörden verteilt werden. Sind wir in einem Jahr besonders gut in der Arbeit und weisen reichlich positive Ergebnisse auf, wirkt sich das fürs Folgejahr in der Berechnung negativ aus."

„Du redest wie Riechmann! Jetzt wird mir das irgendwie zu dienstlich, mein lieber Alex. War doch ein schöner Abend, lass uns den mal beenden. Wir sind bestimmt mit unseren Fahrzeugen die letzten, die auf dem Parkplatz an der Alten Regierung stehen."

„Sorry, da habe ich mich wohl irgendwie zu sehr ins Thema reingesteigert."

Als sie auf dem Parkplatz ankamen, befanden sich tatsächlich nur noch ihre Autos dort.

„Tschüss dann, Wolfhard", verabschiedete sich Alexander.

„Gute Nacht, Alex", sagte Wolfhard. „Schlaf schön."

Aus dem Kinderzimmer drang dröhnender Lärm. Nicht solcher, der aus übermütigem Spiel entsteht. Nein, es war ein Geschrei und Gekreische. Janine ließ die Spülmaschine mit dem restlichen sauberen Geschirr darin offen stehen und lief zu den Mädchen. Als sie die Tür öffnete, bot sich ihr ein chaotisches Bild. Jede Menge Spielsachen lagen verteilt auf dem Boden, einiges kaputt, zertreten und dazwischen ineinander verkeilt Tina und Lena. Beide mit hochroten Köpfen und Tränenspuren auf den Gesichtern. Janine kniete sich auf den Boden und wollte beruhigend auf die Mädchen einreden.

„Hört sofort auf. Das macht man doch nicht. Ein Streit lässt sich schließlich auch friedlich klären."

Dann zog sie die beiden mühsam auseinander. Lena sprang auf und stemmte ihre Arme in die Hüften. Zorn lag in ihren Augen.

„Du hast uns gar nichts zu sagen. Du bist nicht unsere Mama."

Janine schluckte.

„Aber eure Mama kann euch ja nichts mehr sagen."

Dann biss sie sich auf die Lippen. Das war die falsche, völlig undiplomatische Bemerkung, fiel ihr noch mitten im Satz ein. Und sofort setzte Lena nach.

„Nein, Mama ist tot. Sie hat uns verlassen und daran sind bestimmt wir schuld. Weil wir uns immer so streiten. Das hat sie wahrscheinlich nicht mehr ausgehalten und deshalb ist sie von uns fortgegangen."

Jetzt wurden Janine die Augen feucht.

„Um Himmels willen, meine Süße, das darfst du überhaupt nicht denken."

„Ich bin nicht deine Süße. Ich hasse dich! Du nimmst uns unseren Papa weg. Und die Schule ist hier total doof. Da gehe ich nie wieder hin."

Lena redete sich in Rage und Tina nickte zu allem bestätigend. Auf dem Gesicht der Jüngeren waren deutliche Kratzspuren zu erkennen. Quer über die rechte Wange zogen sich rote Linien und ein paar Blutstropfen trockneten dort ein.

„Warum willst du denn nicht mehr in die Schule? Ich denke, da sind so nette Lehrer und Freundinnen in deiner Klasse?"

„Die sind alle Scheiße! Und ich will kein Ganztagskind mehr sein. Ich will nach Hause!"

„Aber du bist doch hier zu Hause! Hier, bei uns, bei Alex und mir. Und deine Oma und der Opa, die wohnen jetzt auch in Minden, gar nicht weit weg."

Janine spürte einen Kloß im Hals und heftige Beklemmungen. Nicht das erste Mal, seit sie in diese Situation mit Alexander und den beiden Mädchen geraten war, die ihre Mutter verloren hatten. Sie schien all dem nicht gewachsen. Am liebsten hätte sie sich auf den Boden gehockt und auch geheult. Aber das durfte sie nicht zulassen. Sie musste jetzt Fassung bewahren und die Kleinen wenigstens einigermaßen zur Ruhe bringen und aufmuntern.

Der Alltag war schließlich auch für alle extrem aufwendig geworden. Früh nahm Alexander die beiden Mädchen auf dem Weg zur Arbeit mit und brachte sie in die Grundschule an der Schlandorfstraße. Dort wurden sie auch nach dem Unterricht weiter betreut, konnten ihre Hausaufgaben erledigen, spielen und toben. Beide besuchten einige der Arbeitsgemeinschaften, Tina Sport und Gestalten, Lena Musik und Gestalten. Bis sechzehn Uhr war die Betreuung gesichert, dann nahm eine Nachbarin die Mädchen mit, deren eine Tochter ebenfalls Lenas Klasse besuchte. Zwei Häuser weiter waren die Kinder gut aufgehoben, bis Alexander oder Janine heimkamen. So früh schafften sie es in der Regel nicht, die beiden Kleinen abzuholen, freitags schloss der Schulhort sogar schon um fünfzehn Uhr. Allerdings wurde an dem Tag ausnahmsweise gemeinsam mit den Kindern das Mittagessen zubereitet und für die nächste Woche aufgeräumt. Sie lernten spielerisch Dinge, für die es in Berlin gar keine Zeit gab. Tina hatte innerhalb des ersten Schuljahrs gewechselt, sie wurde bald sieben. Lena ging nun schon in die vierte Klasse und die Grundschule war nur eine Kurzzeitlösung für die Neunjährige. Aber nebenan lag ja die Verbundschule …

Janine erhob sich und reichte Tina die Hand.

„Komm, lass uns mal ins Bad gehen und dein Gesicht saubermachen. Du bist ganz verschmiert."

Von den Kratzern und den Blutspuren wollte sie nicht reden. Die würde das Kind ja sowieso gleich im Spiegel sehen. Tina verschränkte die Arme ineinander und blickte trotzig auf ihre Füße.

„Euer Papa kommt gleich vom Dienst nach Hause. Wollt ihr dem so hässlich unter die Augen kommen? Was soll ich ihm denn erzählen?"

„Alte Petze", knurrte Lena halblaut vor sich hin, aber Janine hörte es deutlich und es versetzte ihr erneut einen Stich ins Herz.

„Ich bin keine Petze", sagte sie leise. „Ich habe euch beide sehr lieb. Aber ihr macht es mir verdammt schwer."

Dann erhob sie sich, griff Tina am Arm und zog sie mit ins Bad. Das Mädchen schob sich die kleine Fußbank vor das Waschbecken und stellte sich darauf. Bei ihrem Anblick im Spiegel fing die Kleine erneut an, lauthals zu heulen.

„Tut es denn weh?", erkundigte sich Janine einfühlsam.

Tina schüttelte schluckend den Kopf und ließ es geschehen, dass Janine ihr mit einem feuchtwarmen Waschlappen über die Wangen fuhr.

„Siehst du, gleich bist du wieder schick. Und dem Papa sagen wir natürlich nichts, wenn er kommt."

Tina blickte skeptisch, nickte dann aber.

Wenig später wurde die Haustür aufgeschlossen und beide Mädchen rannten in den Flur, um sich an ihren Vater zu hängen. Die eine rechts an seinen Arm, die andere links. Alexander strahlte und wollte sich in einen geruhsamen Feierabend sinken lassen.

Janine war wortkarg, aber er bemerkte es kaum. Der Tag war wieder anstrengend gewesen.

„Papa, eine Gutenachtgeschichte!", drängelte Tina und Lena nickte dazu, als Alexander ihnen einen Kuss geben wollte.

„Na gut. Welche wollt ihr denn hören?"

„Die von den Mäusen an der Mühle, von Marcello und Margarete und deren Hochzeit", schlug Lena vor.

„Nein, die von der Wassermühle, mit dem lustigen Geist", drängelte Tina.

Lena überlegte kurz, ob sie protestieren sollte, dann fügte sie sich aber dem Vorschlag der kleinen Schwester.

„Gut, nehmen wir die von Waldemar und Leopoldine!"

„Dann kuschelt euch mal in die Federn und ich lege mich beim Erzählen zu euch", sagte Alexander.

Die beiden sausten in ihr Zimmer, sprangen zusammen in eines der Betten und er musste, wie versprochen, rasch folgen. Kaum lag er neben ihnen, fing er auch schon an:

Es geschah vor unzähligen Jahren in einer Gegend, in der die Mühlen mitunter nur wenige Steinwürfe voneinander entfernt standen. Die Lüfte zeigten sich dort am Wiehengebirge, an dem sie Anlauf nehmen konnten, den Müllern außerordentlich wohlwollend. Vielfach ergänzte zudem Wasserkraft oder Pferdestärke. Müllersleute waren nicht auf den Kopf gefallen.

Ob jene Wassermühle, an der unsere Geschichte spielt, nun hinterm Berg oder vor dem Berg liegt, ist eine Frage der Sicht des Betrachters. Nähert man sich von Süden, schmiegt sie sich eng in die relativ flache Landschaft. Kommt man von Norden, muss man den großen Hügel überwinden, sich auf Serpentinen nach oben schlängeln, um dann langsam auszurollen, ehe man ihr kuscheliges Versteck findet. Jedenfalls gehört unsere Mühle zum Ort Bergkirchen. Sie nennt sich „Schönen alte Mühle" nach dem Namen des Eigentümers Schöne und wurde später durch ein dreigeschossiges Mühlengebäude – der „Schönen neue Mühle" beziehungsweise „Hohen Mühle" – ergänzt.

Aus Bruch- und Ziegelsteinen war das Mühlengebäude ursprünglich gebaut, zum klassischen Mahlgang gesellte sich eine Ölmühle und ein oberschlächtiges Wasserrad mit einem Durchmesser von fast vier Metern treibt die Einrichtung heute für die zahlreichen Besucher in der Saison an, wenn der Heimatverein seine Anlage präsentiert. Geheimnisumwittert ist die Entstehungszeit. Man erzählt, auf einem alten Balken, den es schon lange nicht mehr gibt, habe einst die Jahreszahl 1756 gestanden. Auch vom 30-jährigen Krieg geht die Rede und dass sich Män-

ner nicht nur dem kriegerischen, sondern auch diesem ganz bodenständigen, friedlichen Handwerk gewidmet hätten.

Sei es, wie es sei. Der angestaute Teich jedenfalls zog zu jeder Zeit allerlei Gesellen an. Und einer davon war der Wassergeist Waldemar. Eine gar gruselige Erscheinung. Das Haar wirr und strähnig wegen der Nässe, die Stirn in ernste Falten gelegt, dazu hängende Mundwinkel, die Gestalt verzerrt und verschwommen, seine Hautfarbe verwaschen – je nach Lichteinfall. Das Übelste aber an ihm war seine schlechte Laune. Stets und ständig war er miesepetrig drauf. Schon bei seiner Geburt, als die Feenmama ihn in die Arme nahm und herzte, zog er ein böses Gesicht und brummelte: „Und, was soll ich hier?!"

Wassergeister können übrigens von Geburt an sprechen. „Aber mein herzallerliebster kleiner Waldemar, du wirst natürlich heiter durch die Gegend ziehen und all den kleinen Wesen am Weiher gute Laune vermitteln", sprach die Feenmama, die von ihrem Fehltritt ablenken wollte.

Denn es gab keinen Feenpapa, sondern einen Grottenolm als Erzeuger, in den sie sich unsterblich verliebt hatte, deshalb also als freudiges Ergebnis ein kleiner Wassergeist. Von beiden Elternteilen ein wenig und vielleicht vom Vater die griesgrämigen Gene.

„Ich überlasse dich jetzt deinem Schicksal und ziehe weiter durch die Welt, um Menschen und Tiere glücklich zu machen", sprach die Feenmama noch und verschwand auch im gleichen Atemzug.

„Wie kommt Mama nur auf so einen blödsinnigen Namen: Waldemar?"

Der Wassergeist raufte sich das nasse Haar.

„Kein echter Wassergeist heißt so!"

Irgendwann einmal würde es in den 20er Jahren des 20. Jahrhunderts das Lied geben „... und er hieß Waldemar, weil es im Wald geschah ..." – im heißen Sommer geträllert von zwei jungen Burschen, die ihre Mädchen verliebt unter den Schatten spendenden Bäumen im Arm hielten.

Wassergeist Waldemar beschloss also flugs die schlechte Laune an dem Weiher und an der dazugehörigen Mühle zu manifestieren. Er blickte überaus grimmig und jeden, der nur den Versuch unternahm fröhlich zu sein, fauchte er bissig an: „Halt dein loses Maul. Sei ernst."

Den Fischen und den Enten und den Käfern verging im Laufe der vielen Jahre das Lachen. Selbst die Wassermühle von Bergkirchen wurde ernst und gesetzt und seufzte nur ab und an auf: „Ach, was bin ich traurig."

„Gut so", meinte Wassergeist Waldemar, „traurig ist wunderbar. Das passt. So kannst du bleiben."

Die Bäume ließen frustriert die Äste hängen, die Büsche kauerten dazu niedergeschlagen am Boden.

Aber kein Lebewesen und auch kein Ding mit einer Seele in sich kann auf Dauer ernst und verbissen oder gar traurig sein. Das nagt an der Verfassung und führt zu Depressionen. Die Karpfen im Mühlenteich waren schon in Behandlung bei Dr. Steinbeißer, einem bekannten Mediziner aus dem Flüsschen Bastau. Aber auch dieser regional renommierte Spezialist konnte ihnen nicht helfen. Trotz unzähliger Konsultationen und Besprechungen auf dem Sofa. Sie blieben dabei, blickten betrübt in die Gegend und stießen nur Blubberblasen aus. Den Enten verging das Schnattern, sie schauten lediglich leidend auf den spiegelglatten Teich. Und selbst die Käfer krabbelten lustlos vor sich hin, die Mücken verkniffen sich ihr fröhliches Surren. Dem Mühlengemäuer bröselte herzergreifend der Putz aus den Fugen. Es herrschte ziemliche Stille und Tragik am Mühlenteich.

Bis eines Tages eine kleine Libelle des Wegs kam. Eine aus dem Hause der gemeinen Binsenjungfer. Leopoldine hieß das zarte Wesen. Die Mama hatte sich für diesen Namen entschieden, weil sie sich unbedingt einen Jungen gewünscht hatte und als der ersehnte Nachwuchs sich endlich im Frühjahr einstellte, da fiel ihr zu Leopold für ein Mädchen nichts besseres ein, als ein „ine" am Ende. Aber die kleine Leopoldine hatte keinerlei Probleme mit sich, mit ihrem Namen und mit dem Leben überhaupt. Ihre metallische, fast kupferne Körperfärbung leuchtete weithin sichtbar, als sie den kleinen Weiher bei der Mühle für sich einnahm. Die Mama zog auch hier vondannen und überließ die Kleine ihrem Geschick.

Leidenschaftlich gern ruhte Leopoldine längere Zeit an den Uferpflanzen aus, klammerte sich an Binsen oder Schachtelhalme. Nur eines gefiel ihr so gar nicht an ihrem Zuhause, diese Stille, bei der man eine Stecknadel hätte fallen hören können. Der Vergleich kam ihr natürlich nicht in den Sinn, denn eine Stecknadel kannte sie gar nicht. Aber mucksmäuschenstill, das passte ebenso. Und nicht nur die Stille war unheimlich, auch die grämlichen Gesichter all der anderen Tiere stimmten sie traurig.

So traf sie also auch auf unseren Wassergeist, der mit Leichenbittermiene über die Teichfläche dahinschwirrte.

„Oh, guten Tag, lieber Geist", sagte Leopoldine freundlich.

„Was, wer hat da so eine verdammt gute Laune? Das vertrage ich nicht. Halt die Klappe und sei gefälligst ernst", entgegnete Waldemar.

„Aber", meinte die kleine Libelle und bewegte ganz zart ihre Flügel, „das Leben ist doch viel zu kurz, um nur ernst zu sein."

„Papperlapapp", entgegnete der Wassergeist, „ich lebe schon Jahr um Jahr hier und habe für die aktuelle Stimmung in zäher Kleinarbeit gesorgt. Das wirst du mir doch wohl nicht verderben! Für mich ist das Glas immer halbleer und nicht halbvoll wie bei den blöden spaßigen Gemütern!"

Die kleine Libelle zog sich zunächst einmal zurück, denn solchem Wortgefecht war sie noch nicht gewachsen. Sie war ja erst unlängst aus ihrer Larve geschlüpft und hatte noch wenig Lebenserfahrung sammeln können. Aber gewisse Grundeigenschaften waren ihr dennoch zueigen. Und eine davon war die fröhliche Einstellung zu allem.

Ich werde ihn aus der Reserve locken, nahm sie sich vor und grübelte, was sie tun könnte, um ihn wenigstens einmal zum Lachen zu bringen. Endlich kam ihr ein genialer Einfall und sie schlief beruhigt auf ihrem Blättchen ein. Fast schien es, als schnatterten sie die Enten in den Schlaf, aber das konnte ja noch gar nicht sein, denn sie waren wie versteinert und todtraurig. Selbst der Mond blickte mit Leidensmiene über die Landschaft und die Bäume rauschten herzzerreißend dazu.

Am nächsten Morgen flog Leopoldine zu Waldemar und wedelte mit ihren kleinen Flügeln rund um seinen Kopf. „Schau nur", sprach sie zu ihm, „wie schön deine Frisur plötzlich aussieht. Wenn du jetzt noch lächelst, dann bist du der schönste Wassergeist weit und breit."

Brummelig blickte Waldemar auf die Oberfläche des Wassers unterhalb des Mühlenrades. Und tatsächlich, aus dem strähnigen nassen Haar hatte sich dank der wedelnden Flügel von Leopoldine, die wie ein Föhn wirkten, eine weiche, schöne Lockenpracht ergeben. Fast anerkennend schaute sich der Wassergeist ins Gesicht, die Falten glätteten sich und in die Augen legte sich ein zartes Leuchten. Da lachte er plötzlich schallend auf: „Was, das soll ich sein, der alte Griesgram? Ich bin ja ein stattlicher Typ, nach dem sich die Damen umschauen werden. Die Haare sollte ich öfter so tragen. Das sieht richtig gut aus. Jetzt fehlt mir nur noch eine passende Partnerin, was meinst du, kleine Libelle?"

Und Leopoldine lachte nun ebenfalls aus vollem Herzen: „Da will ich doch gleich mal in der Nachbarschaft schauen, ob sich eine nette Freundin für dich finden lässt."

Sie machte sich sogleich auf den Weg und stieß tatsächlich auf einen weiblichen, überaus lustigen Wassergeist, ein Stückchen weiter, an einem kleinen Ausläufer der Weser. Walpurga hieß sie und wurde die Frau an der Seite von Waldemar. Heiter gingen beide durchs Leben, denn Heiterkeit steckt an, und wenn sie nicht gestorben sind, dann leben sie noch heute und geistern beide kichernd rund um die Wassermühle zu Bergkirchen. Wenn man ganz still ist, dann kann man sie sogar hören!

Alexander hatte seine Geschichte beendet. Erst war Tina eingeschlafen, dann kurz vor dem Schluss auch Lena. Er wusste, wenn er einfach mittendrin aufhörte, würden sie aus ihrem Halbschlaf erwachen und es würde sofort Proteste hageln, also erzählte er alles. Er zog bei beiden die Bettdecke hoch und streichelte ihnen über die Köpfe. Vorhin hatte Lena noch gesagt, wie sehr sie ihn lieben würde und ihn dabei umarmt, als wolle sie ihn erdrücken. Behutsam hatte er versucht, ihre kleinen Arme zu lockern.

„Wenn ich groß bin, dann heirate ich dich, Papa", hatte ihm Lena mit großen Kulleraugen versichert. Er musste sich ein Lachen verkneifen. Und da er nicht wusste, wie er auf so eine Feststellung reagieren sollte, hatte er sie schlichtweg übergangen.

Jetzt stand Alexander auf und lief ins Wohnzimmer. Da saß Janine mit einer Illustrierten in der Hand und sah ihn nachdenklich an.

„Magst du noch ein Glas Wein mit mir trinken? Wir sollten mal reden."

„Ach, Janine, ich bin heute so fertig. Eigentlich ist mir gar nicht mehr nach ernsten Gesprächen."

„Es muss aber sein. Bitte. So geht das nicht mehr weiter."

„Was geht so nicht mehr weiter?", wollte Alexander wissen. „Ich denke, die Mädchen und du, ihr habt euch einigermaßen aneinander gewöhnt?"

„Davon kann offensichtlich keine Rede sein", antwortete Janine und erzählte die Geschichte vom Nachmittag, ehe Alexander nach Hause gekommen war.

„Aber das meinen die beiden doch nicht böse. Es sind eben Kinder. Geschwister streiten sich nun mal. Da musst du dich drauf einlassen. Außerdem haben sie ihre Mutter verloren. Das ist ein enormer Einschnitt. Sie werden Jahre brauchen, bis sie das vielleicht einigermaßen verkraftet haben."

„Ich kann nicht mehr, Alex. Ich habe mir das alles ganz anders mit dir vorgestellt."

„Aber, was wollen wir denn jetzt tun?"

Er schaute sie mit großen Augen fragend an.

„Nichts. Wir sollten uns vielleicht eine Auszeit nehmen. So jedenfalls geht es nicht mehr weiter. Daran zerbreche ich. Ich merke schon, wie ich auf der Arbeit nur noch neben der Spur bin und lediglich einigermaßen funktioniere. Laufend erwische ich mich bei Flüchtigkeitsfehlern, die ich gerade noch so ausbügeln kann."

„Also, ich kann mich doch nach wie vor auf deine Zuarbeiten verlassen, Janine. Wo ist denn da der Haken?"

Alexander trank sein Glas in einem Zug aus.

„Ich glaube, du kannst mich nicht verstehen."

Janine liefen ein paar Tränen über die Wangen. Alexander wollte sie in den Arm nehmen, aber sie wehrte ab.

„Lass mich. Das hilft auch nicht weiter. Wir sind doch momentan beide unglücklich. Merkst du das denn nicht?"

„Unglücklich? Die ganze Situation ist ziemlich verfahren. Aber ich bin doch so was von froh, dich an meiner Seite zu haben."

„Dann hättest du das vielleicht auch zwischendurch mal sagen sollen", flüsterte Janine und stand auf.

„Ich packe ein paar Sachen zusammen und fahre in meine Wohnung. Wir sehen uns dann morgen im Dienst. Ihr kommt auch ohne mich klar. Du hast ja schließlich deine Eltern und die Schwiegereltern … Ach, übrigens ist mir heute eine von deinen Orchideen runtergefallen, als ich das Fensterbrett mal abwischen wollte. Ist ihr leider nicht bekommen. Sie liegt noch im Anbau auf dem Tisch. Vielleicht kannst du sie ja retten. Allerdings ist der Blütenzweig abgebrochen. Den habe ich jetzt in eine Vase gestellt. Tut mir leid."

Als sie sich erhob, blieb Alexander wie gelähmt auf dem Sofa sitzen und starrte vor sich hin. Er hörte sie rumoren und schließlich stand sie noch einmal in der Wohnzimmertür. Eigentlich wollte er zu ihr gehen, um sie daran zu hindern, sich aus dem Staub zu machen, aber ihm fehlte die Kraft. Er fühlte sich außerstande, auch nur eine Bewegung zu vollführen.

„Tschüss dann, Alex."

„Das ist jetzt aber nicht das Ende, oder?"

Janine sagte kein weiteres Wort, drehte sich um, lief durch den Flur und verließ das Haus.

Kater Albert war von seinem Kratzbaum gesprungen, kam angetrabt, schaute zu seinem Herrchen hoch, sprang aufs Sofa und kuschelte sich in Alexanders Schoß, der gedankenverloren über das weiche Fell strich.

Als Janine vor der Tür des Hauses stand und in die Weite der Ebene blickte, schlug ihr Herz, als wollte es zerspringen. Ob sie eines der beiden Angebote annahm, die ihr Kriminaloberrat Riechmann neulich unter vier Augen unterbreitet hatte? Sie könnte zum Landesamt für Zentrale Polizeiliche Dienste nach Duisburg gehen. Aber das LZPD lag doch sehr weit weg von daheim. Dann doch lieber an die Fachhochschule nach Bielefeld, um dort den Dozentenbereich zu unterstützen. Das wäre vielleicht die spannendere und näher liegende Herausforderung. Egal, wofür sie sich entschied. Eines stand für sie fest. Diese Hochspannung ertrug sie einfach nicht mehr länger. Auch nicht diese Aggressivität der Kinder. Dabei waren die Mädchen doch am Anfang relativ pflegeleicht gewesen. Aber da lebte die Mutter noch und immer ging es nach einem Ferienaufenthalt wieder zu der zurück.

Janine wartete noch einen Moment, aber Alexander folgte ihr nicht. Ein Fasan ließ sein rauchiges Krächzen ertönen. Zögernd stieg sie in ihr Auto ein und blieb dort ein paar weitere Minuten sitzen. Nichts. Dann startete sie den Wagen und fuhr zu ihrer Wohnung.

Erst als Alexander das Motorengeräusch des davonfahrenden Fahrzeugs hörte, verließ ihn die Starre. Er erhob sich, lief zuerst in die Küche und begab sich dann in den angrenzenden Anbau. Dort lag seine Orchidee, ohne ihre Blüte, mit zerknickten Blättern. Das Geschenk von Heike. Er griff danach und fuhr ganz sanft über das Wurzelwerk. Sie würde wohl nicht mehr zu retten sein. Oder sollte er vielleicht doch einen Versuch starten?

„Auch das noch", flüsterte Alex.

Noch war die Wohnung in Berlin nicht aufgelöst. Darum wollten sich die Schwiegereltern kümmern.

Josef und Edwina hatten sich dafür längerfristig in einer nahe gelegenen Pension eingemietet. Beide ertrugen das einstige Heim der Familie nicht. Sie hätten darin keinen Schlaf gefunden. Alexander hatte ihnen freie Hand gegeben, was die Sachen seiner Frau anging. Er war nur kurz mit Josef durch alle Zimmer gegangen und hatte jeweils gesagt, was er gern mit in sein Haus nehmen wollte und was sie nicht mehr brauchten. Die beiden Männer verband seit jenem tragischen Ereignis eine engere Bindung als je zuvor. Es war merkwürdig. Vorher stand immer etwas zwischen ihnen und nun fühlten sie sich wie Vater und Sohn.

Als die Apparate im Krankenhaus das Sterben von Olga meldeten, waren Alexander und Josef zugegen gewesen. Sie hatten sich gar nicht verabredet. Es war rein zufällig, oder doch nicht, sondern eher schicksalhaft.

An jenem Abend trafen sich beide auf dem Flur vor der Intensivstation. Diesmal wollte sich Alexander gerade einen Kaffee besorgen und Josef war erst angekommen.

„Willst du auch einen Kaffee?“, erkundigte sich Alexander.

„Na klar, mein Junge. Das wird sicher wieder eine lange Nacht. Ich geh dann schon mal rein zu meinem Kind.“

„Mach das. Ich bin gleich wieder zurück“, erwiderte Alexander.

Mit beiden gefüllten Kaffeebechern in der Hand machte Alex kurze Zeit später durch die Glasscheibe Zeichen. Josef nickte und erhob sich. Dann kam er aus dem Zimmer heraus und seufzte.

„Ach, das ist alles so furchtbar. Keine Regung. Sie liegt so hilflos da und dabei würde ich mein Leben für mein Kind geben, wenn das nur möglich wäre."

Alexander reichte seinem Schwiegervater den Kaffeebecher und strich ihm behutsam über die Schulter.

„Es gibt doch so viele Fälle, wo die Leute eines Tages ganz plötzlich aus dem Koma aufgewacht sind. Und denk mal daran, als es neulich auf der Kippe stand, da haben es die Ärzte doch auch noch einmal geschafft, sie wieder zu stabilisieren."

„Aber, ich weiß nicht", sagte Josef und nahm einen Schluck von dem heißen Getränk, „ich habe so ein komisches Gefühl."

Alexander nickte und dachte an das Bauchgefühl von Janine, die immer recht hatte, wenn sie darauf baute. Er sagte nichts.

„Vielleicht hättet ihr euch ja auch wieder zusammengerauft", flüsterte Josef und eine Träne hing in seinem linken Augenwinkel.

„Kann schon sein", entgegnete Alex und trank seinen Kaffee aus. Dann griff er sich den Becher von Josef, erhob sich und warf beide in einen Abfallbehälter. Sein Blick fiel auf die leuchtenden Anzeigen neben Olga. Irgendetwas schien anders als sonst.

Dann ertönte schon ein Signal und die erste Schwester kam mit ernstem Gesicht angelaufen, riss die Tür auf und machte sich an den Geräten neben Olga zu schaffen.

Josef und Alexander blickten sich tief in die Augen und schwiegen angstvoll. Noch mehr medizinisches Personal folgte, darunter auch zwei Ärzte. Man kannte die Verwandten und nickte ihnen nur kurz zu.

Die Weißkittel bildeten einen dichten Ring um das Bett. Kein Blick mehr war auf die Patientin möglich.

Eben noch herrschte extreme Hektik, untermalt von den Geräuschen der Technik. Und dann atemlose Ruhe. Mit einem Schlag. Zuerst schaute die Stationsschwester in den Flur, auf die beiden Angehörigen. Dann schien ein kurzer Wortwechsel stattzufinden und einer der Ärzte kam schließlich mit langsamen Schritten nach draußen.

„Es tut uns leid", sagte er. „Wir haben alles versucht. Aber die Verletzungen waren zu schwer. Sie hatte keine Kraft mehr dagegenzusetzen."

Der Arzt legt Alexander und Josef jeweils eine Hand auf die Schulter.

„Sie müssen jetzt gefasst sein. Unsere Untersuchungen haben auch ergeben, dass Ihre Tochter beziehungsweise Ihre Frau das alles nur mit starken Behinderungen überlebt hätte, wenn sie denn überhaupt aus dem Koma aufgewacht wäre. Es gibt ja Fälle, da zieht sich das über viele Jahre hin."

Josef sackte in sich zusammen, wollte die Lehne des Stuhls fassen, griff aber ins Leere und rutschte auf den Boden. Dort blieb er ohnmächtig liegen. Alexander kniete sich neben ihn.

„Josef, Mensch Paps. Du kannst doch nicht auch noch schlappmachen."

Alexander spürte, wie ihm schwindlig wurde. Aber er atmete tief durch und gestattete sich das nicht. Schon liefen einige der Angestellten durch den Flur. Der Arzt, der ihnen die traurige Botschaft überbracht hatte, hockte neben Josef und gab Anweisungen. Wenig später verschwanden die Mediziner mit dem alten Mann.

Alexander stand jetzt verloren im Flur. Er blickte durch die Glasscheibe und sah auf seine Frau. Olga lag bleich in den Kissen, die Augen geschlossen. Dann trat er in das Zimmer und ging zu ihr. Trotz allem wirkte sie friedlich, so als ob eine Last von ihr genommen wäre. Alexander atmete tief durch.

„Es tut mir leid, was zwischen uns gestanden hat. Wir hätten es beide besser gekonnt“, hauchte er in den Raum.

Um die Beisetzung hatten sich die Eltern von Olga gekümmert. Olga selbst hatte keinerlei Wünsche hinterlassen. Der Gedanke an den Tod lag ihr offensichtlich viel zu fern. Gerade mal eine Patientenverfügung und eine Vorsorgevollmacht hatte sie gemeinsam mit Alex ausgefüllt. Und nur auf Drängen ihrer Eltern, als die gerade selbst so etwas erstellten und ihr erklärt hatten, wie wichtig das sei, wenn mal der Notfall eintreten sollte. Schließlich habe dann niemand die Nerven für solche Dinge und müsse Entscheidungen treffen. Ob aber nun Erdbestattung oder Feuer, darüber hatten sie nie auch nur ein Wort gewechselt. Alexander schlug eine Urnenbeisetzung vor und seine Schwiegereltern waren einverstanden damit. Er gab ihnen die Adresslisten für die Einladungen und Edwina übertrug alle Anschriften auf die Trauerpost.

Der Friedhof lag im Schein der beruhigenden Sonne. Nach und nach füllte sich die Trauerhalle und nicht alle fanden Platz darin. So blieb die Tür offen, als die Feierlichkeit begann. Olga hatte einen großen Freundeskreis, Alexander ebenfalls, beide natürlich gemeinsam und dann waren fast alle Kollegen aus der Berliner Dienststelle gekommen. Die jetzt mit betroffenen Gesichtern der Rede und den zwitschernden Vögeln lauschten.

Gregor, der Geliebte von Olga, saß auf der letzten Bank in der Trauerhalle. Alexander hatte ihn eben entdeckt. Aber er spürte keinen Groll mehr, das Kapitel war erledigt. Die Männer nickten sich kurz zu. Sie trauerten jetzt beide. In der ersten Reihe saß Alexander mit Tina und Lena, rechts und links neben sich. Auf der einen Seite grenzten Edwina und Josef an, auf der anderen Gunter und Hella. Vor allem Josef schien um Jahre gealtert. Und Edwina trug ihr Haar nur noch in Grau. Die Familie schluchzte bitterlich. Das wirkte ansteckend auf die Trauergesellschaft und so setzten sich die Tränen im Raum fort.

Wenig später begaben sich alle auf den Weg zu einem nahe gelegenen Restaurant zum Leichenschmaus. Es war später Nachmittag. Zunächst würde es Kaffee und Kuchen geben, danach noch ein Buffet mit herzhaften Dingen. Das hatten Olgas Eltern organisiert.

Es dauerte eine Weile, bis alle in dem Wohngebiet einen Parkplatz gefunden hatten und langsam eintrafen. Zunächst standen sie ein wenig verloren im Eingangsbereich herum. „Alex", nahm Hella ihren Sohn in den Arm, „wir stehen zu dir, mein Sohn. Was in unseren Kräften steht, das wollen wir tun."

Sie streichelte ihm sanft über den Rücken, ungeachtet der anderen Leute. Alexander ließ seinen Tränen freien Lauf, stoppte dann aber und wischte sie sich verlegen weg. Du hättest dich doch sowieso über kurz oder lang von ihr getrennt, fuhr ihm durch den Kopf. Warum heulst du dann hier solche Krokodilstränen? Aber er fühlte: Es war einfach die Trauer über eine vertane Chance in seinem Leben, über das Unglück, das seinen Weg gekreuzt hatte.

„Ich weiß, Mutti", entgegnete er und blickte über ihre Schulter zu seinen Töchtern, die inzwischen neben der Berg-Oma und dem Berg-Opa saßen. Josef schaute zu ihm herüber und nickte kurz, als wolle er sagen: „Alles klar, mein Junge, auch wir kümmern uns."

Hella entließ ihren Sohn wieder aus der Umarmung und zog Alexander am Arm.

„Lass uns mal einen Moment in den Nebenraum gehen. Ich will nur einen Augenblick unter vier Augen mit dir sprechen."

Alexander folgte ihr.

„Also dein Vater und ich, wir haben uns überlegt, dass ja die Situation für dich und die Familie nun geklärt werden muss. Tina und Lena werden künftig bei dir wohnen. Du wirst dich ja wohl kaum mal so eben wieder von Minden nach Berlin versetzen lassen können? Außerdem habe ich den Eindruck, dass du momentan mit deiner Janine nicht auf einer Wellenlänge sendest."

Die Frage stand im Raum. Alexander schüttelte den Kopf. Er wollte auch gar nicht nach Berlin. Er hatte die Gegend in Nordrhein-Westfalen inzwischen liebgewonnen und schätzen gelernt. Außerdem steckte er wie immer mitten in einem Fall. Den konnte er doch nicht so halbgelöst auf sich beruhen lassen. Wobei, wenn er wirklich wollte, dann würde ihn sein Vorgesetzter bestimmt auch wieder Richtung Hauptstadt entlassen. Er müsste nur die Mädchen und deren Schulpflicht vorschieben. Kriminaloberrat Reinhold Riechmann zeigte sich durchaus verständnisvoll, wenn es private Sorgen der Mitarbeiter gab. Und die Sache mit Janine, die brauchte einfach Zeit. Sie und die Mädchen würden sich schon aneinander gewöhnen. Das hoffte er jedenfalls inständig.

„Ich weiß, du denkst daran, dass es schwer ist, die Mädchen jetzt aus ihrer Schule zu reißen und aus dem gewohnten Umfeld. Schließlich ist der Tod von Olga ja schon eine enorme Belastung für die Kleinen ..."

Alexander zuckte die Schultern. Seine Mutter konnte mal wieder Gedanken lesen.

„Aber wir haben einen Vorschlag. Dein Vater und ich, wir ziehen zu dir. Dann kann ich mit meiner Geburtsstadt Minden vielleicht auch wieder Frieden machen."

Alexander schaute seiner Mutter erstaunt in die Augen: „Ist das euer Ernst?"

„Würde ich es dir sonst vorschlagen?"

„Nein, Mutti, sicher nicht. Aber das würde für euch doch eine enorme Umstellung bedeuten. Ihr fühlt euch ja ausgesprochen wohl auf Usedom!"

„Natürlich, aber das Glück unseres einzigen Kindes und unserer beiden Enkeltöchter liegt uns noch mehr am Herzen."

Hella Rosenbaum sah ihren Sohn ernst und würdig an. Das musste jetzt mal gesagt werden. Und sie ergänzte mit einem kleinen Funkeln in den Augen: „Außerdem habt ihr doch den Dümmer See, wie ich hörte. Der soll ja auch ganz schön sein, wenngleich etwas kleiner als die Ostsee."

Spontan umarmte Alexander seine Mutter.

„Danke. Das wäre natürlich eine große Entlastung für mich, wenn ich die Kleinen zwischendurch bei euch gut aufgehoben wüsste. Bei meinem unregelmäßigen Dienst ist es ja immer schwierig. Das muss ich dir gar nicht erklären."

Alexander hielt kurz inne.

„Aber was ist mit Josef und Edwina? Sie haben doch für meine Begriffe auch ein gewisses Mitspracherecht."

Hella Rosenbaum nickte.

„Daran haben wir selbstverständlich schon gedacht und uns ausgetauscht. Sie sind mit der Lösung einverstanden. Wir müssen einfach nach vorn denken, mein Junge. Das Leben geht weiter. Und dann wird es Tina und Lena sicher auch nicht so schwerfallen sich einzugewöhnen, wenn wir in unmittelbarer Nähe wohnen. Und nun lass uns mal zu den anderen gehen. Ich glaube, wir sind unhöflich."

Sie drehte sich um und lief wieder in den separaten Raum, dessen Tür die ganze Zeit offen gestanden hatte. Dann setzte sie sich zu ihrem Mann, direkt neben die Kinder und Josef mit Edwina. Die Großeltern schauten sich verschwörerisch an und sahen dann gleichzeitig, mit einem freundlichen Nicken, zu Alexander hinüber.

Er fühlte sich beklommen, war aber zugleich gerührt von seiner Familie und seufzte tief auf. So traurig die ganze Situation auch war, so hatte sie doch einen Vorteil. Sie schmiedete alle enger zusammen. Vorher war ein Graben zwischen seinen Eltern und denen von Olga entstanden, als es um die Scheidung und all die Auseinandersetzungen dabei gegangen war. Jetzt saßen sie friedlich nebeneinander und zwischendurch zeigte sich sogar schon wieder ein Lächeln auf ihren Gesichtern.

Vorhin in der Kapelle und auf dem Weg zum Grab hatten Lena und Tina noch tieftraurig ausgesehen. Inzwischen alberten sie mit den Großeltern herum. Ob sie die Situation überhaupt begriffen?, fragte sich Alexander. Wie geht man als Kind mit dem Thema Trauer und Verlust um? Bislang war noch niemand in der Familie gestorben. Doch, einer: das Meerschweinchen. Jetzt fiel es ihm wieder ein. Da hatte er ihnen passende Gutenachtgeschichten vom Abschiednehmen erzählt, um sie auf andere Gedanken zu bringen und beide schworen sich darauf ein, dass Dropsi nun im Meerschweinchenhimmel zu Hause wäre, auf einer Wolke säße und von dort aus das Geschehen auf der Erde verfolgen würde. Vielleicht lösten die Mädchen so das Problem. Am Abend zuvor noch hatte er gehört, wie Edwina von Engeln sprach und dass die Mama jetzt auch einer sei und immer auf die beiden aufpassen würde. Irgendwie gefiel Alexander diese Variante.

Alexander hatte seine beiden Töchter auf Anraten des Kinderarztes und nach Rücksprache mit der Schulleitung eine kurze Weile aus der Schule genommen, um sie mit dem Umzug, direkt im Anschluss an die Trauerfeier, nach Minden umzuquartieren.

Der Schul- und zugleich Ortswechsel war ein tiefgreifender Einschnitt, aber in mehreren Etappen hätte es die Angelegenheit auch nicht erleichtert. Daheim war seine Wahl zunächst auf die Grundschule in Hille gefallen. Da konnte er früh den Weg zur Arbeit so legen, dass er zunächst über Hille und dann stadteinwärts zur Marienstraße fuhr. Allerdings nicht mehr mit dem Fahrrad. Das war mit jenem Tag so gut wie erledigt.

Natürlich trödelten die Mädchen früh und jeden Morgen gab es Gezeter. Es zehrte an den Nerven von allen. Aber zumindest schafften sie es, pünktlich anzukommen. Die jeweiligen Klassenlehrerinnen hatten Tina und Lena besonders freundlich aufgenommen und integriert. Jede hatte sich schon mit ein paar anderen Mädchen angefreundet, vor allem aber mit den Nachbarskindern im Dorf.

Alexander hatte sich mit seinen Eltern abgesprochen. Er suchte im Internet unter den Immobilienangeboten nach einer schönen, größeren und preislich erschwinglichen Mietwohnung für sie. Die sollte direkt in Minden liegen, damit sie von dort aus zu Fuß auch allerlei unternehmen konnten. Gunter fuhr ja nicht mehr mit dem Auto, seitdem er sein altes Gefährt Alexander zu treuen Händen übergeben hatte.

Nur kurz stand die Frage im Raum, ob beide in die unmittelbare Nachbarschaft ihres Sohnes ziehen sollten. Aber das war zu ländlich und die Wege würden zu weit werden. Es sprach einerseits etwas fürs Dorf, andererseits aber mehr für die Stadt. Also war die Entscheidung nach kurzer Zeit gefallen. Die geräumige Vier-Zimmer-Wohnung lag in der Nähe vom Königswall, im inneren Stadtbereich. Sollten die Mädchen aufs Gymnasium kommen, so wäre das Ratsgymnasium eine Variante, wenn sie nicht auf der Verbundschule in Hille bleiben würden, wo Alexander sie sofort angemeldet hatte. Auch für den Fall eines Schulwechsels hatte Alexander schon recherchiert, um alle Eventualitäten durchzuspielen. Und das Ratsgymnasium lag schräg gegenüber von der neuen Wohnung von Oma und Opa.

Vier Zimmer wurden es deshalb, weil jeder der Erwachsenen einen eigenen Schlafraum aufgrund unterschiedlicher Gewohnheiten benötigte, dann das Wohnzimmer und natürlich ein Extraraum für die Mädchen. Dort konnten sie jederzeit unterkommen, Hausaufgaben erledigen und gegebenenfalls auch schlafen. Noch ein Pluspunkt war die Nähe der Stadtbibliothek, wo Alexander Tina und Lena auch sofort eingeschrieben hatte. Schließlich wusste er um die Vorlieben seiner Töchter und war sich sicher, dass sie das Haus häufig aufsuchen würden, um für Lesenachschub zu sorgen.

Für den Umzug beauftragten Gunter und Hella ein Unternehmen von der Insel. Ihr gesamter Haushalt füllte einen Lastwagen mit Hänger. Dafür sorgte schon die wohlsortierte Bibliothek von Gunter, die er sich im Laufe seines Lebens zugelegt hatte. Ein letztes Mal gingen sie zum Seniorenclub und verabschiedeten sich mit Kaffee und Kuchen. Sie waren nicht die einzigen Einwohner von Karlshagen, die irgendwann Usedom verließen und zu ihren Kindern zogen, die es zum Teil aus beruflichen Gründen in die weite Ferne verschlagen hatte. Die meisten nahmen den Umzug auf sich, weil sie gebrechlich geworden waren und allein nicht mehr klarkamen. Aber für Gunter und Hella gab es noch eine neue Herausforderung. Da wiesen sie alle Bemerkungen der Freunde im Club weit von sich, die immer wieder von den alten Bäumen sprachen, die man nicht verpflanzen sollte.

Als Alexander ein paar Tage später bei seinen Eltern vorbeischaute, hatten sie sich schon recht gut eingerichtet. Die Hilfe, die er angeboten hatte, hatten sie nur abgelehnt.

„Lass mal, Junge“, hatte der Vater gesagt, „so alt sind wir nun auch wieder nicht. Das bekommen wir schon noch selbst hin. Du kümmere dich mal um die Kinder und um deine Arbeit.“

Jetzt saß er bei einer Tasse Kaffee, den die Mutter frisch gebrüht hatte, und sogar selbstgebackenen Kuchen servierte sie dazu.

„Hm, Mutti, das ist ja so was von lecker“, kommentierte Alex mit vollem Mund.

„Du weißt aber schon, dass man so nicht sprechen sollte“, lächelte ihn Hella Rosenbaum an.

Alexander nickte nur grinsend und ließ sich den Kuchen schmecken.

„Ich habe allerdings nicht allzu viel Zeit mitgebracht", lenkte Alex ein. „Bin nur gerade von einem Termin zum nächsten unterwegs. Aber der Abstecher zu euch lag so wunderbar auf dem Weg."

Hella verkniff sich eine Bemerkung über hektische Aufbrüche und mangelnde Zeit eines Kindes für seine Eltern. Sie wollte ihrem Sohn nicht das Herz schwer machen und außerdem war doch jetzt alles gut so.

„Also Junge, das haben wir hier ja so was von genial getroffen", lobte die Mutter. „Ich war schon auf dem Markt, der hier auf dem Martinikirchhof regelmäßig abgehalten wird. Da bekomme ich ja alles, was das Herz begehrt. Frisches Gemüse und Obst, Wurst und Fleisch, Blumen und Brot ... Alles super Bio-Qualität. Und gleich nebenan die schöne Kirche mit den Orgelkonzerten. Da werde ich aber Stammgast. Selbst dein Vater ist schon ganz begeistert."

Hella und Gunter schauten sich kurz an und nickten ihrem Sohn dann einvernehmlich zu.

„Wir fragen uns nämlich schon, warum wir das mit dem Umzug nicht viel eher getan haben. Dann hätten wir früher bei dir sein können", seufzte Hella.

„Außerdem ist es richtig klasse, dass wir überhaupt kein Auto benötigen, sondern alles zu Fuß erreichen können", unterstrich der Vater. „Man muss nur diese Treppe hinter, wie heißt sie noch gleich ...?"

„Martinitreppe", ergänzte die Mutter. „Da liegt auch die Piano Bar und in der gibt es regelmäßig am Mittwoch Lesungen!"

„Ja, Martinitreppe", setzte Gunter fort. „... und schon ist man mitten in der Stadt. Die finde ich übrigens überaus prächtig. Vor allem den Blick dann von der Brücke auf die Weser und zur Porta Westfalica."

Alexander fiel ein Stein vom Herzen. Wie seine Eltern jetzt schwärmten, da hatten sie die Gegend offensichtlich doch sofort liebgewonnen. Genau wie er. Wenn er jetzt irgendwo über Minden etwas erzählte, dann wählte er immer die Formulierung „bei uns" und das sprach schließlich Bände.

Ein paar Tage später berichtete Hella Rosenbaum ihrem Sohn von ihrem Besuch im Kommunalarchiv. Unter vier Augen.

„Junge, ich muss mal mit dir reden", zog sie ihn in die Küche, was er widerstandslos mit sich geschehen ließ.

„Du könntest mir gerade mal zur Hand gehen."

Diesen Satz sollte der Vater hören, was er auch tat. Gunter nickte nur verstehend, setzte sich die Lesebrille auf die Nase und griff sich die Tageszeitung, die sie mit dem Einzug abonniert hatten.

„Was kann denn Vati nicht erledigen?", erkundigte sich Alex in der Küche, nachdem seine Mutter die Tür hinter ihm geschlossen hatte.

„Ach, Junge, darum geht es gar nicht. Ich war jetzt zum Tag der offenen Tür im Kommunalarchiv."

Alexander zog die Augenbrauen hoch.

„Da staunst du, nicht wahr?!"

Alex nickte.

„Da gab es stündliche Führungen durchs Haus, mit allerlei kleinen Anekdoten zur Stadtgeschichte. Außerordentlich kurzweilig. Aber deshalb war ich ja nicht da ..."

„Nein?"

„Nun tu nicht so, Alex. Du hast doch dort auch schon nach den Spuren unserer Familie geforscht.

Das wollte ich nun ebenfalls angehen. Schließlich habe ich eine andere Sicht auf die Dinge als du und vielleicht fällt mir noch irgendetwas auf, was dir entgangen ist."

„Aber allein? Du hättest doch Vati mitnehmen können, damit er dir zur Seite steht."

„Das hätte ihn viel zu sehr aufgeregt. Ich habe ihm gesagt, ich wolle bei Hagemeyer shoppen gehen und dann noch mit einer Nachbarin einen Kaffee trinken. Das hat ihm ausgereicht, um nicht mitzuwollen."

Alexander grinste.

„Ist ja ein tolles Gebäude. Ich war ganz begeistert. Der faszinierende Stuck an der Decke, die Seidentapeten und die kristallenen Kronleuchter. Und dann diese reichhaltige Bibliothek zur Stadt- und Regionalgeschichte. Auf jeden Fall habe ich mich angemeldet."

„Angemeldet?"

„Genau. Ich habe mir einen Termin geben lassen, damit ich einmal in Ruhe in den Archiven suchen kann. Vieles aus den Vierzigerjahren ist ja vernichtet worden. Da gibt es etliche Lücken, habe ich mir schon erklären lassen. Na ja, die eine oder andere bestimmt auch mit Absicht, könnte ich mir vorstellen", ergänzte Hella.

Alexander wollte das nicht kommentieren.

„Und wann bist du dort?", fragte er nur.

„Übermorgen. Wäre mir lieb, wenn du deinem Vater dann erzählst, dass ich bei dir im Haus etwas machen will."

„Die Wahrheit wäre mir lieber! Und was willst du denn überhaupt bei mir machen? Ist doch alles pikobello!"

„Daran zweifle ich nicht, mein Lieber. Du bist schließlich mein Sohn. Aber sag doch was davon, dass ich ein paar Scheibengardinen für deine Fenster häkeln will, die ich genau ausmessen muss. Außerdem könnte ich die Sachen der Mädchen mal durchgehen, ob etwas zu flicken ist."

„Na, wenn das mal gut geht!"

„Ach, wird schon. Später rücken wir sowieso mit den Tatsachen heraus. Aber vielleicht finde ich auch gar nichts weiter und dann würde sich Gunter womöglich nur unnötig aufregen. Du weißt doch, dein Vater hat Probleme mit dem Herzen und da will ich alles vermeiden, was ihn gefährden könnte."

„Soll ich vielleicht mitkommen?", schlug Alexander vor.

„Nicht nötig. Das schaffe ich schon allein."

Als Alexander am späten Abend allein vor seinem Computer saß, stieg er in die Webseiten des Mindener Kommunalarchivs ein. Was konnte seine Mutter da an Hinweisen noch vorfinden? Er grübelte. Dann entdeckte er, dass das Archiv zum Tag des Gedenkens an die Opfer des Nationalsozialismus am 27. Januar 2014 eine Datenbank mit Informationen zu Mindener Juden freigeschaltet hatte. Sie würde sich gegenwärtig im Aufbau befinden und: „Langfristig soll sie alle Personen jüdischen Glaubens enthalten, die im 19. oder 20. Jahrhundert in der Stadt Minden geboren wurden, hier heirateten, starben und/oder begraben wurden, hier dauerhaft oder auch nur kurzzeitig lebten, hier arbeiteten, vor Gericht standen und/oder in Haft saßen; kurz alle, die in Minden amtlich registriert wurden."

So stand da zu lesen. Alexander stockte der Atem. Das Kommunalarchiv bat um Informationen und Ergänzungen für die Datenbank, die später auch Eltern, Ehegatten, Kinder und Geschwister dieses Personenkreises umfassen sollte. Schließlich entdeckte Alexander noch, dass das Projekt mit Mitteln aus dem „Förderprogramm Archiv und Schule" des Landes NRW gefördert wurde. „Schulen soll durch die Datenbank der Zugang zu Informationen und Originalquellen zur Geschichte der Mindener Juden erleichtert werden", blieb ein Satz bei ihm hängen. Und Alexander dachte an seine Tochter Lena. Ob sie eines Tages genau wissen würde, was alles mit ihren Vorfahren geschehen war? Ob sie das überhaupt interessieren würde? Archive konnten ja nicht alles, aber sie lieferten handfeste Beweise mit ihren nüchternen, Schreckliches offenbarenden Tatsachen.

Alexander stand auf, öffnete das Fenster und sah in die sternklare Nacht hinaus. Er dachte an die neuen Stolpersteine, die in Minden unlängst von dem Künstler, den er schon kennengelernt hatte, verlegt worden waren. Darunter auch einige, die an das Schicksal der in der Nazizeit ermordeten Sinti und an Euthanasieopfer erinnerten. Warum nur begehen Menschen solche Grausamkeiten? Alexander fand nie eine überzeugende Antwort darauf, so sehr er auch grübelte. Bei seinen Mordfällen ging es ja auch stets um das Motiv. Und sicherlich gab es Situationen im Leben, in denen man am liebsten aus der Haut fahren würde. Doch nichts, aber auch gar nichts, rechtfertigte es, einen anderen vorsätzlich zu misshandeln und zu töten.

Er schloss das Fenster wieder, lief durch die Räume und schaute ins Kinderzimmer. Die beiden Mädchen schliefen tief und fest. Kater Albert saß auf seinem Kratzbaum im Flur und beäugte das Geschehen. Aber es schien nichts zu Fressen zu geben, also legte er den Kopf wieder auf die Vorderpfoten und schloss die Augen.

Pünktlich auf die Minute stand Hella in der Tonhallenstraße vor dem Kommunalarchiv. Nur kurz hatte sie mit dem Gedanken gespielt, ein Taxi zu nehmen. Dann war sie einmal quer durch die Stadt gelaufen, um sich zu beruhigen, wie sie sich einredete. Gunter hatte sie die Geschichte von den zu häkelnden Gardinen für Alexanders Wohnhaus aufgetischt und dann noch die Kleidung der Mädchen erwähnt, die sie durchsehen wollte. Männer hätten ja keinen Blick dafür …

„Ja, ja, mein Spatz", hatte Gunter nur gemeint. „Mach, was du für richtig hältst."

Dabei ging ihm allerdings der Gedanke durch den Kopf, dass er sich nicht erinnern konnte, dass sein Sohn etwas für Handarbeiten übrig hatte. Aber Mutter und Sohn, das war sowieso ein unzertrennliches Verhältnis. Da wollte er sich gar nicht reinhängen. Wahrscheinlich spielte Alex die Sache ihr zuliebe mit und würde sich hinterher unsäglich darüber freuen.

„Dann verschwinde ich mal in den Keller und räume mein Werkzeug auf", hatte Gunter noch erklärt und Hella daraufhin geantwortet: „Das ist eine ganz wunderbare Idee, mein Schatz. Da würde ich dir sowieso nur im Wege stehen. Mittagessen habe ich vorbereitet. Du musst dich dann nur in der Küche bedienen."

„Was", entgegnete Gunter, „ich soll ohne dich essen? Da warte ich doch lieber, bis du daheim bist."

Ach ja, die Bequemlichkeit, dachte Hella und sagte: „Ich warne dich ja nur, damit du mir nicht verhungerst. Es steht jedenfalls alles bereit. Musst es dir nur aufwärmen. Dein heiß geliebter Möhreneintopf."

„Hm! Da mache ich vielleicht doch eine Ausnahme, wenn mir danach ist. Aber nun solltest du dich sputen, sonst vertrödeln wir noch den ganzen Tag."

Beide küssten sich zum Abschied.

Hella drückte die Klinke herunter und betrat das Haus, das sie gerade erst besichtigt hatte. Insofern erschien es ihr schon ein wenig vertraut und nicht ganz so beängstigend. Wenngleich sie spürte, wie ihr Herz schneller und lauter schlug. Dagegen konnte sie nichts tun. Auf der Treppe kam ihr schon der freundliche Mitarbeiter entgegen, mit dem sie den Termin ausgemacht hatte.

„;Hallo Frau Rosenbaum. Ich hoffe, es geht Ihnen gut?"

Gute Frage, dachte Hella, vielleicht sollte er die hinterher noch einmal stellen.

„Alles bestens", erwiderte sie und schüttelte ihm die angebotene Hand.

„Ich habe alles für Sie vorbereiten lassen. Wenn Sie noch einen Wunsch haben sollten, dann melden Sie sich einfach."

„Danke", sagte Hella und setzte sich an den Tisch, den sie inzwischen erreicht hatten und auf dem sich die Dokumente türmten. Dann entfernte sich der Mitarbeiter und schloss leise die große Tür hinter sich.

Hella war allein in dem Raum und hatte das Gefühl, man müsse ihren Herzschlag deutlich hören können. Ganz ruhig bleiben, sprach sie sich innerlich zu. Ihre Gedanken glitten davon. Sie erinnerte sich an den Film, der sie gerade verfolgte, über das Getto in Riga, das als „Auschwitz der westfälischen Juden" galt, weil dort Tausende jüdische Westfalen umkamen, darunter viele aus Minden und Petershagen. Auch einige ihrer Familienangehörigen. Mit deutscher Gründlichkeit waren die Deportationen von Verwaltung, Partei- und Polizeistellen vorbereitet und durchgeführt worden. Die heutige lettische Hauptstadt als letzte Station von Entrechtung, Verfolgung und Vernichtung.

Hella griff zu ihrer Handtasche, wühlte nervös darin herum und nahm das Eau de Cologne heraus, um sich damit die Stirn zu betupfen. Es half nicht wirklich, aber es lenkte ab. Ob sie doch einmal die alte Wohnung in der Bäckerstraße aufsuchen sollte, in der die Familie einst zu Hause war? Alexander hatte ihr anvertraut, dass er einmal dort war. Aber brachte das etwas?

Hella verschwammen die Augen. Tränen hatten sich darin angesammelt. Sie schluckte, konnte aber ein Schluchzen noch unterdrücken. In ihrer Erinnerung überlagerte sich alles. Sie wusste nicht mehr, was sie erlebt und was ihr die Mutter später erzählt hatte. An die reichsweite und zentral gesteuerte „Polenaktion“ konnte sie sich unmöglich erinnern. Das war am 28. Oktober 1938 gewesen, als etwa siebzehntausend als staatenlos geltende Juden nach Polen abgeschoben wurden. Etliche Mindener, auch Nachbarn aus dem Haus, waren aber darunter. Davon hatte die Mutter berichtet.

Die Älteren der Deportierten waren im damals russischen Teil Polens geboren, noch vor dem Ersten Weltkrieg, dann aber vor der Unterdrückung und Verfolgung der Juden im zaristischen Russland nach Deutschland geflohen. Eigentlich sollte es nach Übersee weitergehen, doch dann fand sich Arbeit im wirtschaftlich aufstrebenden Deutschland. Die Kinder der in der Weserstadt Gebliebenen wiederum kamen größtenteils in Minden auf die Welt, wo sie aufwuchsen, zur Schule gingen, ein scheinbar normales Leben führten.

„Ostjuden", das war der Begriff, der Hella wieder einfiel. Einigen wenigen von ihnen wurde im Jahr nach ihrer Abschiebung gestattet, noch einmal nach Minden zurückzukehren, um Geschäfte und private Angelegenheiten abzuwickeln, um Reste des Besitzes zu veräußern. Wenn überhaupt etwas nach den Plünderungen übrig geblieben war. Und dann griff bei den Erlösen sowieso die Staatskasse zu. Alles war akribisch aufgezeichnet.

Hella schob die Unterlagen auf dem Tisch von rechts nach links und wieder zurück. Dann setzte sie ihre Brille ab und wischte sich die Tränen aus den Augen. Schließlich fiel ihr Blick auf einen Hinweis zu den drei KZ-Außenlagern von Neuengamme in Porta Westfalica. Eine der Einrichtungen für vorrangig jüdische Frauen in Hausberge war erst im Herbst 1944 errichtet worden. Zur Zwangsarbeit für die Rüstungsindustrie – kriegswichtige Produktion war nach den alliierten Bombenangriffen zunehmend unter die Erde verlegt worden – ging es in den oberen Stollen des Jakobsberges. Da hätte man sie gar nicht so weit weg transportieren müssen, fuhr es ihr durch den Kopf. Und dann fand Hella noch den Hinweis, dass am 1. April 1945 zeitgleich das Hausberger KZ mit den Lagern im Barkhauser „Kaiserhof" (eine von der SS beschlagnahmte Gaststätte als Lager!) und am Neeser Pfahlweg geräumt wurden. Die Alliierten rückten an.

„Das hat doch bestimmt keiner überlebt", hauchte Hella in den Raum.

„Haben Sie gefunden, wonach Sie suchten?", erkundigte sich plötzlich eine Stimme, die laut in die Stille schnitt.

Hella schrak auf. Es war der aufmerksame Mitarbeiter von vorhin. Sie blickte auf ihre Armbanduhr. Da hatte sie doch völlig die Zeit aus den Augen verloren.

„Nein, noch nicht wirklich. Aber ich möchte gern ein anderes Mal wiederkommen, wenn das möglich ist?", fragte sie.

„Selbstverständlich. Rufen Sie mich einfach an. Dann machen wir einen Termin aus und ich bereite wieder alles für Sie vor. Sollen es denn dann auch diese Unterlagen sein, die ich schon für heute herausgesucht hatte?"

Hella nickte stumm.

Als sie wieder an der frischen Luft war, atmete sie tief durch. Vom Schwanenteich klang Geschnatter herüber. Auf der Terrasse des chinesischen Restaurants saßen zahlreiche Gäste, deren Gesprächsfetzen bis zu ihr drangen. Dringen wollten, denn sie nahm ihre Umwelt nicht wirklich wahr. Hella Rosenbaum sah sich an der Seite ihrer abgehärmten Mutter, in zerrissener, schmutziger Lagerkleidung. „Versteck dich! Sei vorsichtig! Gehe zu niemandem hin, sei er auch noch so nett!" Das waren die Verbote der Mutter, die sich stets schützend vor ihr Kind stellte und es verbarg, so gut es ging. Und dann stieg jenes längst verloren geglaubte Bild wieder in ihr auf, wie eine der Aufseherinnen ihre Freundin Sarah mit Süßigkeiten angelockt hatte, ihr kurz über den Kopf streichelte, dann an den Füßen packte, sie hochschleuderte und sich mit ihr im Kreis drehte, scheinbar zur Freude, denn da und dort stieg ein Lachen der Umstehenden auf. Bis alle daran zu ersticken schienen, als die Uniformierte sich langsam im Drehen der Barackenwand näherte und dann Sarah mit dem Kopf an die Ecke knallen ließ. Dieses Geräusch vom Knacken der Knochen. Hella hörte und spürte es plötzlich wieder, als sei das alles in diesem Moment geschehen. „Das sind böse Hexen", waren fortan die eindringlichen Worte der Mutter, bei denen Hella anfing zu zittern. „So wie in Schneewittchen." Ab jenem Moment hatten die Sätze der Mutter eine andere Bedeutung.

Hella lief los, die Tonhallenstraße entlang. Sie überquerte den Klausenwall, ohne darauf zu achten, dass die Ampel gerade Rot anzeigte. Ein Hupkonzert setzte ein und Bremsen quietschten. Am Stadttheater wurden ihre Schritte noch schneller, dann den Markt entlang. Der baumlose Scharn wirkte seltsam kahl. Erst kürzlich waren die Platanen nach heftigem Streit in der Öffentlichkeit in Richtung Bärenkämpen umgesiedelt worden. Sie hatten der Neugestaltung der Fußgängerzone im Wege gestanden. Hella eilte die endlos erscheinenden Stufen der Martinitreppe nach oben. Atemlos erreichte sie die Wohnung und klingelte.

Gunter öffnete mit erstauntem Gesicht: „Da hast du Glück, Liebes. Ich bin gerade rein. Bis eben war ich noch im Keller bei meiner Aufräumaktion. Hast du denn deinen Schlüssel vergessen?"

Hella warf sich mit tränenüberströmtem Gesicht in die Arme ihres Mannes, der sie behutsam streichelte, sie in die Wohnung zog und die Tür schloss. Dann führte er sie ins Wohnzimmer und drückte sie sanft auf die Couch.

„Was, um alles in der Welt, ist denn los, Hella? Ich denke, du warst shoppen?"

Jetzt brach aus Hella alles heraus, was sich gerade eben, in der vergangenen Zeit und vor allem in ihrer Kindheit angestaut hatte. Gunter hörte nur zu, ohne ein Wort dazwischenzuschieben. Nur ab und an strich er über die rechte Hand seiner Frau. Irgendwann versiegten die Tränen und es gab nichts mehr zu erzählen.

„Wir können unsere Vergangenheit nicht ewig in Schubladen ganz tief unten in der Erinnerung aufbewahren", sagte er. „Irgendwann gehen sie einfach wieder auf und das Grauen steigt daraus hervor. Ich weiß, wie dir zumute ist."

Lukas hatte Steffi eben die Wahrheit gesagt. Wie es um ihn stand und was mit Oswald geschehen war. Daraufhin war sie in Tränen ausgebrochen und hatte sich im Badezimmer eingeschlossen. Es rührte ihn nicht einmal sonderlich an. Zum Glück waren die Kinder unterwegs.

Er ging ins Schlafzimmer, zog sich eine große Reisetasche aus der hintersten Ecke des Schrankes und ging seine Garderobe durch. Nach und nach legte er Unterwäsche, Socken, eine bequeme Hose, Pullover und zwei Schlafanzüge zurecht. Er wusste nicht, ob er alles brauchen würde. Aber zur Vorsicht packte er lieber mehr zusammen. Sein Waschzeug hatte er sich schon herausgesucht, bevor er Steffi alles beichtete. Ein Glücksumstand, denn vorerst kam er wohl doch nicht mehr ins Badezimmer. Obenauf legte er noch zwei seiner Lieblingsbücher, eines davon über Prag.

Seine Augen wanderten durch den Raum. Es war ein Abschied. Wahrscheinlich würde er nie wieder hierher zurückkehren. Er legte sich noch einmal auf das weiche Bett, starrte an die Decke und sah die jüngste Vergangenheit vor sich, zumindest einen einschneidenden Teil. Und der lief ab, wie ein Film …

Als Lukas das Klicken der Handschellen hörte, wusste er, dass er dieses Geräusch nie wieder in seinem Leben vergessen würde. Den Schmerz sicherlich eher, der ihn schon zuvor, währenddessen und danach ereilt hatte. Die Uniformierten schubsten und stießen ihn, es waren auch Schläge dabei. Keiner sprach seine Sprache. Ein paar der tschechischen Vokabeln waren ihm wohlvertraut, aber sie versetzten ihn nur noch mehr in Panik.

Als er in das Polizeiauto verfrachtet wurde, machte sich niemand die Mühe, ihm zum Schutz eine Hand über den Kopf zu halten. Man schien ihn mit Absicht an jede Ecke und Kante zu stoßen. Lukas biss sich auf die Lippen. Dann hob er die Hände, um sich etwas Feuchtes vom Gesicht zu wischen. In der Dunkelheit im Inneren des Fahrzeugs, die nur ab und an von den Lichtern der Straßenlaternen erhellt wurde, erkannte er, dass es sich um Blut handelte. Er hatte das Gefühl, als wollten ihm die Sinne schwinden. Dabei sollte er doch bei klarem Verstand bleiben, um all das hier erklären zu können. Er musste husten, weil sich ihm der Tabaksqualm in die Atmung drückte. Alle drei Uniformierten rauchten.

Wenig später hielt der Wagen vor einem Revier. Jede Menge Polizisten waren zügigen Schrittes unterwegs. Lukas schloss, auf seinen Sitz gepresst, für einen kurzen Moment die Augen, so als ob das etwas hätte ändern können.

Er war am Tag zuvor in Prag eingetroffen. Mit dem Zug, bei strahlendem Sonnenschein. Wenn er in die Stadt an der Moldau fuhr, dann stieg er stets am Hauptbahnhof aus, um von dort die Metro zu nehmen. Lukas liebte alles, was mit Gotik und Barock zu tun hatte. Darauf traf er hier auf Schritt und Tritt. Er fühlte sich wie zu Hause, wenn er an diesem Ort seine Kurzurlaube nahm, wie er sie so daheim nie hätte verbringen können. Die geschäftlichen Dinge waren stets schnell erledigt.

Anfangs beteiligte er sich an verschiedenen Stadtführungen, denn er liebte dieses Schlendern durch die alten Gassen mit den immer wieder wechselnden Führern, aber alle vereint in einem einzigartigen Akzent. Der eine hatte versichert, es seien die Sandsteintürme, die beim Licht der Sonne in Goldtönen schimmern würden, was zum Namen „Goldene Stadt" geführt hätte. Die nächste schwor Stein und Bein, die Ursache sei Kaiser Karl IV, der die Türme der Prager Burg einst vergolden ließ und damit die Bezeichnung begründete. Und ein dritter Stadtführer sprach von Rudolf dem Zweiten, der mehrere Alchemisten bei der Suche nach Gold unterstützt hatte. Sicher war an allem etwas dran.

Jedes Mal aufs Neue entdeckte Lukas die Prager Burg mit dem Veitsdom oder die Karlsbrücke mit ihren wundervollen Figuren. Den Altstädter Ring mit Teynkirche, Rathaus und astronomischer Uhr ließ er nie aus, auch nicht bei seinen Solospaziergängen. Der alte jüdische Friedhof in der Josefstadt hatte es ihm angetan. Aufgrund der Enge des Ortes türmte sich Grab auf Grab in faszinierenden Verästelungen.

Lukas dachte mit einem melancholischen Lächeln an die beiden Marionetten des tschechischen Puppenspielers Josef Skupa: Spejbl und Hurvínek. Er hatte direkt den Ton des Sohnes Hurvínek im Ohr, der schlitzohrig an seinen Vater gewandt sprach: „Papaaaaaaaaaaaaa…" Und dann folgte ein absurder Wortwechsel zwischen beiden. Fürs Schwarze Theater besorgte er sich stets vorab eine Karte. Ihn überzeugte die Verbindung aus Pantomime und den Lichteffekten auf einem schwarzen Hintergrund.

Natürlich musste ein Abstecher ins U Fleků sein. Allerdings fand er selten eine Zeit in dieser typischen Prager Kneipe, in der es halbwegs ruhig zuging. Die Touristen wurden hier busweise ausgeladen. Aber schon das dunkle Bier mit einer Stammwürze von dreizehn

Grad, das es lediglich dort gab, war unschlagbar. Allein schon beim Gedanken daran glaubte er, den Geschmack auf der Zunge zu haben. Gelegentlich nahm er ein oder zwei Flaschen mit nach Hause. Auch das Hostinec U Kalicha gehörte zu seinem Standardprogramm. „Der brave Soldat Schwejk" war hier einst aufgetaucht und hatte damit dem Gasthaus „Zum Kelch" zu einem einzigartigen Ruhm verholfen. Weitaus länger aber verweilte Lukas in den kleinen alten Kneipen, wo Jazz oder Blues gespielt wurde, wo er auf Gleichgesinnte traf. Auf der Prager Kleinseite liebte er die tiefen historischen Kellergewölbe. Man musste sich nur, vor allem im heißen Sommer, entsprechend anziehen.

Lukas fror. Er saß jetzt auf einer schmutzstarrenden Liege in einem engen Raum, der nur von einer flackernden Neonröhre erleuchtet war. Endlich hatte sich vorhin im Gespräch mit den Polizisten auf der Station einer gefunden, der bereit war, deutsch zu reden. Offensichtlich mangelte es bei den anderen nicht am Können. Nur knurrig und widerwillig gab der ältere Mann Auskunft, als Lukas sich danach erkundigte, ob er mit der Botschaft oder einem Anwalt telefonieren dürfe.

„Bitte", sagte er flehentlich.

Der Uniformierte schüttelte nur den Kopf.

„Das wird heute nichts mehr. Erst morgen ab neun Uhr sind die Büros besetzt."

Dann wandte er sich ab und verschloss die Zelle.

Lukas warf sich verzweifelt auf die Liege und zog sich die kratzige Decke bis an den Hals.

„Um Gottes willen, wie komme ich hier wieder heraus?", flüsterte er vor sich hin.

Inzwischen schien der Mond durch das schmale Fenster in Deckenhöhe und erleuchtete den Raum, nachdem das Neonlicht längst ausgeschaltet war. Lukas warf sich in wilden Träumen von einer Seite auf die andere und schreckte immer wieder aus dem Schlaf hoch. Was war nur passiert?

Gedankenfetzen vermischten sich mit Traumgestalten. Er sah sich wieder zum Hauptbahnhof fahren und dort auf die bekannte Toilette gehen. Nicht, weil er gemusst hätte. Dafür war es dort nicht sauber genug. Er hatte ein anderes Bedürfnis, das er in Minden nicht wirklich ausleben konnte oder wollte. Wie auch immer. Trotz aller scheinbaren Offenheit gegenüber Homosexuellen bedeutete es in der Provinz häufig nach wie vor einen Verlust von gesellschaftlicher Achtung. Er hatte einfach Angst, sich zu outen. So lebte er nach außen das übliche, solide Dasein eines Familienvaters: mit Haus und Garten, mit Frau und zwei goldigen Kindern, mit Hund und Auto. Dabei ekelte ihn die Beziehung zu Steffi an, aber er wusste einfach nicht, wie er mit dieser Situation umgehen sollte. So floh er regelmäßig in seine Prager Idylle. Schob dienstliche Aufträge und Kontakte vor, die zu Hause auch ohne Rückfragen stets akzeptiert wurden. Schließlich brachte er immer allen etwas mit. Schmuck für seine bessere Hälfte oder böhmisches Glas, Oblaten für die Eltern, einen Becherovka für seine Schwiegereltern, die beide den Karlsbader Likör gern tranken, und ausgefallenes Spielzeug für den Nachwuchs.

Seine Frau versuchte immer wieder, ihn ins Mindener Restaurant Böhmerwald zu lotsen, damit er seine viel gepriesenen Speisen auch zwischendurch einmal mit ihr essen konnte. Es war ihr völlig unverständlich, warum er darauf nicht wirklich ansprang. Wo er doch immer so von dem Rinderbraten mit der delikaten Sauerrahmsoße und den Semmelknödeln oder dem

Palatschinken als Nachtisch schwärmte. Lukas hatte jedesmal einen Kloß im Hals, wenn er sich gegen seinen Willen dazu überreden ließ. Es war dort alles perfekt. Keine Frage. Aber nicht für ihn.

Allzu gern würde er sich bekennen, sich outen wollen. Aber was würde das bringen? Zwischendurch gab es immer mal einen Hoffnungsschimmer am Horizont. Als ein früherer Fußball-Nationalspieler seine sexuelle Neigung erklärte. Aber das schlug nur Wogen in den Medien und an den hitzigen Debatten beteiligten sich eher nicht die, um die es eigentlich ging. Eine Stadt wie Minden war da anders, wo jeder jeden kannte. Kein Vergleich mit Berlin, Frankfurt oder Hamburg. Lukas fürchtete sich vor dem Gerede der Nachbarn, davor, die Familie bloßzustellen.

Er hatte sich sein ganzes bisheriges Leben lang angepasst. Immer versucht, nicht aufzufallen. Mit fünfzehn merkte er, dass er anders war als die anderen, und beschloss, es für sich zu behalten. Bei den schwulenfeindlichen Sprüchen seiner Klassenkameraden hielt er einfach mit, übertönte sie am lautesten, obwohl es ihn tief im Inneren verletzte. Aber es war die Angst vor dem Entdecktwerden, die ihn dazu trieb. Er wollte nicht zum Außenseiter werden. Ihm reichte schon mitzuerleben, was mit dem Dicken in der Schule geschah. Wie hieß er noch gleich? Selbst der Name war ihm entfallen, so sehr er auch grübelte, nur das schmerzverzerrte, verzweifelte Gesicht hatte sich ihm eingebrannt. Er sah sich noch auf dem Schulhof stehen. Eigentlich galt die Auseinandersetzung ihm. Er war es, der sich beweisen sollte.

„Na, du Lusche. Hast sowieso keinen Arsch in der Hose“, sagte der Anführer und näherte sich ihm drohend. Lukas war Schritt für Schritt zurückgegangen, bis er den Dicken anrempelte, der hinter ihm gestanden hatte.

„He, pass doch auf", hatte der nur gesagt und Lukas hatte mit abschätzendem Blick die Situation beäugt, in Sekundenschnelle. Die anderen bildeten einen Kreis und lauerten. Im selben Augenblick schlug Lukas zu. Mit einem gezielten linken Haken, sodass der Dicke sofort zu Boden ging. Lukas hätte aufhören können oder sollen. Aber die anderen johlten vor Freude.

„Gib's ihm, du Wichser!", kam zur Unterstützung verächtlich vom Anführer.

Als habe Lukas darauf gewartet, trat er nun auf das wehrlose Opfer am Boden ein. Wieder und wieder, bis jede Regung verebbt war. Er steigerte sich in Rage, war atemlos, hatte Schweiß auf der Stirn und ein hochrotes Gesicht. Dann blickte er in die Runde. Die anderen schauten plötzlich achtungsvoll auf ihn, allen voran der Anführer, der zu ihm kam und ihm die Schulter tätschelte: „Na, dann nichts für ungut. Hätte ich nicht von dir erwartet. Starker linker Haken übrigens. Wenn du Lust hast, kannst du morgen zu uns auf den Sportplatz kommen."

Und Lukas nickte ergeben. Auf dem Boden lag der Dicke, zusammengekrümmt. Als ein Lehrer erschien, ließ sich Lukas willig und fast voller Stolz abführen. Ein paar Mädchen kümmerten sich um den Verletzten, eine davon mit einer Sanitätstasche.

Die spätere Strafpredigt beim Direktor perlte an ihm ab. Auch das Gezeter seiner Mutter ließ ihn kalt. Wach wurde er erst, als ihn der Vater in Schutz nahm: „Ein richtiger Junge muss sich auch mal prügeln. Oder willst du, dass dein Sohn so ein schwules Weichei wird?" Da war Lukas zusammengezuckt und hatte sich später in den Schlaf geheult. Ab dem folgenden

Tag nahm er sich immer wieder vor, eine Entschuldigung bei dem Dicken anzubringen. Aber es fehlte ihm der Mut dazu. Und wenn er dem anderen begegnete, dann zitterte der sowieso wie Espenlaub und drängte sich an die Wand, weit weg von seinem Angreifer. Mit Todesangst in den Augen.

Immer fand sich eine Schar, die gegen Andersgeartete mobbte. Und meist folgte die große Gruppe, wie im Herdentrieb. Am besten schwamm man also mit, um nicht aufzufallen, hatte Lukas für sich beschlossen. Bei Behinderten gab es Vorbilder, wenn man an die Paralympics dachte. Aber bei Schwulen? Höchstens Künstler konnten ausleben, was sie wollten. Doch auch da bezahlten es viele mit Einsamkeit.

Händchen haltend einmal durch Minden spazieren und an der Weserpromenade Küsse wechseln. Das war ihm verwehrt geblieben und er würde es auch heute nicht tun. Um niemanden zu provozieren, selbst wenn das Thema Homosexualität theoretisch in der Gesellschaft angekommen war. Aber eben nur theoretisch. Dabei träumte er immer wieder davon, einmal eine Beziehung auszuleben. Und das wäre dann nicht die mit einer Frau.

Seine Mutter war sogar froh, dass er als Heranwachsender nicht häufig wechselnde Freundinnen mitbrachte und kam nie auf den Gedanken, dass ihr Sohn anders sein könnte. Sie schwieg das Thema tot, selbst als sie einmal ins Zimmer trat und Lukas dabei erwischte, wie er mit einem Freund Zärtlichkeiten austauschte. Sie packte es für sich in die Schublade einer Rangelei unter Kumpels.

Später kümmerten sich die Eltern darum, dass er eine feste Freundin fand. Es war ja nicht so, dass er keine Mädchen in seinem engeren Bekanntenkreis hatte. Aber das waren alles platonische Lieben. Bei Steffi schien sich dann die Beziehung intensiver zu entwickeln und Lukas gab nach. Sie wurde auch sofort nach dem ersten Mal schwanger. Sehr zur Freude der Mutter, die stehenden Fußes die Hochzeit arrangierte. Ohne den Sohn zu fragen, der zu allem nur nickte. Bloß nicht auffallen, war seine Devise.

Seine sexuelle Unlust in der Ehe begründete er mit dem extremen Leistungssport, den er über Jahre betrieben hatte, um auf andere Gedanken zu kommen. Irgendwann hatte sie ihn mal gefragt, ob ihn ihre weiblichen Reize nicht genügend antörnen würden.

„Ist dir meine Brust zu klein?", hatte Steffi sich mit Tränen in den Augen erkundigt, als er sich wieder einmal im Schlafzimmer unverrichteter Dinge von ihr wegdrehte.

„Das könnte man doch aber ändern lassen. Die Implantate sind inzwischen schon super getestet und das wirkt dann ganz toll erotisch. Ich sehe mir ja immer die Sendungen an, in denen sich Frauen für zu hässlich halten und verschönern lassen. Ist auch gar nicht mehr so teuer."

Lukas überstand ein paar Schrecksekunden. Um Gottes Willen, nur keine Schönheitsoperation. Die Flachbrüstigkeit seiner Frau war es ja, die ihn irgendwie gereizt hatte und die äußerst schmalen Hüften. Sie erinnerte ihn vom Körperbau her an einen Jungen. Selbst während der Schwangerschaften blieb sie fast knabenhaft.

Steffi hatte für alles Verständnis und freute sich an dem gemeinsamen Kind, dem bald ein nächstes folgte. Lukas hatte sich zu dem einen oder anderen weiteren Akt gezwungen. Er hatte festgestellt, dass ihm Alkohol über die Abneigung gegen seine Frau hinweghalf. Deshalb griff er dazu, wenn sie ihn zu sehr bedrängte und einen Beischlaf auch gelegentlich ganz direkt einforderte. Schließlich seien sie doch verheiratet. Da würde man so etwas gelegentlich schon miteinander tun, das wäre doch so eine Art ehelicher Pflicht.

„Du solltest mal zu einem Arzt gehen", meinte Steffi zwischendurch besorgt. „Das kann doch nicht normal sein. Ich komme auch mit. Vielleicht brauchen wir mal eine Paartherapie."

„Ich bin eben anders gestrickt. Tut mir leid, Liebes", hatte Lukas nur entgegnet, in der Hoffnung, sie käme damit auf die Idee, was mit ihm sein könnte und würde ihn direkt fragen. Dann hätte er ganz klar geantwortet: Ich bin schwul und das ist gut so. Ja, genau so, wie der Berliner Bürgermeister. Aber nichts, so sehr er sich auch danach sehnte. Selbst wenn sie etwas vermutete, so wollte sie offenbar nicht darüber reden.

Der Alltag forderte seinen Tribut und beide engagierten sich im Job und in Vereinen.

Auf dem Prager Hauptbahnhof war ihm der Geruch von Urin entgegengeschlagen, als er die Eingangstür zum Toilettenbereich öffnete, aber zugleich der Hauch des Abenteuers, und er tat so, wie alle anderen, als ob er nur rein zufällig wegen der Notdurft dort Zuflucht suchte. Wer sich finden wollte, der fand sich. Das stand fest. Der junge, zartgliedrige Bursche mit dem schmalen Gesicht war ihm sofort aufgefallen. Er musste bestimmt volljährig sein, so erwachsen, wie er aussah. Lukas beschloss das sofort für sich. Außerdem hatte der Junge so einen tiefschürfenden, verführerischen Blick, wie man ihn sich nur durch die Jahre erwerben kann. Er schaute kokett zu ihm auf. Gut einen Kopf war er kleiner als Lukas, in dem auch sofort ein Beschützerinstinkt erwacht war. Es bedurfte keiner großen Worte. Man verstand sich in diesem Bereich auch ohne. Nur ein Nicken des Kopfes, vielleicht eine Frage, aber höchstens die nach der Summe des zu zahlenden Geldes.

Als Lukas dann doch auf den jungen Mann einsprach, merkte er sofort, dass dieser sehr gut Englisch und auch recht passabel Deutsch sprach. Schade, durchzuckte ihn ein Gedanke, dass so ein intelligenter Mensch auf diese Art seinen Lebensunterhalt verdienen muss.

Marek hieß er und er berichtete ihm bei einem Kaffee in einem der Bahnhofsrestaurants, dass er nebenbei noch kellnern würde, um sich sein Studium zu finanzieren.

„Und das hier?", erkundigte sich Lukas vorsichtig.

Marek schaute erstaunt auf.

„Was meinst du?"

„Magst du denn wirklich Männer oder machst du das nur wegen dem Geld?"

Darauf lachte Marek und konnte sich gar nicht mehr beruhigen.

Lukas hatte die uniformierten Männer nicht bemerkt, die sich ihnen langsam genähert hatten. Er starrte nur verliebt dem Jungen in die Augen und freute sich auf die nächsten Stunden, die er mit ihm zu verbringen gedachte. Bis zum Morgengrauen, davon träumte er dann immer über Monate hinweg, wenn er sich wieder im trostlosen Deutschland aufhielt.

Und dann klickten die Handschellen und er wurde grob von seinem Stuhl gerissen.

Als er am anderen Morgen erwachte, fühlte er sich wie gerädert. Es schloss an der Tür und ein Mann stellte ihm ein Tablett mit einer dünn mit Butter oder Margarine bestrichenen Weißbrotstulle und einem Becher Kaffee auf den Tisch. Wortlos verschwand er wieder.

„Kann ich denn jetzt jemanden von der Botschaft oder einen Anwalt sprechen?", verhallte es im Raum und Lukas setzte sich seufzend zu dem Brot und der dampfenden Flüssigkeit. Er verspürte Hunger und Durst.

Wenig später schloss es wieder an der Tür und er wurde aufgefordert zu folgen. Hoffnung stieg in Lukas auf, dass sich bald alles friedlich klären würde. Er hatte doch gar nichts getan. Er hatte doch nur in einem kleinen Café im Bahnhof mit einem jungen Mann gesessen, den er gerade kennengelernt hatte. Was war denn daran Verwerfliches?

Man schob ihn in einen Raum, in dem in der Mitte ein Tisch mit zwei Stühlen stand. Der Uniformierte, der ihn begleitet hatte, deutete ihm an, Platz zu nehmen und stellte sich selbst an die Wand. Die Zeiger der Uhr schoben sich langsam voran, das laute Ticken schwang durch den Raum.

Lukas atmete tief ein und aus. Nur die Ruhe bewahren, beschwor er sich innerlich. Du bist ein Geschäftsmann und auf Dienstreise, das kannst du alles nachweisen. Dann öffnete sich die gegenüberliegende Tür und ein kräftiger Mann mittleren Alters in einem edlen Anzug betrat den Raum.

„Sie sind Lukas Rüter?", erkundigte er sich.

Lukas nickte nur.

„Gestatten, Dr. Spekker mein Name, von der Deutschen Botschaft hier in Prag."

„Angenehm", erwiderte Lukas. Dann schüttelte er sich und sagte sehr leise: „Ich glaube, das trifft es nicht wirklich."

Dr. Spekker hatte ein bemühtes Lächeln im Gesicht. Dann zog er den Stuhl unter dem Tisch hervor und setzte sich darauf. Aus seiner Aktentasche fischte er ein paar Unterlagen, positionierte sie vor sich und fing an, darin zu blättern.

„So, ich habe mir hier schon ein paar Dinge zu Ihrem Fall zusammengetragen."

Bei der Bezeichnung „Ihr Fall" zuckte Lukas zusammen, sagte aber nichts.

„Sie wollten ja auch einen Anwalt, wie ich hörte, aber das gestaltet sich unter den derzeitigen Umständen etwas schwierig. In dem von Ihnen gewünschten Büro ist nur die Sekretärin zu erreichen. Alle Anwälte sind zu einer Tagung in der Schweiz."

„Und was machen wir dann?", erkundigte sich Lukas, der seine Hoffnung schwinden sah.

„Keine Sorge. Ich habe Ihren Geschäftspartner von Medtech angerufen. Der wird für Sie bürgen."

Lukas gefror das Blut in den Adern. Er glaubte seinen Ohren nicht zu trauen. Das war das Letzte, was er gewollt hätte. Doch der Botschaftsmitarbeiter fuhr ungerührt fort: „Oswald Zehner war sehr entgegenkommend am Telefon, als ich ihm die Sachlage schilderte."

Lukas schluckte, schluckte wieder und hatte das Gefühl zu ersticken.

„Natürlich will er alles unter dem Siegel der Verschwiegenheit behandeln. Was ja in diesem Fall besonders wichtig ist."

Dr. Spekker schien die Nase zu rümpfen. Oder kam das Lukas nur so vor?

„Jedenfalls kommen Sie hier wieder auf freien Fuß. Ich kümmere mich darum, dass Sie den nächsten Zug zurück nach Deutschland nehmen. Ansonsten besteht ja keine Fluchtgefahr, wie man mir versichert hat."

Jetzt setzte er ein joviales Grinsen auf und packte seine Unterlagen wieder zusammen.

„Das wär's dann auch schon. Die Rechnung für die Bearbeitung wird Ihnen an Ihre Adresse in Deutschland zugestellt und auch der Fall selbst geht in Kooperation an die Beamten vor Ort."

Lukas wäre am liebsten vor Scham im Boden versunken.

Als Dr. Spekker vor Lukas stand, trafen sich ihre Blicke.

„Seien Sie nur froh, dass Sie mit dem Jungen nicht auf frischer Tat ertappt worden sind. Der war ja gerade mal vierzehn Jahre alt."

Jetzt errötete Lukas. Dann war das mit dem Studium und dem Zuverdienst gelogen. Er stammelte: „Ich hatte doch nur Mitleid und wollte dem Kind ein warmes Getränk und etwas zu Essen spendieren."

„Na", klopfte Dr. Spekker Lukas generös auf die Schulter, „lassen Sie mal gut sein. Mich müssen Sie nicht anlügen. Von wegen pure Nächstenliebe und so. Ich weiß, was alles in diesem Milieu los ist. Sie sind da nicht der Erste, der in eine Razzia geraten ist. Unsere Landsleute machen gern einen Trip nach Prag, um sich hier mal so ordentlich und, wie sie glauben, ungesehen auszutoben. Aber eben nicht immer ungesehen ..."

Wie in Trance erlebte Lukas die Zeit bis zur Abfahrt des Zuges. Alles kam ihm so unwirklich vor, so als wäre es in Nebel eingehüllt. Einer der Polizisten hatte ihm die Sachen aus dem Hotelzimmer gebracht.

Dr. Spekker überzeugte sich davon, dass der Zug auch mit Lukas darin abfuhr. Dann verließ er den Bahnsteig und machte sich wieder auf den Weg in die Prager Botschaft, während Lukas auf einem Fensterplatz saß und die Stirn an die kühle Glasscheibe drückte. Ein paar Tränen rannen ihm aus den Augen und eine ältere Frau, die ihm gegenüber saß, schaute ihn verständnisvoll an.

„Immer setzt das Heimweh ein, wenn man aus der Goldenen Stadt wegfährt", sagte sie in einwandfreiem Deutsch und bot ihm etwas von ihren Schokoladentäfelchen an.

… Lukas erhob sich vom Bett. Er hatte das Gefühl, diese Schokolade immer noch zu schmecken. Dann begab er sich zum Fenster und sah das Auto vor der Tür parken, in dem zwei Männer saßen, die er kannte.

Lukas griff sich die Reisetasche und lief am Badezimmer vorbei. Hinter der Tür rührte sich nichts. Es war absolut still. Er lief die Treppen hinunter, ging durch den Flur und öffnete die Hauseingangstür. Alexander wollte gerade auf den Klingelknopf drücken und hielt in der Bewegung inne. Er und Wolfhard schauten erstaunt auf Lukas Rüter.

„Ich habe Sie schon erwartet, meine Herren."

Er deutete auf seine Reisetasche.

Alexander ließ sich nicht aus dem Konzept bringen: „Herr Rüter, wir müssen Sie verhaften. Es besteht der dringende Tatverdacht, dass Sie Oswald Zehner umgebracht haben. Nach dem Gesetz steht es Ihnen frei, sich zu dieser Beschuldigung zu äußern oder auch nicht zur Sache auszusagen. Außerdem haben Sie ab sofort das Recht auf einen Anwalt …"

Alexander musterte den Beschuldigten. Er würde ja sicherlich nicht auf einen Anwaltsbeistand verzichten wollen.

„Ich habe mich schon mit Dr. Philipp in Verbindung gesetzt. Er wird mich vertreten. Dann lassen Sie uns die Sache zu Ende bringen."

Lukas zog die Tür hinter sich ins Schloss. Seinen Wohnungsschlüssel hatte er zuvor auf den Schuhschrank im Flur gelegt.

Zu dritt begaben sie sich zum Auto. Lukas schaute nicht mehr zurück. Steffi stand inzwischen in der Küche und starrte fassungslos nach draußen.

Die Abenddämmerung hatte sich über das Land gelegt. Friedlich dehnte sich das Wiehengebirge am Horizont aus. Im Großen Torfmoor ragten verrottende Stämme in die Höhe, so als wäre eine Feuersbrunst über sie hinweggehuscht, ein paar Birken säumten den Weg. Frösche gaben quakend Laut.

Lukas spürte diesen Hass in sich körperlich. Wie eine Übelkeit, die von ihm Besitz ergriff. Er musste etwas tun. Und zwar jetzt, sofort. Sein Blutdruck war gestiegen, nicht nur aufgrund der sportlichen Betätigung zuvor.

Oswald stand jetzt vor ihm, mit verschränkten Armen und einem hämischen Blick, der alles bedeutete. Seine Zukunft war ab diesem Moment zerstört. Durch Oswald, seinen besten und eigentlich einzigen Freund, noch dazu sein Geschäftspartner. Von ihm war der Vorschlag zu der aktuellen Joggingrunde im Moor gekommen, nachdem er vorzeitig von einem Aufenthalt in Kirgistan zurückgekehrt war. Seine Frau und die Kinder wären ja noch an der See und er hätte ausreichend Muße für Privates, wie er am Telefon bei der Verabredung gemeint hatte.

Was hatte sich da in der zurückliegenden Zeit nur zusammengebraut, dass die einstige Nähe in solche Ferne umgewandelt worden war, in eine derartige, abgrundtiefe Feindschaft.

„Na, du Lappen", grinste Oswald, der auf dem Knüppeldamm angehalten hatte, um Lukas zur Rede zustellen. Die ersten Sätze hatten sich nur als Fetzen in sein Gehirn gebrannt: Ende der Heimlichtuerei, sozialer Abstieg … Dann hörte er Oswald wieder komplett: „Jetzt bist du baff. Und findest keine Lösung für dein Problem. Es ist aus mit dem feinen Herrn. Aus und vorbei."

Er fing an zu lachen. Dann stupste er Lukas auf die Brust.

„Keiner wird mehr mit dir was zu tun haben wollen. Du Schwuchtel. Da kannst du all deine Netzwerke vergessen. Nichts mehr mit netten Treffen in trauter Firmenrunde mit Geschäftspartnern. Wäre ja auch megapeinlich. Als mich der Typ von der Prager Botschaft angerufen hat, dachte ich, ich falle aus allen Wolken. Dabei hätte ich das längst merken müssen. Schließlich sprach ja alles dafür!"

Er stupste wieder und wieder auf die Brust von Lukas. Der ging Schritt für Schritt zurück. Ganz vergessend, wo er sich befand. Als er strauchelte, tasteten seine Hände greifend nach hinten. Er fiel und hielt plötzlich einen stabilen Birkenstamm in seiner Rechten. Ein Fingerzeig. Eine Fügung des Schicksals.

Lukas umklammerte den Stamm ganz fest. Nur noch ein Wort von dir, nur noch ein Wort, dann kann ich mich nicht mehr zusammenreißen, fuhr es ihm durch den Kopf.

Oswald stand jetzt verächtlich grinsend über ihm und stemmte die Arme in die Seiten: „Wenn ich nur daran denke, was wir alles gemeinsam gemacht haben. Wir waren in der Sauna und haben uns ein Hotelzimmer geteilt. Einfach ekelhaft. Ein Wunder nur, dass du mir bei diesen günstigen Gelegenheiten nicht an die Wäsche gegangen bist. Du widerst mich an."

Jetzt hatte er das Gesicht verzogen und wollte sich umdrehen. In dem Moment nahm Lukas all seine Kraft zusammen, erhob sich und schlug mit dem Birkenstamm auf Oswald ein. Beim ersten Schlag schaute der noch ganz verdutzt. Dann versuchte er sich zu wehren, griff nach dem Holz und rang es Lukas aus den Händen. Beide Männer kämpften nun auf dem weichen, federnden Boden. Zwischendurch gluckste es aus dem Untergrund. Jeder versuchte, dem anderen mehr Schmerzen zuzufügen. Stöhnen und Röcheln mischte sich in die Abendlaute des Moors. Schließlich landeten sie an einer Stelle, die den Weg ins Wasser freigab. Lukas fühlte, wie er schwächer wurde, aber auch sein Kontrahent hatte ihm nicht mehr so viel entgegenzusetzen.

„Du Schwein, du schwules Schwein", waren die letzten Worte von Oswald, der auf den Bauch zu liegen gekommen war, dann drückte ihn Lukas unter Wasser, nur das Gesicht. Oswald wehrte sich und strampelte mit den Beinen, fuchtelte mit den Armen, aber die letzte Äußerung hatte Lukas noch einmal aufgestachelt, ihm neue Kräfte verliehen. Lukas hockte inzwischen seitlich, um den Armen und Beinen von Oswald möglichst aus dem Weg zu gehen, und drückte zuletzt den Kopf von seinem einstigen Freund kraftvoll unter. Die Zeit schien sich zu dehnen.

Irgendwann rührte sich Oswald nicht mehr, Lukas fiel erschöpft auf den Rücken und schloss die Augen. Doch nur kurz. Denn schlagartig wurde ihm bewusst, was er getan hatte. Was er niemals hätte tun sollen. Gewalt widersprach doch völlig seinem Naturell. Wie hatte das hier nur geschehen können? Lukas liefen die Tränen über das Gesicht. Denke klar, forderte er sich innerlich auf. Du musst jetzt handeln. So kann das hier nicht bleiben. Oswald muss verschwinden.

Lukas schaute sich um. Es war inzwischen dunkel geworden. Die ersten Sterne leuchteten am Himmel.

Er überlegte nicht lange. Natürlich kannte er das Große Torfmoor. In- und auswendig. Wie viele Male waren sie gemeinsam hier entlanggejoggt. Oder auch er allein. Eins mit sich und der Natur, besonders wenn er in den frühen Morgenstunden oder am späten Abend aufbrach. Dann hatten sich die üblichen Spaziergänger und Touristen längst auf den Heimweg gemacht.

Ihm fiel die Führung vor etlichen Jahren ein. Da hatten sie auch ihre Ehefrauen mitgenommen, um ihnen einmal ihr Areal des sportlichen Wettstreits schmackhaft zu machen. Es war glutheiß gewesen an diesem Tag und Meter um Meter gab es keine schattige Deckung. Beide Frauen hatten schlagartig die Lust daran verloren, nur rumgejammert und beim anschließenden gemeinsamen Essen geschworen, sich nie wieder dorthin zu begeben. Aber das war den Männern egal gewesen, sie hatten sich auf alle Fälle amüsiert.

Konzentriere dich, forderte sich Lukas auf, dessen Gedanken immer wieder abschweiften. Da war doch auch die Rede von Stellen, wo einen das Moor nie wieder loslassen würde. Hier gleich, irgendwo hier in der Nähe. Er wusste es genau. Er konnte sich mit einem Mal erinnern. Die Stelle hatte den weiteren Vorteil, dass sie etwas abseits lag und nicht sofort vom Wanderweg aus einzusehen war.

Lukas zog Oswalds Gesicht aus dem Wasser und legte zwei Zeigefinger an dessen Halsschlagader. Keinerlei Bewegung war zu spüren. Er hielt ein Ohr ganz dicht an Nase und Mund seines einstigen Freundes. Nichts. Kein Hauch. Stück um Stück zog er Oswald, der immer schwerer zu werden schien, auf dem Boden entlang. Dass das auch Spuren geben würde, daran dachte er in diesem Augenblick nicht. Er wollte sich nur endlich des Getöteten entledigen. Seine Füße sanken in dem morastigen Untergrund ein. Lukas spürte das nicht. Er zog sie mechanisch immer wieder heraus, bis er an der bekannten Stelle angekommen war. Der Mond beschien jetzt die Szenerie. Ja, das war der Ort, auf den sie der Führer damals aufmerksam gemacht hatte und bei dessen Schilderung vor allem den Frauen Gruselschauer über den Rücken gelaufen waren. Die Geschichte von der Moorleiche war schließlich bekannt.

„Was soll's", flüsterte Lukas vor sich hin und erschrak vor seiner eigenen Stimme, die ihm übermäßig laut vorkam. Noch ein paar Meter, dann hatte er es geschafft. Er zog und schob und wälzte Oswald schließlich in den immer weicher werdenden Bereich. Dann rutschte der wie von selbst ein wenig weiter. Das schien geschafft. Wieder gluckerte es im Untergrund. Lukas blickte noch ein Weilchen auf seinen einstigen Geschäftspartner und Freund, der ganz langsam von seiner Umgebung umschlossen wurde.

Dann wollte Lukas den Rückzug antreten. Aber es gelang ihm nicht. Die Füße steckten schon bis zu den Waden im Moor. Er warf sich der Länge nach hin und tastete in die Umgebung. Nach irgendetwas fassen, das Halt gab. Das wäre jetzt lebenswichtig. Lukas stand Schweiß auf der Stirn und er japste nach Luft. So sehr er auch versuchte, mit den Füßen zu treten, sie schienen in die Tiefe zu gehen, als würde jemand am anderen Ende magisch daran ziehen.

Als seine Kräfte schon fast aufgebraucht waren, rückte er panisch noch ein wenig weiter nach links und bekam etwas Festes zu fassen. Eine dicke Wurzel, ein stabiler Ast, was auch immer, er krallte sich hinein und es gelang ihm unter allergrößter Anstrengung einen

Fuß aus dem Morast zu ziehen. Dann legte er eine kurze Pause ein, verharrte ganz ruhig auf dem Boden, bemüht, nicht tiefer zu sinken, und atmete tief durch. Es brauchte eine Weile, ehe er sich den nächsten Anlauf zutraute und dann auch den zweiten Fuß herausgezogen bekam. Nur der eine Sportschuh blieb stecken.

Schließlich setzte sich Lukas auf eine etwas stabiler erscheinende Stelle und blickte noch einmal in Richtung Oswald. Er schien verschwunden. Zumindest sah Lukas nichts mehr. Davon wollte er sich am nächsten Tag noch einmal überzeugen, nahm er sich vor und erhob sich. Als er an sich heruntersah, schüttelte er sich. Über und über mit Dreck und Morast verschmiert. Wie sollte er so in sein Auto steigen. Der Schreck fuhr ihm in die Glieder. Auto. Das war das Stichwort. Der Schlüssel. Wo war der Schlüssel abgeblieben. Er hatte ihn immer in einer kleinen Tasche auf dem rechten Hosenbein, die mit einem Klettverschluss versehen war. Vorsichtig, als wolle er die Hoffnung nicht zerstören, fuhren seine Finger am Oberschenkel hinunter und … ertasteten den Schlüssel. Lukas atmete deutlich hörbar auf. Er würde es schaffen. Irgendwie.

Alexander und Wolfhard standen noch im Flur und warteten auf die Schreibkraft. Lukas Rüter saß bereits mit seinem Anwalt, Dr. Philipp, im Vernehmungsraum, ein Polizist stand dabei. Elsa Kupfer hatte heute wieder Dienst. In dem Augenblick lief sie auch schon raschen Schrittes den Flur entlang. Sie trug ein dezentes Kostüm, kniebedeckt, dazu flache Schuhe und die Haare in einem dicken Knoten verschlungen. Auf ihren Wangen lag ein rosiger Hauch, nicht von Makeup, sondern von der frischen Luft.

„Tut mir leid, dass ich mich etwas verspätet habe“, entschuldigte sie sich.

„Ach, kein Problem“, entgegnete Alexander. „Wir sind zu früh hier. Zu fünfzehn Uhr hatten wir die Vernehmung anberaumt. Daran fehlen noch glatte zwei Minuten.“

Elsa lächelte ein wenig verlegen.

„Ich dachte nur, weil Sie alle schon da sind und ich als Letzte komme. Aber ich musste noch kurzfristig ein anderes Protokoll fertigmachen. Das habe ich geradeso geschafft und es Kriminaloberrat Riechmann auf den Tisch gelegt.“

„Dann wird er ja jetzt zufrieden sein“, fügte Wolfhard an und schaute zu Alexander, der nickte.

„Ja, jetzt wird es ernst. Alle Indizien sprechen eine eindeutige Sprache. Außerdem die Zeugenaussagen. Im Grunde fehlt uns nur noch das Geständnis von Lukas Rüter.“

Alexander drückte die Klinke herunter und öffnete die Tür weit. Lukas Rüter nahm nur den vorderen Teil seines Stuhls ein. Er blickte hoch. Sein Anwalt legte ihm beruhigend eine Hand auf die Schulter.

„Guten Tag, Herr Dr. Philipp, Herr Rüter", sagte Alexander. „Wir wären dann so weit. Sie wissen, Herr Rüter, worum es heute geht?"

Lukas nickte.

„Über Ihre Rechte sind Sie ja aufgeklärt worden. Ich denke, da muss ich jetzt nichts mehr machen. Aber der guten Ordnung halber will ich noch einmal alles zusammenfassen, was wir ermittelt haben und was Ihnen zur Last gelegt wird."

Lukas nickte erneut, erwiderte aber nichts.

„Also", fuhr Alexander fort, nachdem sich alle gesetzt hatten und Elsa mit leichtem Kopfnicken bestätigte, dass sie zum Protokoll bereit sei, „wir haben Ihren Geschäftspartner Oswald Zehner tot im Moor aufgefunden. An der Fundstelle gab es deutliche Schuhabdrücke von Ihnen, der Turnschuh, den wir gefunden haben, hat genau Ihre Größe und ließ sich inzwischen mit an Sicherheit grenzender Wahrscheinlichkeit Ihnen zuordnen. Die Labortests sind gelaufen. Ihr Alibi, was uns recht überzeugend erschien, stammte ja von Ihrer Frau, aber sie hat inzwischen eingeräumt, dass sie sich nicht sicher dafür verbürgen kann."

„Aber", warf Lukas ein, „eine Ehefrau muss doch gegen ihren Mann nicht aussagen?"

„Nein, das muss sie nicht", antwortete Dr. Philipp nachdrücklich.

„Aha", kommentierte Lukas nur kurz.

Im Raum herrschte eine atemlose Stille. Elsa saß ohne Regung an ihrem Tisch, die Kommissare schienen zu warten und Lukas zog kaum wahrnehmbar die Schultern hoch. Dann ging ein Ruck durch seinen Körper.

„Ich möchte ein Geständnis ablegen."

Alexander nickte und sah ihn offen an.

„Dazu müsste ich aber etwas weiter ausholen."

„Das ist kein Problem. Wir haben Zeit und können Ihnen ganz in Ruhe zuhören", entgegnete Alexander.

„Also, im Grunde hängt alles mit meiner Homosexualität zusammen."

Jetzt war es heraus und Lukas wartete auf ein Echo. Aber nichts geschah. Weder Wolfhard noch Alexander verzogen eine Miene.

„Bringt Sie das jetzt nicht aus dem Konzept?", erkundigte sich Lukas verunsichert.

„Wieso sollte es das?", kam die Gegenfrage von Alexander, der nicht verstand, worauf dieser Mann jetzt hinaus wollte. Wo lag denn da das Problem?

„Sie kommen ja aus Berlin. Da ist das bestimmt kein Thema mehr", sagte Lukas leise.

„Woher wissen Sie denn, dass ich aus der Hauptstadt komme?", wollte Alexander wissen.

„Na, der Dialekt ist doch unverkennbar."

Jetzt lächelte Alexander ein wenig. Da gab er sich so große Mühe, das Berlinerische herunterzufahren und ein gepflegtes Hochdeutsch zu sprechen, aber ganz war es wohl doch nicht zu verbergen.

„Ich glaube nicht, dass wir darüber jetzt reden sollten. Das tut doch nichts zur Sache."

„Nein, natürlich nicht. Aber wenn Sie aus einer Großstadt kommen, dann wissen Sie nicht, wie man hierzulande damit umgeht."

Alexander schaute zu Wolfhard, der ein leichtes Nicken erkennen ließ.

„Was hat denn nun aber Ihre sexuelle Neigung mit dem Toten zu tun?"

„Ich habe ihn nicht umbringen wollen“, schluckte Lukas. „Er hat mich dazu getrieben. Mit seinen Worten. Es wurde immer gemeiner und schlimmer. Und dann ergab sich unser Handgemenge. Ich weiß gar nicht mehr wirklich, wie!“

In Alexander rotierten wieder die Gedanken. Er hatte vor sich das Bild aus dem Moor, den Tag, an dem sie den Toten gefunden hatten. Dann die Spuren ringsherum, die durchaus von einem Gerangel herrühren konnten. Am Toten jedenfalls fanden sich etliche Blutergüsse. Er musste geschlagen und getreten worden sein. Hatte aber sicherlich seinerseits auch ausgeteilt. Alexander musterte Lukas Rüter. Der war ein ganz anderes Kaliber als sein Kompagnon Zehner. Er hatte bei diesem Schlagabtausch sicher einiges abbekommen. Aber das ließ sich heute nicht mehr nachprüfen.

„Versuchen Sie noch einmal, sich genau an diesen Moment zu erinnern“, bohrte Wolfhard.

„Wenn ich ehrlich bin, dann muss ich doch zugeben, dass ich mich ziemlich genau zurückbesinnen kann. Es hat sich mir eingeprägt. Fast jede Nacht danach habe ich davon geträumt. Wieder und wieder. Wenn ich es doch nur rückgängig machen könnte. Oswald hat mich zwar bis aufs Blut gereizt, aber ich habe ihn nie ermorden wollen.“

„Ich gehe auch aufgrund der aktuellen Sachlage nicht davon aus, dass Sie ihn ermordet haben. Es wird wohl eher auf einen Totschlag hinauslaufen“, wandte Alexander sachlich ein.

„Macht das denn einen Unterschied?“, seufzte Lukas.

„Oh doch, einen gewaltigen. Vor allem, was das Strafmaß angeht.“

„Für mich ist es aber egal. Ich habe einen Menschen umgebracht. Und das hätte ich nie und nimmer tun dürfen. Es tut mir so unendlich leid."

Elsa schrieb alles mit.

„Also dann bitte doch noch einmal von vorn", forderte Alexander Lukas auf. „Ich kann Ihnen das nicht ersparen."

„Dürfte ich vielleicht vorher ein Glas Wasser haben?"

„Natürlich."

Alexander schaute zu Wolfhard hinüber und der stand auf, um sich darum zu kümmern. Kurz darauf stand das Glas mit dem sprudelnden Inhalt vor Lukas. Dankbar griff er zu und nahm einen großen Schluck. Dann fing er an.

„Also wir hatten uns zu einem Lauf im Moor verabredet. Unter der Maßgabe, dass wir dabei ja mal ein wenig über private Dinge plaudern könnten, uns quasi auf Augenhöhe begegnen. Genau so hat Oswald sich ausgedrückt. Wir starteten gemeinsam am Parkplatz. Anfangs sind wir auch ganz normal losgetrabt. Keine Menschenseele außer uns war unterwegs. Allerdings war das Wetter auch etwas trüb. So ein feiner, ganz zarter Sprühregen, der einem nach und nach bis auf die Haut durchdringt. Ja, daran erinnere ich mich noch ganz genau, wie ungemütlich das war. Schon von Anfang an. Es hat auch gar nicht lange gedauert, da zog mich Oswald schon mit dummen Sprüchen auf. Auch von dem Telefonat mit dem Botschaftsangestellten Dr. Spekker hat er gesprochen. In einem widerlich höhnischen Ton. Er habe gleich gewusst, dass sich damit was anstellen ließe. Nur habe er auf die passende Gelegenheit warten wollen und die sei nun im Zuge der Umstrukturierung der Firma gekommen. Ich könne es mir ja überlegen. Entweder ich würde in alles, was er vorzuschlagen habe, einwilligen oder er würde die Sache mit meiner Homosexualität an die große Glocke hängen. Wie er dieses Wort ausgesprochen hat, Homosexualität, so als würde er sich ekeln, es in den Mund nehmen zu müssen."

Lukas holte Luft, griff erneut zum Glas und trank einen Schluck. Alexander und Wolfhard sagten kein Wort.

„Oswald hat auf mich eingeredet. Ununterbrochen. Und dann hat er mich immer wieder geschubst, bis ich gestrauchelt bin und hinfiel. Irgendwie dachte ich auch, er wollte mich angreifen, aber vielleicht rede ich mir das jetzt auch nur ein. Als ich auf dem Boden lag, bekam ich dieses Stück Stamm zu fassen und habe mich gewehrt. Es gab ein Handgemenge, wir sind auf dem Boden herumgerollt ... Ich sei ein schwules Schwein, das waren seine letzten Worte. Die wollte ich nicht hören. Er sollte aufhören damit. Ich musste ihn stoppen und habe dann seinen Kopf runtergedrückt. In das morastige Wasser. Eine Weile hat er sich noch gewehrt. Aber ich hätte es nicht zulassen können, dass er erneut auftaucht und mich wieder demütigt oder in der Öffentlichkeit der Lächerlichkeit preisgibt."

Lukas holte Luft.

„Wie lange das gedauert hat, weiß ich gar nicht mehr. Irgendwann gab es keinen Widerstand mehr von Oswald. Da habe ich ihn endlich losgelassen."

„Sie haben zwischendurch nicht noch einmal versucht, ihm eine Chance zu geben?", wollte Wolfhard wissen.

„Nein. Wozu? Eigentlich wollte ich am nächsten Tag noch einmal schauen, ob er auch wirklich verschwunden war. Aber dazu hat mir die Kraft gefehlt. Ich habe gehofft, das gewissermaßen Gras über die Sache wächst."

„Ich glaube, das reicht", beschloss Alexander.

Lukas trank den Rest seines Glases leer und lehnte sich zurück. Er war aschfahl im Gesicht.

Alexander war wieder an seinen Arbeitsplatz zurückgekehrt. Er sortierte die Unterlagen, die alle in die Ablagen von Aktenführer Eduard Schiller gehen konnten, daneben die Sachen, die nun der Staatsanwalt benötigte. Ein letztes Zusammentreffen des Ermittlungsteams stand noch aus. Alexander blickte auf seine Armbanduhr. Doch, das hatte jetzt Vorrang. Alles andere würde er irgendwie klären. Er stand auf und verließ sein Büro. Auf dem Flur begegnete er den Kollegen, die schon auf dem Weg in den Besprechungsraum waren.

„Das hat diesmal gar nicht so lange gedauert, bis wir den Täter hatten", grinste ihn Otto an, in gleicher Schritthöhe Falk, der bestätigend nickte.

„Hm."

Zu mehr war Alexander nicht bereit.

Stimmengewirr schlug ihnen aus dem Besprechungsraum entgegen. Als er eintrat, wurde es etwas leiser. Alle nahmen ihre Plätze ein und schließlich erschien Kriminaloberrat Reinhold Riechmann, an seiner Seite Staatsanwalt Marc Oberländer. Dann trat Stille ein.

„Ich danke Ihnen", setzte Reinhold Riechmann an und sah von einem zum anderen. „Sie alle haben als Team dazu beigetragen, den aktuellen Fall in beachtlich kurzer Zeit zu lösen. Wir haben den Täter und wir haben sogar ein Geständnis. Das ist sehr gut. Ich erkläre hiermit die Auflösung des Ermittlungsteams ‚Morast'. Die abschließenden Berichte erwarte ich in Kürze. Eine entsprechende Pressemeldung geht heute noch raus?"

Er schaute zu Kai Schmökel hinüber.

„Ich habe Ihnen den Text schon gemailt, bevor ich mich auf den Weg hierher gemacht habe. Hier ist noch einmal ein Ausdruck."

Der Pressesprecher schob einen Bogen Papier über den Tisch. Es dauerte nur wenige Augenblicke, dann hatte Reinhold Riechmann den Text überflogen.

„Bestens. Dann ist das auch geklärt. Die Meldung kann so raus. Am besten sofort."

„Das hätte ich jetzt auch vorgeschlagen. Wir können es gerade noch so lancieren, dass es im morgigen Tageblatt Platz findet."

„Machen Sie das", sagte Reinhold Riechmann.

Kai Schmökel erhob sich und eilte aus dem Raum.

„So, meine Herrschaften. Noch Fragen Ihrerseits, ehe alles gebündelt an den Staatsanwalt geht?"

Der Kriminaloberrat schaute prüfend von einem zum anderen.

„Ich sehe, das ist nicht der Fall. Dann begeben Sie sich wieder an die weitere Arbeit."

Auch Marc Oberländer verabschiedete sich mit einem Dank an alle. Reinhold Riechmann schob seinen Stuhl nach hinten, stützte sich mit beiden Armen auf den Tisch und nickte noch einmal wohlwollend in die Runde. Dann verließen die beiden gemeinsam den Besprechungsraum. Nach und nach folgten die anderen.

Alexander befand sich als einer der Letzten im Raum. Nur Heike schaute ihn noch aufmerksam an und schien abzuwarten. Dann waren beide allein.

„Sag mal, Alex, liegt dir was auf dem Herzen?"

Alexander zog die Stirn kraus.

„Wieso fragst du?"

„Du siehst so bedrückt aus!"

„Hm."

„Geht das auch in kompletten Sätzen?"

Jetzt stahl sich doch ein Lächeln in sein Gesicht.

„Ist machbar. Ich weiß nicht, wie ich das heute mit meinen Töchtern hinbekommen soll."

„Wo ist das Problem?"

„Sonst hat sich Janine ja darum gekümmert …"

In Alexander schossen die Gedanken durcheinander. Erst hatte sie sich nach der letzten Auseinandersetzung eine Auszeit nehmen wollen und war zu sich nach Hause gefahren. Dort blieb sie stur und ließ sich nicht mehr erweichen. Alle Gesprächsversuche waren gescheitert. Irgendwann hatte sie ihm erklärt, dass sie um ihre Versetzung gebeten habe. Ihre Wahl war auf die Fachhochschule in Bielefeld gefallen. Dort wollte sie den Dozentenbereich als Assistentin verstärken. Damit wäre sie ja nicht aus der Welt, hatte sie gemeint und vielleicht gäbe es ein Später.

Alexander schüttelte sich. Wie er solche Formulierungen hasste. Kein klarer Schnitt, sondern ein Eventuell. Das ließ alles offen. So wollte er nicht lieben. Mal abgesehen davon, dass er aus ganz pragmatischen Gründen jemanden an seiner Seite brauchte.

„Ich weiß. Und Janine ist nicht mehr da."

Heike hatte den Gesprächsfaden wieder aufgegriffen, nachdem ein längeres Schweigen geherrscht hatte.

„Für heute habe ich eine Lösung mit den Nachbarn. Aber morgen, da weiß ich nicht, wie ich das machen soll. Da ist die Ganztagsbetreuung in der Hiller Grundschule um sechzehn Uhr vorüber und dann stehen die Mädchen quasi auf der Straße."

„Na, das wollen wir doch nicht", setzte Heike an und lächelte strahlend. „Ich kann doch als Babysitter einspringen. Morgen wollte ich sowieso ein paar Überstunden abbummeln."

„Und du würdest …“

„Ja, nun zier dich mal nicht so. Die würde ich für deine Lena und die Tina gern opfern.“

„Siehst du, nun sagst du es selbst: opfern.“

„Leg doch nicht immer jedes Wort auf die Goldwaage. Das meine ich nicht so. Ich kann mit Kindern außerordentlich gut. Alle meine Nichten und Neffen wollen gar nicht mehr nach Hause, wenn ich sie mal für ein Weilchen bei mir habe.“

Alexander atmete hörbar auf.

„Ach, du bist ein Engel. Ich weiß gar nicht, wie ich dir da danken soll. Lass dich mal umarmen.“

Und Alexander schloss seine Arme um Heike, die eine wohlige Wärme in sich aufsteigen fühlte.

„Lass mal gut sein“, wand sie sich verlegen aus seiner Umarmung.

„Dann sollten wir einfach noch die Einzelheiten besprechen. Am besten bringe ich dir morgen einen Hausschlüssel mit und dann schnappst du dir die Mädels in der Schule. Weißt du, wo die ist?“

„Schlandorfstraße.“

„Na, du kennst dich ja perfekt aus.“

„Nicht wirklich, aber eine meiner Nichten ging dorthin. Später ist sie auf die Verbundschule gewechselt. Liegt gleich nebenan. Nur mal als Tipp, wenn du eine weiterführende Schule suchst.“

„Ach Heike, das ist eine Riesenberuhigung für mich. Meine Eltern sind morgen nämlich auch leider verhindert. Und bei denen ist das immer so umständlich mit der Fahrerei. Mein Vater hat ja kein Auto mehr.“

„Ich weiß. Du fährst seine alte Karre.“

Alexander lachte.

„Ich bin durchschaut!“

„Genau, Herr Kommissar. Dann lass uns mal wieder zu Taten schreiten."

Heike drehte sich um und lief durch die Tür.

Alexander vergrub die Hände in den Hosentaschen und sah ihr erleichtert nach.

Inzwischen liegt hiermit nun schon der vierte Roman zu meinem Kriminalhauptkommissar Alexander Rosenbaum vor. Dabei habe ich das Gefühl, er hätte gerade eben die Ermittlungen zu seinem ersten Fall in Minden aufgenommen. Als er nämlich aus den unterschiedlichsten Gründen Berlin den Rücken gekehrt hatte. Er hat seitdem mit vielen Höhen und Tiefen zu kämpfen, beruflich und privat, wie das so ist im Leben. Dass das alles in der vorliegenden Geschichte wieder so vielseitig angelegt sein kann, verdanke ich den alltäglichen Anregungen aus der bezaubernden Region um Minden. Mein Protagonist fühlt sich hier wohl und ich natürlich gleichermaßen. Und weil ich des Öfteren gefragt werde, wo die Ideen entstehen, sei hier verraten: Beim Saunaaufenthalt sprudeln sie im Whirlpool jenes Kurhauses, das auch Alex frequentiert …

Danken möchte ich all denen, die mir über die Jahre die Treue gehalten haben, die meinen literarischen Weg begleiten, mir den Rücken stärken. Und natürlich denen, die mich bei meiner Recherchearbeit unterstützen, manchmal ohne es zu merken. Das sind Freunde und Verwandte, gute Bekannte und Kollegen, literarische Netzwerke. Und was wäre ein Autor ohne engagierte Verleger und Buchhändler, die weiter an den Wert eines Buches glauben, sei es nun eine Liebesgeschichte, ein historisches Werk oder eben ein Kriminalroman. (Wobei durchaus von allem etwas dabei sein darf!)

Ein Autor kann sich glücklich schätzen, wenn er einen liebevollen Partner an seiner Seite hat, der ihn motiviert, herausfordert, antreibt. Mein Peter ist stets mein erster Kritiker, auf dessen Urteil ich mich verlassen kann.

DANKESCHÖN!

Andrea Gerecke
Hille, im Frühsommer 2014

Im Verlag CW Niemeyer bereits erschienen ...

Mit ungewöhnlichen Knoten ist der Tote am Flügel einer Mühle gefesselt worden. Während Kommissar Rosenbaum und seine Kollegen ermitteln, geschehen weitere Morde an anderen Mühlen im Weserbergland. Rosenbaum fragt sich, ob er es mit einem Serientäter zu tun hat.

Andrea Gerecke. Die Mühlen des Todes
328 Seiten. Paperback. ISBN 978-3-8271-9423-7
E-Book 978-3-8271-9647-7 (Pdf)
978-3-8271-9847-1 (Epub)

Krimis finden Sie unter ...

WESTERWALD KRIMI
MICHA KRÄMER
ROMEO
Ein Westerwald KRIMI
CW Niemeyer

Im Verlag CW Niemeyer bereits erschienen ...

Die Oldenburger Kommissarin Sandra Holz steht vor einem entsetzlichen Fund: Drei mumifizierte Mädchenleichen im Oldenburger Fliegerhorst! Hängt das Verschwinden einer weiteren Jugendlichen mit den sadistischen Morden zusammen? Ein Wettrennen gegen die Zeit beginnt. Die Bewohner Oldenburgs halten den Atem an! Schlimmste Kindheitserinnerungen kochen in Sandra Holz hoch und lassen den Fall zu einer emotionalen Herausforderung werden.

Klaus E. Spieldenner. Und Stille wie des Todes Schweigen
352 Seiten. Paperback. ISBN 978-3-8271-9425-1
E-Book 978-3-8271-9661-3 (Pdf)
978-3-8271-9861-7 (Epub)

www.niemeyer-buch.de